Mit einem Geräusch fing es an, mit diesem eigenartigen Geräusch. Ich habe es seither nie mehr gehört. Es ist aus meinem Leben verschwunden, wie es aus unser aller Leben verschwunden ist. Ich weiß aber noch immer, wie es klang.

Es klang so, als zöge man eine widerspenstige Katze über eine Tafel, wie sie in Schulhäusern an den Wänden hängt, in den Klassenzimmern, Sie wissen schon: die Wandtafel, an der Sie auch einmal standen und mit Kreide Ihren Namen schreiben mussten oder die Lösung hinter dem Gleichheitszeichen einer einfachen Addition. Als versuche sich die Katze mit den Tatzen an der Wandtafel festzukrallen, als sei ihr klar, dass es um ihr Leben ginge. Es war ein kratzendes Kreischen oder ein kreischendes Kratzen. Und es gab da ein Piepsen und ein Rauschen. Es gab da ein Klicken. Ein Sirren. Ein Surren. Es war ein irres Geräusch, und nein, es war ganz und gar nicht angenehm. Es war das Gegenteil von etwas von Erik Satie.

Das Geräusch, es dauerte vielleicht zwanzig Sekunden. Es hatte eine Struktur, die immer gleich war und aus den gleichen Teilen bestand. Es war wie eine Miniaturkomposition eines komplett verrückten Experimentalmusikers. Zwischen den einzelnen Elementen gab es immer wieder Ruhepausen. Oh, ich könnte nun ein langes Loblied auf die Pause anstimmen. Ich denke oft, man sollte ein Monument errichten für das Nichts zwischen den Dingen. Betoniert ein Fundament und stellt das verdammte Denkmal drauf, tonnenschwer! Sie hätten beispielsweise enorme Mühe, diesen Text zu lesen, gäbe es zwischen den Wörtern keine Luft, keine Leerschläge. Aber ich schweife ab, entschuldigen Sie. Das Geräusch, damit fing es an.

Heute gibt es das Geräusch nicht mehr. Manchmal aber habe ich Sehnsucht danach; ja, ich vermisse es. Ich vermisse nicht das Geräusch als Geräusch, sondern alles, was damit verbunden war, was daran hing, was auf das Geräusch folgte.

Das Geräusch begann mit einem Summton. Es ist derselbe Summton, den man von Telefonen her kennt, wenn man über eine feste Leitung telefoniert (vielleicht mag sich noch jemand daran erinnern). Meine Güte: Früher hatten Telefonhörer Kabel! Kabel! Irgendwann wird es Menschen geben, die nicht mehr wissen, was ein Kabel ist. Nun, dieser Ton also, er sagte etwas, nämlich dass die Telefonleitung frei war. Genau das sagte dieser Ton. Er dauerte bloß eine Sekunde. Es folgten zehn kurze Töne in schneller Reihenfolge und in unterschiedlichen Tonhöhen. «Biip biip biip biip» und so weiter. Jeder dieser Töne stand für eine Nummer zwischen 0 und 9, die vorprogrammiert war und automatisch gewählt wurde. Auch das war ganz so, wie man es vom Telefon her kennt. Als würde man die Zahlen sehr schnell wählen, als hätte man verdammt flinke Finger. Zwei Sekunden Ruhe, dann vier kurz aufeinanderfolgende Töne, die klangen, als tauche man Kanarienvögel in flüssigen Stickstoff. Eine Sekunde Pause, dann wurden die Kanarienvögel – kein Erbarmen! – erneut in den flüssigen Stickstoff getaucht. Und dann kamen eben die Katzen dazu, die kratzenden Krallen, das rauschende Kreischen: eine gefriergetrocknete Kakophonie.

Ich habe mal einen getroffen, der sich mit diesen Dingen auskennt, er hatte was in der Richtung studiert, und er hat mir erklärt, dass in diesen zwanzig Sekunden ein komplexer Dialog stattfand. Ein Gespräch zwischen zwei Maschinen, die herausfinden wollten, ob sie sich verstanden, ob sie überhaupt miteinander kommunizieren konnten. Er sagte, es sei ganz so, als träfen sich zwei Menschen, die herausfinden wollen, ob sie die gleiche Sprache sprechen und die gleiche Wellenlänge haben – ob sie zueinander passen würden. Ob es weitergehen könnte mit ihnen. Ja, damit fing es an.

«Schhhhhhhkkkkkkrrrrkakingkakingkaking-tshchchchchchchchchchchchchhch»:

ERSTER TEIL

Kapitel 1

Wir sehen: einen Mann. Er hat eben seine Wohnung verlassen, mit dem Schlüssel abgeschlossen, einmal, zweimal, zur Sicherheit die Falle heruntergedrückt. Nun geht er die Treppe hinunter. Die Wohnung befindet sich im ersten Stock eines Hauses aus der Jahrhundertwende. Ein ziemlich unscheinbares Haus, wie es viele gibt in diesem Teil der Stadt, mit zwei Wohnungen auf jeder der fünf Etagen, Zweizimmerwohnungen, Dreizimmerwohnungen, Größere kaum. Ein Neuanstrich innert den nächsten paar Jahren wäre keine schlechte Idee. Vor dem Haus steht ein Baum, eine Birke, dürr wie ein finnisches Model. Das Haus liegt an einer ruhigen Seitenstraße, benannt nach einer Burg, die heute nur noch eine Ruine ist, zerfallenes Gemäuer, Steine, Löcher, überwachsen, überwuchert, irgendwo, ein Dutzend Kilometer vor der Stadt auf dem Land. Es ist noch nicht lange her, da feierte der Mann seinen 30. Geburtstag. Er feierte ihn so, wie man einen 30. Geburtstag feiert: in einer Bar, mit seinen fünf besten Freunden, von denen sich zwei auf dem Heimweg mehr als einmal übergeben mussten. Der Mann trägt die Haare kurz, er war, ohne zu lange zu überlegen, in ein T-Shirt mit einem ironischen Aufdruck auf der Brust geschlüpft. Es ist ein grünes T-Shirt, das er bei Urban Outfitters gekauft hatte, der weiße Aufdruck zeigt die

Strichzeichnung eines für amerikanische Verhältnisse kleinen Wohnmobils, und über dem Van steht «MINI VAN» und darunter «MEGA FUN»: Ironie war die Ritterrüstung der Zeit. Des Weiteren trägt der junge Mann eine schlabbrige hellbraune Hose im Military-Look von H&M, hellbraune Turnschuhe von K-Swiss mit fünf Streifen auf der Seite und eine Faserpelzjacke von Prada, die er herabgesetzt gekauft hatte. Sie war zwar immer noch um ein Mehrfaches teurer gewesen als eine normale Faserpelzjacke, wie sie Förster trugen, von Helly Hansen beispielsweise, aber eine Faserpelzjacke von Prada, erstanden im Ausverkauf, das war ein Kleidungsstück mit einer Botschaft, und die Botschaft war: Der Typ, der es trägt, der ist einfach ziemlich cool. Nun ja, das fand er damals, als er das Teil kaufte, und er fand es, als er es eben angezogen hatte, und er findet es auch jetzt noch, als er im Hausflur steht. Hätte der Mann sich im Spiegel betrachtet, so ganz in Braun gekleidet, er hätte nichts dagegen sagen können, hätte jemand bemerkt, er sehe aus, als habe er sich in einem mächtigen Hundehaufen gewälzt.

Im Treppenhaus ist das Licht gedämpft. Es könnte heller sein, aber die Fenster sind schon lange nicht mehr richtig geputzt worden. Der Mann ist von Beruf Journalist, er schreibt für eine Zeitung, die alle nur «das Käseblatt» nennen. Auch der Mann selbst nennt die Zeitung bloß «das Käseblatt». Das hat damit zu tun, dass das Käseblatt ein richtiges Käseblatt ist. Die letzte Geschichte, die der Mann für das Käseblatt geschrieben hatte, bestand aus hundert Worten über einen Küchenbrand, den die Feuerwehr schnell unter Kontrolle gebracht hatte: Jemand wollte im Ofen sein Abendessen aufwärmen, er schaltete ihn ein und verließ die Küche, doch statt des Ofens hatte er den Herd eingeschaltet, auf dem der Wasserkocher stand. Als der

Mann zurückkehrte, brannte der Wasserkocher und Teile der Küche. Es gab kaum Sachschaden, schon gar keine Verletzten, von Toten ganz zu schweigen. Bloß die Straßenbahnen konnten vor dem Haus für kurze Zeit nicht verkehren, denn die Feuerwehr musste die Schläuche über die Gleise verlegen, wegen des Hydranten. Es geschah nicht viel in der Stadt, in der der junge Mann lebte. Vor einem Jahr hatte er ein Fixum erhalten, 2000 im Monat, davon bezahlt er die Zweizimmerwohnung sowie ein winziges Büro, das er in einer alten Wurstfabrik gemietet hat. Hier und dort verdient er dann und wann etwas dazu, mal mehr, mal weniger, mal auch nichts. Oft vergisst er, Rechnungen zu schreiben. Noch öfter vergisst er, Rechnungen zu bezahlen. Er kennt den Weg zum Betreibungs- und Konkursamt, und der Mann am Schalter dort kennt den jungen Mann mit den K-Swiss-Turnschuhen mittlerweile auch, begrüßt ihn freundlich mit Namen, wenn er am letztmöglichen Tag erscheint, um eine Rechnung bar zu begleichen, die um vieles höher ist, als sie sein müsste, wegen all der Gebühren und Spesen. Und wenn der Beamte zu seinem Schreibtisch ging, um auf einem Rechenapparat die Gesamtsumme zusammenzutippen mit hartem Zeigefinger, und der Rechenapparat mit hektischem Geräusch die weiße Papierrolle ausspuckte, Stück für Stück, herausstreckte wie eine bleiche Zunge, die immer länger wurde und länger, da dachte der Mann mit den K-Swiss-Turnschuhen: Irgendwann, irgendwann hab ich das im Griff mit den Rechnungen, dann werde ich immer pünktlich zahlen, irgendwann bestimmt, ich geh gleich danach in die Papeterie und kaufe mir Plastikmäppchen und mache To-do-Listen. Gerne hätte er das alles dem Mann hinter dem Schalter erzählt, hätte ihm berichtet, dass er sich bessern würde, sofort, aber der Mann hinter dem Schalter wollte nur den Betrag, diesen aber passend.

Der Mann, der eben die Wohnung verlassen hat, er ist auf dem Weg zum Flughafen, von wo er nach Berlin fliegen wird. In Berlin hat er zwei Dinge vor. Eines hat mit der Arbeit zu tun und ist nicht so wichtig. Ein Interview mit einer Rockband, die kaum jemand kennt. Das andere: Er wird eine Frau treffen, die er nicht kennt, aber irgendwie doch. Die Frau hat er noch nie gesehen. Seit einem Jahr aber schreiben sie sich: Sie schreiben sich Briefe, Postkarten, E-Mails, SMS, das volle Programm. Sie chatten. Und einmal haben sie auch telefoniert, aber ohne etwas zu sagen. Sie sagte nichts. Er sagte nichts. Da war bloß Vogelgezwitscher im Hintergrund auf ihrer Seite, Verkehrslärm auf der seinen, dazwischen atmosphärisches Rauschen und Zeit, die verging. In Berlin würden sie sich nun das allererste Mal treffen. Im Hotel Forum am Alexanderplatz. So hatten sie es abgemacht in einer Mail. Der Mann ist deswegen mächtig aufgeregt. Man sieht ihm das nicht an, aber er trägt es mit sich rum wie die Wechselkleider in seiner Reisetasche. Ziemlich aufgewühlt ist er sogar. Hätte er sagen müssen, auf die Schnelle, wie er sich fühlte, jetzt, in diesem Moment, er hätte wohl gesagt: «Als trete ich eine wichtige Prüfung an, die zu bestehen ich mir nicht sicher bin.»

Er hatte geduscht. Er hatte frische Unterhosen angezogen, neue Socken ebenfalls, ja, er hatte extra neue Socken gekauft, auch im H&M, ein Dreierpack. Er hatte sich recht lange die Zähne geputzt. Er hatte sich mit je einem Ohrenstäbchen den Schmalz aus den Gehörgängen geholt. Er hatte an seinen Schuhen gerochen, bevor er sie anzog, zuerst an der Sohle, dann am Eingang der Höhlen, wo seine Füße tagsüber wohnten (die Schuhe rochen okay, fand er). Er hatte in den Spiegel geblickt und sich zugezwinkert, was ihm im selben Moment, in dem er es tat, lächerlich vorgekommen war. Der Mann, den wir nun sehen, wie er die Treppe hinuntergeht, er heißt Moritz.

Es war der 12. April des Jahres 2001, und die alten Treppenstufen knarrten, als er hinunterging, nicht besonders schnell, nicht besonders langsam, die Reisetasche in der Rechten. Er trat auf die Straße und wollte los zur Bushaltestelle, aber er hielt inne und blieb einfach stehen. Er versuchte sich zu erinnern, ob er auch tatsächlich die Türe zugeschlossen hatte, versuchte es wirklich, aber er konnte nicht sicher sein. Er hörte nicht den Vogel in der Birke vor dem Haus, der sich seines begrenzten Gesangs bediente. Ein «jirr tititi», ein «krchrch-tütititi». Er sah nicht den Müllwagen, der lärmend durch die Straße fuhr mit hinten dranhängenden Männern in leuchtend orangefarbenen Uniformen, hörte nicht, wie sie laut debattierten über das Sonntagsspiel, den Sieg von Udinese über Cagliari und die rote Karte in der 48. Minute, sah nicht den einen Müllmann, der eine aufgerauchte Zigarette wegschnippte, erstaunlich weit, einen hohen Bogen beschreibend. Auch den Geruch bemerkte er nicht, den der Müllwagen hinter sich herzog wie ein unsichtbares Wesen, einen müffelnden Geist. Er sah nicht das Flugzeug am Himmel. Er sah nicht die Wolke, die wabernd weiß aus dem hohen Schlund des Fernheizwerkes kam. Er sah die Dinge nicht, die die Welt waren in jenem Augenblick. Er dachte bloß an den Schlüssel und das Schloss und seine Finger und ob diese Finger seiner Hand den Schlüssel in das Schloss gesteckt hatten, ihn auch wirklich gedreht hatten, einmal, zweimal, ob er das klackende Geräusch aus dem Schließzylinder gehört hatte. Hatte er?

Hatte er nicht? Es wollte ihm nicht einfallen. Also hielt er inne, blieb stehen, überlegte, die Tasche zog an seinem Arm, aber er widerstand dem Impuls, nochmals die Treppen hochzugehen, zu spurten, zu hechten und die kalte eiserne Türfalle herunterzudrücken, bloß um zu sehen, dass die Türe tatsächlich verschlossen war, was sie sicher wäre, bestimmt, doch, doch. Er würde sich nur dumm vorkommen, nach diesem unsinnigen Kontrollgang, «Du bist neurotisch», würde er zu sich selbst sagen, einmal, zweimal, was natürlich erst recht neurotisch wäre, wenn man mehrmals zu sich selber sagt, man sei neurotisch. Aber er war nicht neurotisch, das wusste er. Nein. Er war ganz normal. Und wenn schon: Wer sollte schon auf die Idee kommen, von all den Tausenden von Wohnungstüren dieser Stadt gerade seine zu wählen, um zu sehen, ob sie eventuell nicht verschlossen war. Dazu müsste einer ja erst einmal ins Haus kommen. Absurd. Er griff fester nach der Tasche, ging weiter, um die Ecke, zur Busstation. Die Tasche kam ihm erstaunlich schwer vor. Er hatte nicht viel gepackt, hatte gedacht, er brauche ja nicht viel. Aber immer, wenn er dachte, er brauche nicht viel, für ein paar Tage bloß in einer anderen Stadt, kam doch einiges zusammen. Und warum auch musste er auf die Idee kommen, Wein mitzubringen. Er wollte mit ihr ein Glas Wein trinken, und in einem Anflug von Snobismus überkam ihn der fixe Gedanke, dass in Berlin kein guter Wein aufzutreiben sei, er wollte aber guten Wein trinken (oder das, was er, der er nichts von Wein verstand, aber auch gar nichts, darunter verstand), und dass auch sie guten Wein trank, und dann wären sie beide angetrunken, und alles würde sich ergeben. Ja, der Wein wäre sein Gehilfe, sein Sidekick, sein Dr. Watson, sein Hadschi Halef Omar, sein Robin, sein Freitag – vielleicht aber auch sein Sancho Panza. Darum nahm er nicht nur eine Flasche mit, sondern deren zwei, damit sie noch etwas angetrunkener sein würden. Und dann würde er sie küssen, und sie würde ihn küssen, und sie würden miteinander schlafen, einmal, zweimal, dreimal. Ja, so wäre es, so stellte er es sich vor: ganz einfach. Das Leben konnte schon recht gut zu einem sein, fand er. Ziemlich verdammt gut sogar.

Es dauerte nicht lange, und er saß im Bus, der ihn zum Flughafen brachte. Ein langer grüner Gelenkbus, der erstaunlich schnell durch die Stadt fuhr. Er saß auf einem leicht erhöhten Sitz über dem hinteren Radkasten, er mochte diesen besseren Blick auf die Dinge, auch wenn ihn die Dinge nicht sonderlich interessierten an diesem Morgen. Er griff in die Innentasche seiner Jacke. Der Pass war da. Das Ticket auch. Alles gut. Alles in Ordnung. Alles bestens. Ganz ruhig, Brauner. Er musste an Klumpen denken, und er lachte kurz auf, als ihm einfiel, was Klumpen erzählt hatte, am Abend zuvor. Klumpen war so was wie Moritz' bester Freund. Er wollte mit dem Auto nach Österreich fahren, um durch ganz Österreich hindurchzufahren, dieses lange Land, das ausschaut wie Afrika um 90 Grad nach rechts gedreht, und dann nach Ungarn weiter, um entfernte Verwandte zu besuchen, die nicht nur entfernt verwandt waren, sondern auch noch entfernt wohnten, und als er an der Grenze den Pass zeigen sollte, fiel ihm ein, dass sein Pass zu Hause lag, in einer Schublade, wo er immer lag, er also nochmals zurückfuhr, die ganzen 200 Kilometer, die er eben hergefahren war bis zur Grenze, den Pass aus der Schublade nahm und nun zum dritten Mal die 200 Kilometer fuhr, um nicht ohne Wut festzustellen, dass nun gar kein Zöllner mehr da war, als er wieder am Zollübergang ankam, er einfach passieren konnte. Waren wohl in der verdammten Mittagspause, mutmaßte er fluchend, und dann blinkte ein rotes Licht im Armaturenbrett, und er musste tanken. Noch immer nicht beruhigt ob seiner eigenen monumentalen Dummheit, war er so in Gedanken, dass er seinen Wagen zwar volltankte, ein Snickers kaufte, weil er sich unterzuckert fühlte, eine Dose Cola, das alles bezahlte, in den Wagen stieg, ihn anließ und wieder losfuhr, aber etwas vergaß: den Tankstutzen aus dem Loch zu ziehen und ihn zurück an die Zapfsäule zu stecken, ja, das hatte er vergessen, und Klumpen machte ein lautes Geräusch und klatschte in die Hände, als er es ihm erzählt hatte, wie er davongefahren sei, schnell, mit einem abgerissenen Tankschlauch, im Rückspiegel sah er ihn zappeln wie eine wütende Schlange, die sich an seinem weißen Honda Prelude festgebissen hatte.

Der Bus fuhr. Der Bus hielt. Es wurde laut, als fünf Männer um die fünfzig zustiegen, gut gelaunt, aufgekratzt wegen der bevorstehenden Reise wohl, vielleicht hatten sie auch schon was getrunken. Ihre bleichen Füße steckten in Plastiksandalen, und sie trugen Shorts und identische Poloshirts mit einem Aufdruck auf dem Rücken, der sie als Mitglieder eines Turnvereins einer Vorortgemeinde auswies. Unter großem Tohuwabohu hievten sie Hartschalenkoffer in den Bus, jeder groß genug, um eine Leiche darin zu entsorgen. Auf einem Koffer prangte ein Aufkleber, oval und groß: «Ferien in Valbella – IMMER WIEDER», und daneben ein grüngelber Sticker mit drei Tannenbäumen drauf, neben denen stand: «Sauerthal macht Spaß – Ferien- und Seminarhaus m. 22 Betten (Loreley)». Einer sagte: «Also, hört zu. Wenn wir im Hotel angekommen sind, dann gehen wir direkt in die Tiger Bar. Habt ihr gehört? Direkt in die Tiger Bar.» Die anderen redeten stehend durcheinander, und dann schrie einer: «Kommando Tiger Bar!» Der Buschauffeur schaute kurz nach hinten, bemüht möglichst finster dreinblickend, was ihm recht gut gelang. Die Männer lachten, und der eine fasste die Haltestange mit der Rechten, schwang die Linke in die Luft und wackelte mit seiner Hüfte, so gut er konnte. Der Buschauffeur nahm eine Kurve scharf, die Männer mussten sich festhalten, um nicht durch den Bus zu kegeln, sie johlten. Noch mehr Gelächter.

Bald würde er am Flughafen sein, bald in der Luft, bald bei ihr. Oder sie bei ihm. Er legte seine rechte Hand an seine Leiste, spüre das Portemonnaie durch den robusten Stoff der Hose. Okay, gut, alles da. Pass. Ticket. Geld. Mehr braucht niemand, wenn er auf Reisen geht. Gut zu wissen. Beruhigend. Alles bestens. Er lehnte sich zurück, und er spürte seinen Rücken, noch immer, obwohl es lange her war, dass er die Treppe hinuntergestürzt war. Wie lange war das nun her? Drei Monate? Sicher war es drei Monate her. Vielleicht sogar länger. Damals war es so kalt gewesen, dass man in der Zeitung Artikel über diese Kälte schrieb – er selbst war mit einem solchen Artikel beauftragt worden: Er musste den Zoodirektor befragen, wie sich die extreme Kälte auf das Leben der Tiere auswirkte, vor allem jene Tiere, die ihrer Herkunft wegen eher an Strandurlaub gewöhnt waren. Schnee aber lag damals kaum in der Stadt. Also liehen seine Freunde über sieben Ecken einen Pick-up von einem Schlosser aus, ein paar Schaufeln trieben sie auf, und sie fuhren aus der Stadt hinaus Richtung Jura, um dort Schnee auf den Pick-up zu schaufeln. Den Schnee fuhren sie dann in die Stadt und dort zur alten Wurstfabrik, wo er ein Büro gemietet hatte und wo sein Kumpel Klumpen und der Wolf auch arbeiteten, Räume für wenig Geld, und den Schnee schaufelten sie auf einen großen Haufen vor dem Eingang, fuhren wieder aus der Stadt hinaus und hinauf in den Jura, brachten eine neue Ladung, und aus dem Haufen formten sie dann eine Theke, denn so hatten sie das Fest angekündigt. «ATELIERHAUSFEST MIT SCHNEEBAR». Es war verdammt viel Arbeit gewesen, denn Schnee ist schwer, und für eine hübsche Schneebar braucht man viele Schaufeln. Seine Freunde chauffierten und schaufelten zwei Tage, und einen weiteren halben Tag investierten sie in das Finishing der Theke, die aussehen sollte wie etwas von Zaha Hadid, nachdem sie zehn Spacecookies gegessen hatte. Am Ende hatten sie einen schrecklichen Muskelkater an Orten, von denen sie gar nicht gewusst hatten, dass dort überhaupt Muskeln waren, und es war einfach eine Theke, ein fünf Meter langes Ding, mehr oder weniger rechteckig, mehr oder weniger im Lot, ein Ding, dem man die viele Arbeit überhaupt nicht ansah. Aber sie erfüllte ihren Zweck. Und so stand er dann abends an dieser Theke aus Schnee in der Kälte, trank Wodka und redete mit Wolf, oder besser: Wolf redete mit ihm. Wie immer trug Wolf Anzug und Hemd, er fluchte über die Kälte, und er schlotterte, aber viel wichtiger war ihm, gut auszusehen. Einmal im Jahr kamen unschlagbar günstige Schneider aus Hongkong für ein paar Tage in die kleine Stadt, nahmen ein Hotelzimmer und empfingen Kunden. Dort ließ Wolf sich ausstaffieren: maßgeschneiderte Hemden mit eingesticktem Monogramm, Vestons mit nur wenig Schulterpolster und Hosen mit schlanken Beinen. Er war stets gut gekleidet, und wenn jemand meinte, er sei ein Schnösel, dann empfand er dies als Kompliment. Wolf erzählte Moritz von einem neuen Buch. Es ging um das «Gleichgewicht zwischen Fotografie und Grafikdesign durch grafischen Ausdruck» und «den neuen Ausdruck des Sehens» und um «neugierig flüchtige Bilder, die aus ihrem weltlichen Kontext aufgehoben und auf eine andere Ebene abstrahiert zu haben scheinen». Wolf redete und redete und redete, Moritz fragte sich, was er wohl geschluckt hatte, sehr wahrscheinlich leider aber überhaupt nichts, denn dann und wann litt Wolf unter einer alten Krankheit von Menschen, die lange Zeit an Kunstschulen verbracht hatten: verbalem Durchfall. «Weißt du, Straßenmarkierung, Graffiti und alle Arten von Beschilderungen wurden vergrößert oder beschnitten, seltsam vertraute Dinge werden zu rätselhaften Bildern, die Carson äußerst empfindlich Reaktion auf Formen, Farben, Licht und Schatten zeigen. Er untersucht die Synergie zwischen Grafik und Fotografie, die dynamische Beziehung zwischen Worten und Bildern. Er ist einfach der Größte. War ja mal Profisurfer. Wir sollten auch so ein Projekt machen, ein geiles Projekt.» Er sah Wolf reden, er sah seinen Mund, er ging auf und zu, und weil es so kalt war, kam weißer Hauch aus Wolfs Mund, als ob er rauchte, als ob eine verdammte Rauchmaschine in ihm drinstecken würde, die man nicht mehr ausschalten konnte. Er sah ihn reden, aber er hörte ihn nicht.

Er war nur ein bisschen betrunken, als er die zwei Drinks griff, die er bestellt hatte, und sich von seinem voll ergonomischen Stehplatz an der Schneebar loseiste und Wolf stehen ließ, der einfach weiterredete. Er ging in den Keller des Atelierhauses, wo seine Freunde im alten Lagerraum eine improvisierte Disko installiert hatten, mit Spiegelkugel und Nebel und Lautsprechern groß wie Gefrierschränke. Er wollte Klumpen einen Drink bringen. Klumpen machte heute den DJ. Er wusste, dass DJs nicht verdursten durften. Wenn sie nicht ausreichend zu trinken bekamen, dann bekamen sie schlechte Laune. Und wer will schon DJs mit schlechter Laune? Aus dem Keller pumpte The Clashs

«Police on my back». Es mussten seine feuchten Schuhsohlen gewesen sein, es mussten die feuchten Treppenstufen gewesen sein, beides eventuell sogar, auf jeden Fall glitt er auf der ersten Stufe aus. In der Linken hielt er einen Drink, in der Rechten ebenfalls, Plastikbecher. Im Nachhinein, in der Erinnerung, kam es ihm vor wie in einem Comic. Er glitt aus, und wenig später fand er sich am Fuß der Treppe sitzend, er sah Arme aus dem dichten Maschinennebel ragen, die Musik war so laut, dass er den Fluch nicht hörte, den er ausstieß, aber dann musste er lachen, denn noch immer hielt er in der Linken den Drink und in der Rechten ebenfalls, nichts schien verschüttet, und er brüllte zu niemandem Bestimmten: «Ich bin ein verdammtes Genie! Zum Zirkus hätte ich gehen sollen! Ich bin der verdammte Jerry Lewis!» Und dann stand er auf, kippte den einen Drink, warf den Becher zu Boden, zertrat ihn mit einem gezielten Tritt, es klang scharf durch die Musik, als bräche einem das Genick, und kippte auch den anderen Drink, den er eigentlich seinem Kumpel Klumpen hatte bringen wollen. Er schüttelte den Kopf, schrie dem Nächstbesten ins Ohr, dass er eben die Treppe runtergefallen sei. «Was?», schrie der. «Nichts gebrochen!», schrie er. «Was?» «Alles super.» Er reckte den Daumen hoch zum Okayzeichen. Dann ging er tanzen.

Er bemerkte es erst am nächsten Morgen, als er erwachte, in seinem Bett, eine simple Matratze auf dem Boden, ohne Gestell, ohne Rost. Er konnte sich kaum mehr bewegen, lag auf der Matratze wie ein halbtotes Reptil in Unterhose. Er versuchte, einen Blick auf seinen Rücken zu werfen, was natürlich nicht ging, sosehr er den Kopf auch wendete, was wiederum verdammt wehtat. Etwas stimmte nicht. Da stimmte etwas ganz und gar nicht. Er stand auf, langsam, stöhnte vor Schmerz, ging ins Bad, blickte in den Spiegel, sah sein verkatertes Gesicht, die kleinen Augen, drehte dem Spiegel seinen Rücken zu. Das Gesäß, der untere Rückenbereich, die Rückseite der Oberschenkel: Schwarz, Blau, Dunkelrot. Er humpelkrochschlich aus dem Bad und legte sich wieder auf die Matratze, zog das Laken über seinen geschundenen Körper und griff nach dem Telefon, wählte Julchens Nummer.

«Hallo?»

«Hi Julchen, wo warst du gestern?»

«Warst du an der Party?»

«Ja. Du aber nicht.»

«Ich wollte auch kommen, aber ich bin zu Hause eingeschlafen, vor der Kiste, während ‹Emergency Room›, als Greens Mutter das Bein gebrochen hat und er sie deswegen in San Diego besuchen geht. Ich muss mir die Wiederholung ansehen, hab fast alles verpennt, so wie ich dann auch die Party verpennt habe. Meine Güte, ich verpenne mein halbes Leben.»

«Na ja, so gut war die Party nun auch wieder nicht.»

«Klumpen hat aufgelegt, oder?»

«Ja, Klumpen hat aufgelegt. Und ich bin die verdammte Treppe runtergeflogen.»

«Wie? Was?»

«Ausgerutscht. Aber hey: Ich hatte zwei Drinks in den Händen, und nicht einen Tropfen davon habe ich verschüttet.»

«Bravo! Und jetzt?»

«Jetzt? Jetzt sehe ich aus wie ein Zombie. Ich sehe aus wie von Bruce Lee vermöbelt. Als wäre Bruce Lee mit seinen verdammten Nunchakus über mich hergefallen.»

«Mit was?»

«Nunchakus.»

«Was sind Nunchakus.?»

«Du weißt schon, diese zwei Holzstäbe, die mit einer Eisenkette verbunden sind.»

«Keine Ahnung, von was du redest.»

«Hast du nie was von ihm gesehen? ‹Der Mann mit der Todeskralle›? ‹Todesgrüße aus Shanghai›?»

«Nein. Ich bin eher der Meg-Ryan-Schlaflos-in-Seattle-Typ.»

«Egal. Auf jeden Fall: Ich habe meinen Meister in einer Kellertreppe gefunden.»

«Was gebrochen?»

«Weiß ich nicht. Glaub's nicht. Aber ich kann kaum gehen.»

«Dann solltest du zu einem Arzt.»

«Später.»

«Hast du was gegen die Schmerzen?»

«Ich hab immer etwas Ponstan 500 auf Vorrat. Ich werd mal ein paar davon frühstücken.»

«Mach das. Und ich komm später vorbei. Okay?»

«Okay.»

«Soll ich dir was mitbringen?»

«Ja, ein Sexheftchen.»

«Idiot.»

«Mit Poster.»

«Idiot.»

«Ich weiß.»

Der Arzt sagte ihm später, dass er Glück gehabt habe, nichts sei gebrochen, bloß eine Prellung des Steißbeins. Er wurde vier Wochen krankgeschrieben, schluckte ständig Ponstan. Er sah viel fern in dieser Zeit. Er spielte Playstation. Er hörte Musik. Wenn er rausging, dann schlich er durch die Stadt, denn Gehen konnte man das nicht nennen. Er hoffte, niemand sah ihn. Immer wieder musste er stehen bleiben, sich irgendwo festhalten, sich irgendwo setzen, warten, bis die Schmerzen wieder abklangen. Später würde er sagen, es sei der Moment gewesen, in dem er alt geworden sei. Jener Moment, als der Ernst des Lebens begonnen habe, der Treppensturz sei ein Ruck gewesen, der alles verändert habe. Bis dahin jedoch würde noch etwas Zeit vergehen.

Die Busfahrt zum Flughafen dauerte keine zwanzig Minuten. Die Vorzüge einer kleinen Stadt, die jedoch so groß war, dass sie einen Flughafen hatte. Das sagte er immer, wenn es darum ging, die Vorteile der kleinen Stadt zu beschreiben: Man ist schnell weg. Und schnell wieder da. Und man muss keine Angst haben, in der Zwischenzeit etwas verpasst zu haben. Der Schmerz in seinem Rücken war verschwunden, er dachte nicht mehr daran, als er am Kiosk stand und sich ein paar Zeitschriften kaufte, eine Packung Kaugummi, dann die Sicherheitskontrolle hinter sich brachte und sich am Gate auf eine nicht sehr bequeme Bank setzte, dort wartete, das Handgepäck zwischen seinen Beinen. Er war zu früh, wie immer, was ihm jedoch richtig vorkam, denn er fand, dass es keinen richtigen Zeitpunkt gab, sondern immer nur ein Zu-früh oder ein Zu-spät. Den exakt richtigen Zeitpunkt zu treffen, das war ein Ding der Unmöglichkeit. Er blätterte in der Zeitschrift, die er gekauft hatte. «The Face». Er las kein einziges Wort, nicht das Porträt von Flat Eric, nicht das Interview mit Suede, nicht die Story über Eminem, nicht die über Angelina Jolie und auch nicht über Star Wars Lego. Er sah sich bloß die Bilder an und die Werbung und blätterte und blätterte und wartete, dass die Zeit verging, was sie auch tat, denn auf das Vergehen der Zeit war Verlass.

Sein Flug wurde aufgerufen. «LX 3596 nach Berlin-Tempelhof ist nun am Gate 12 zum Einsteigen bereit.» Eine Frau in Uniform und Leuchtweste öffnete mit einem Schlüssel eine Türe, die zum Rollfeld führte, wo der Jet wartete, ein Saab 2000, nur ein paar Schritte entfernt. Auch das mochte er an der kleinen Stadt, in der er lebte: dass man auf dem Flughafen zu Fuß zum Flugzeug ging, dass man nicht in noch einen Bus steigen musste, zusammen mit den anderen mit ihren Rollköfferchen. Er hasste Rollkoffer. Und wenn am Rollkoffer dann noch ein Typ im Anzug dran war, dann hasste er den noch viel mehr.

Jetzt bemerkte er erst, wie warm es war, an diesem 12. April. Er hob seinen Kopf und blinzelte in die Sonne, ging auf das Flugzeug zu, schritt die Treppe hoch, und als er auf der obersten Stufe stand, hielt er kurz inne, blickte über seine Schulter auf das Flughafengebäude, in dessen Scheiben sich die Sonne spiegelte, dann packte er seine Tasche noch fester, die an seinem Arm gen Erdmittelpunkt zog, zog seinen Kopf etwas ein, trat durch die aufgeschwungene Türe, trat in die Maschine und blickte in ein höchst professionell lächelndes Gesicht der Flugbegleiterin, die ihn willkommen hieß an Bord, einen Blick auf seine Einsteigekarte warf und mit einer höflichen Handbewegung nach hinten wies, als ob es eine andere Richtung geben würde. Es schien tatsächlich so, als lächelte die Frau, weil sie sich freute, ihn zu sehen, auch wenn sie ihn noch nie gesehen hatte. Auch er lächelte, aber aus einem ganz anderen Grund.

Kapitel 2

Wir sehen: eine Frau. Sie steht in einem Raum, vielleicht dreißig Quadratmeter groß, mit hohen Fenstern, es ist hell im Raum, auch wenn die Aprilsonne etwas Mühe hat, ihr Licht durch die dichte Wolkendecke zu drücken, die über Berlin liegt, so wie sie gestern schon Mühe hatte und auch morgen haben würde. Das Grau war schon so lange dort oben, dass man denken konnte, der Himmel wäre aus Beton und würde einem auf den Kopf fallen. Eben stand die Frau noch am Fenster und sah in den Himmel und überlegte, ob dieser Himmel schiefergrau sei oder aschgrau oder mausgrau oder rauchgrau, denn einfach nur Grau gab es nicht. Sie dachte: Taubengrau passt zu diesem Himmel, heute. Dann geht sie zur Wand, wo sie nun steht, einen Pinsel in der Rechten. Sie neigt ihren Kopf etwas zur Seite. An der Wand hängt ein Bogen Papier, Format A2, zwei feine Nägel halten den Bogen an der Wand, er wölbt sich leicht. Die Frau runzelt die Stirn. Sie betrachtet das entstehende Bild. Von der Spitze des Pinsels löst sich ein Tropfen Farbe, fällt herunter, zerplatzt auf dem Fußboden, wird zu einem rasch trocknenden Fleck, er sieht aus wie blaues Blut. Er ist dort nicht alleine. Der Boden ist übersät mit verschiedenfarbigen Flecken. Es sieht aus, als hätte man einen Clown massakriert. Das Bild zeigt eine Figur, eine Frau, sie sitzt in einem Schaukelstuhl, die Beine übereinandergeschlagen, man sieht die Figur im Schaukelstuhl von der Seite, den Kopf hat sie dem Betrachter zugewendet, sie blickt über ihre Schulter, als habe ihr eben jemand etwas zugerufen. Die Künstlerin tritt näher an das Bild und malt der Figur mehr Haare, es ist bloß ein einzelner dicker Strich. Wieder nimmt sie einen Schritt Abstand vom Bild, betrachtet es erneut und zuckt mit den Schultern. Sie würde warten, bis das Bild trocken wäre. Bei Acryl ging das schnell, sie war immer wieder überrascht, wie schnell das ging, erstaunlich, vor allem verglichen mit der Ölfarbe, die einfach nicht trocknen wollte, auch nach Wochen, Monaten noch nicht. Sie hasst den Geruch der Ölfarbe. Roch sie Ölfarbe, dann meinte sie, in ein anderes Jahrhundert gefallen zu sein. Ins Mittelalter. Die Künstlerin geht zu einem Tisch. Auf dem Tisch steht ein Ghettoblaster mit CD. Es ist ein Gerät von Panasonic, sie hatte ihn im Saturn gekauft, vor zwei Wochen, es war ein Aktionsangebot. Ihr war fast ein wenig schwindlig geworden, im Saturn, wo das Licht zu hell war und die Luft zu stickig und die Auswahl zu groß, ja, die Auswahl an in China zusammengebauten Geräten aus Plastik und Elektrobauteilen war so groß, dass es sie lähmte, also nahm sie einfach das Aktionsangebot. Das Gerät war zwar von einer absonderlichen Hässlichkeit, aber damit war es dort nicht allein.

Sie drückt eine Taste. Eine Sekunde später kommt Musik aus dem Gerät. Ein Synthesizer, tiefer Klang, ein Chor stimmt ein, singt immer wieder: «Rameses, Colossus. Rameses, Colossus». Beschwörend. Dann setzt das Schlagzeug ein, und eine Frauenstimme kommt dazu, und der Song nimmt schnell an Fahrt auf. Die Frau stellt lauter, obwohl die Musik schon recht laut gewesen war. Sie fängt an zu tanzen. Den Pinsel wirft sie auf den Tisch. Sie klatscht in die Hände, sie macht den Moonwalk, macht den Michael Jackson, sie wackelt mit der Schulter, sie schreitet wie eine Ägypterin, sie geht in die Knie, sie haut sich die Handflächen auf die Oberschenkel, sie streckt die Arme in die Höhe, sie macht den John Travolta, sie macht die Ginger Rogers, trippelt, dass niemand zuschaut, ist ihr egal, und es wäre ihr auch egal, wenn jemand zuschauen würde, und als der Song vorbei ist und ein neuer Song beginnt, ein Song, der viel langsamer ist, da geht sie zum Tisch, dreht den Ghettoblaster wieder leiser, nimmt ein Japanmesser, fährt die Klinge aus, klick, klick, klick, geht zum Bild und schneidet ein Loch in das Papier. Dort, wo zuvor der Kopf der Figur war, dort ist nun ein Loch. Sie fährt die Klinge wieder ein, klick, klick, klick, und betrachtet das Bild. Jetzt ist sie zufrieden. «Hm», denkt die Frau, «ich nenne das Bild ‹Loch im Kopf›.» Die Frau schaut auf ihre Uhr, aber sie trägt gar keine Uhr. Sie schaut bloß auf ein Handgelenk. Sie hat die Uhr vergessen anzuziehen, heute Morgen, sie liegt wohl noch neben dem Bett. Die Uhr war ein Geschenk gewesen, kam per Post, ein kleines Paket, ohne Absender, aber sie wusste, woher es kam. Sie mochte die Uhr sehr, es war eine Digitaluhr mit eingebautem Taschenrechner. Zudem konnte man ein paar Sekunden Ton speichern. Als die Uhr kam, war bereits ein Ton gespeichert. Sie hörte ihn sich an. Es war der Soundtrack eines Momentes an einem anderen Ort. Es war bloß Ruhe, aber wenn sie das feine Rauschen hörte (War es Wind? Hörte man eine von Autos befahrene Straße? Ein Atmen?), dann wusste sie, dass es der Ort war, an dem er gewesen war, sie spürte so etwas wie Präsenz. Sie spürte ihn. Als Georg die neue Uhr bemerkte, sagte er: «Neue Uhr?» Und sie sagte bloß «Ja». Damit war das Thema erledigt.

Also greift sie in die Tasche ihrer Jeans, wo ihr Mobiltelefon steckt, ein silberfarbenes Nokia, sie nennt es Silberfisch, denn sie findet, dass alle Maschinen einen Namen verdient haben (der Ghettoblaster heißt Kleiner Todesstern). Es ist kurz nach 14 Uhr. Höchste Zeit, das Atelier zu verlassen, findet die Frau. Genug gearbeitet. Sie war nun schon über zwei Stunden hier. Feierabend. Zwei Stunden, mehr konnte eine Künstlerin doch nicht arbeiten, ohne sich lächerlich zu machen, ohne die Glaubwürdigkeit als seriös unseriöse Künstlerin zu verlieren! Sie stellt den Ghettoblaster aus und überlegt, was sie nun tun könnte. Es würde ihr schon etwas einfallen. Vielleicht würde sie schwimmen gehen, im Velodrom, den einen Kilometer, den sie immer schwamm, mindestens dreimal die Woche. Vielleicht würde sie ins Kino gehen, egal was lief, in das Kino an der Karl-Marx-Allee oder in jenes in den Hackeschen Höfen. Vielleicht würde sie mit der U-Bahn an eine Endstation fahren und dann wieder zurück, lesend oder auch nicht, sie hatte eine schon etwas ramponierte Taschenbuchausgabe von Italo Svevos «Zenos Gewissen» dabei, für alle Fälle, ein Kassabon als Buchzeichen zwischen Seite 54 und Seite 55. Es war ein Kassabon eines Biomarktes. Sie hatte dort ein Hühnchen gekauft, und als sie es zu Hause braten wollte, fand sie, dass das Hühnchen ziemlich stark roch. Sie brachte es zurück, aber der Mann im Biomarkt weigerte sich, das Huhn zurückzunehmen und ihr ihr Geld wiederzugeben. Er packte das tote Tier aus und steckte seine Nase dicht darüber, sog den Geruch ein und schloss die Augen. Dann schüttelte er den Kopf. «Alles bestens», sagte er. Er fand, das Huhn rieche total okay. «So riecht Huhn eben», sagte er, «echtes Huhn, und wenn du Huhn willst, das nach nichts riecht und nach nichts schmeckt, dann geh halt in den Penny-Markt einkaufen.» Was sie dann auch tat.

Die Frau ist 32 Jahre alt. Der Raum ist ein Atelier im Kulturzentrum Podewil im Osten Berlins. Seit einem halben Jahr arbeitet sie hier, ein Stipendium, und sie tut das gerne, sie mag die Stadt, so gut sie sie bereits kannte, trotz des Himmels und des Umstands, dass ihr Leben gerade etwas kompliziert ist. Aber ihr Leben wäre auch an einem anderen Ort kompliziert und eben: Wenn man sich einmal mit den verschiedenen Grautönen beschäftigt hat, dann kann man den Nuancen dazwischen ziemlich viel abgewinnen. Die Künstlerin hat einen Freund, er heißt Georg und ist Architekt. Seit sechs Jahren sind sie zusammen. Georg ging schon etwas vor ihr nach Berlin, wegen einem Job in einem angesagten Architekturbüro, wo er zwar kaum etwas verdiente und dafür umso mehr schuftete, aber er nahm das gerne auf sich, denn er dachte, das gehöre nun einmal zu dem Weg, den er eingeschlagen hatte, ein Weg, an dessen Ende er sich selbst als großen Architekten sah mit Häusern, über die es große, dicke Bücher geben würde.

Neben Georg hat die Frau noch eine Affäre. Die Affäre heißt Paul. Paul ist Künstler. Sie hatte ihn hier kennengelernt, an einer Party. Georg hatte zu jener Zeit gerade viel zu tun, eine Wettbewerbsabgabe, noch eine Wettbewerbsabgabe, Nachtschichten, Ernährung nur noch durch das, was Pizzakuriere brachten, er kam nach Hause, als sie schon schlief, und ging, als sie noch im Bett lag und von Dingen träumte, die ganz und gar andere Dinge waren als jene, die er da dachte.

Georg war beschäftigt mit der sozialen Organisation des Neubaus eines Versicherungskonzerns, Horizontalisolierungen, Fenster, Türen, Treppen, Wände, Bodenplatten. Wenn sie etwas Zeit fanden, die sie zusammen verbringen konnten, dann langweilte er sie, ohne es zu merken, mit längeren Monologen über von großen Architekten gebaute Gebäude, die ihn beschäftigten, etwa der Torre Velasce in Mailand, den er auf einer Studienreise besichtigen konnte. Während sie beim billigsten Vietnamesen der Stadt ganz unten an der Kastanienallee saßen und er scharfe Süßsauer-Soße im Mundwinkel hatte, die aussah wie ein Bernsteinpickel, während er eine Frühlingsrolle kaute, an der er sich fast die Zunge verbrannte, dreimal kurz heftig Luft einsog, dann den Mund etwas offen hielt beim Kauen, um die Ware zu kühlen, die eben zermalmt wurde zwischen seinen Zähnen, und gleichzeitig von dem bemerkenswerten Haus erzählte, da gähnte sie. Er bemerkte es nicht, sondern fuhr fort. «Der Turm ist etwa hundert Meter hoch und hat eine eigentümliche und charakteristische pilzartige Form. Die Begrenzung der Höhe hat ihren Grund: Es war verboten, ein Gebäude zu bauen, das den Dom überragen würde. Die Struktur des Torre Velasce erinnert an die Tradition der mittelalterlichen Festungen und Türme mit ihren massiven Profilen und den engeren unteren Teilen, währen die höheren Teile aufgestützt wurden durch Balken. Kannst du mir folgen?»

Sie nickte und gähnte erneut, und als der Kellner ihr das bestellte grüne Curry hinstellte, da dachte sie, sie blicke in einen Spiegel. Sie hätte gerne ihr Handy hervorgeholt und ein bisschen Snake gespielt. Sie wurde vernachlässigt. «Wenn aus reinem Ennui heraus Kriege vom Zaun gebrochen wurden», so dachte sie, «warum sollte ihm dann nicht auch eine Affäre entspringen?» Und dann lief ihr Paul über den Weg, an einer Party bei einem Kurator, als es einen Eklat gab, weil Paul sich nicht mit dem lauwarmen Bier begnügen wollte, das der Kurator notdürftig in seiner Badewanne kühlte. Außerdem war nur Heineken da. «Fuck Heineken», sagte Paul und ging in die Küche, um nachzusehen, ob etwas anderes zu trinken vorrätig war. Paul also kam in die Küche, wo sie am Fenster stand, rauchte und sich langweilte. Deshalb ging sie in die Küche: weil die Küche an Partys der beste Ort war, gleich nach der Toilette, wie sie fand. Aber diese Party war so langweilig, dass nicht mal in der Küche etwas los war. Eigentlich wollte Georg auch zur Party kommen, aber als er anrief und sagte, es würde etwas später werden, da wusste sie, was das bedeuten würde. Sie wollte eigentlich schon ihre Zigarette ausdrücken und gehen, sie wusste sowieso nicht, warum sie überhaupt gekommen war. Den Kurator konnte sie überhaupt nicht leiden. Er sprach zu laut, und wenn er mit einem redete, dann trat er immer so nahe an einen heran, dass man in eine heftige Speichelgischt geriet und seinen fauligen Atem riechen konnte, und so machte man einen kleinen Schritt nach hinten, worauf der Kurator einen kleinen Schritt nach vorne unternahm, die Distanz wieder schrumpfte und man wieder nach hinten wich und so weiter, bis man mit dem Rücken zur Wand stand oder einem unverrückbaren Möbel und man schon lange nicht mehr dem Kurator zuhörte, sondern sich überlegte, wie man ihm entkommen konnte. Erlösung aber gab es nur, wenn sein ständig nervös im Raum herumhüpfender Blick jemanden entdeckte, den der Kurator als wichtiger einstufte als einen selbst.

Paul sagte: «Hallo.» Sie lächelte und sagte leise auch: «Hallo.» Sie hatte sein Gesicht schon mal gesehen, wusste im Moment aber nicht, wo. «Hast du mir auch eine?» Sie wusste erst nicht, was er meinte, er zeigte auf ihre Zigarette. «Ah, ja, klar, entschuldige, ich war grad in Gedanken.» Sie hielt ihm die Schachtel hin. Er nahm sich eine, steckte sie in den Mund, ohne sie anzuzünden. «Was hast du gedacht?»

«Nichts.» Paul öffnete den Kühlschrank: «Was haben wir denn da?» Er zog eine Flasche Champagner heraus. Es war richtiger Champagner, kein Prosecco-Fusel, sondern eine Flasche Krug. Schnell war sie geöffnet, der Knall des Korkens war dumpf, das Geräusch erinnerte sie an einen Tränengasgranatwerfer, den sie noch in Erinnerung hatte, als die Polizei gegen Demonstranten vorging, um was ging es damals gleich noch? Und während sie noch fand, dass das Geräusch wie jenes eines Tränengasgranatwerfers klang, fand sie, dass diese zwei Dinge ziemlich weit auseinanderlagen: Champagner und Tränengas. Paul suchte ein Glas, fand zwei, schenkte ein. Es ging nicht lange, da stand der Kurator in der Tür, sein Gesicht nahm schnell eine besorgniserregend fleckige Rotfärbung an, die aber irgendwie gut zu seinem rot karierten Anzug passte. Er sah aus wie eine wandelnde Picknickdecke. Es war so, dass der Kurator zu dieser Flasche Champagner eine besondere Beziehung hatte. Sie war das Geschenk eines sehr bekannten Künstlers; hätte Paul die Flasche näher angeschaut, dann hätte er gesehen, dass jemand mit einem Filzer etwas auf die Flasche geschrieben hatte, eine Widmung. Es gab ein kurzes Wortgefecht, Paul sei ein Schmarotzer, schrie der Kurator, Paul gab zurück, der Kurator sei das Schwein, das sich an der Zitze des Kommerzes satt sauge, und so ging es hin und her, bis der Kurator Paul packte, ihm die Flasche aus den Händen reißen wollte, sie aber nicht zu fassen bekam, worauf die Flasche fiel, und zwar punktgenau mit dem dickwulstigen Flaschenboden mitten auf Pauls großen Zeh. Der schrie. Der Kurator schrie auch. Fluchend schubste Paul den Kurator aus dem Weg, der auf den mit Bierflaschen vollgestellten Küchentisch fiel, und stürmte aus der Wohnung. Sie rief Paul unaufgeregt nach: «Moment, ich komme auch.» Noch im Treppenhaus stehend, zog er seinen Schuh aus und die Socke, und sie sah sich seinen Fuß an. «Scheiße, das tut weh», sagte er und verzog das Gesicht. Sie merkte nun, dass sie ein bisschen betrunken war, ihr war schwindelig, und wie sie da Pauls Fuß in den Händen hielt, schaute sie zu ihm hoch. «Tja», sagte sie, «ich denke, da ist nichts zu machen, den müssen wir wohl amputieren.» Er seufzte theatralisch. «Gut, dann fangen Sie mal an, Frau Doktor. Ich heiße übrigens Paul.» Er streckte ihr die Hand hin, sie griff sie und zog ihn sanft zu sich herunter. Die Frau, sie heißt Meta.

Es war der 12. April des Jahres 2001, als Meta die steinernen Stufen hinunterging in dunkelblauen Turnschuhen. Die Noppensohlen quietschten auf dem glänzend polierten steinernen Stufen, und sie summte ein Lied, es war noch in ihrem Kopf, sie hatte es eben gehört. Dieses Treppenhaus in diesem barocken Palais, es war ihr unheimlich. Und immer war es kalt, sogar sommers. Sie fröstelte, aber sie wusste nicht, ob es die Kühle des Hauses war oder die Unheimlichkeit des Ortes, der ihr vorkam wie die Zentrale eines sehr bösartigen Geheimdienstes. Manchmal stellte sie sich vor, sie sei eine professionelle Killerin in Diensten dieser geheimen Organisation, so wie Nikita in dem Film. Sie stellte sich vor, wie sie aus dem Haus ging, eine Knarre in der Tasche, und sich auf den Weg machte, um irgendeinen armen Fettsack von korruptem Politiker in den Kopf zu schießen, ohne dass jemand etwas davon mitbekommen würde, außer natürlich dem fettwanstigen Politiker. Unten saß die Rezeptionistin in einer Kabine, eine griesgrämige Frau, die nichts anderes tat, als die Leute zu kontrollieren, die hereinkamen und herausgingen. Man konnte nicht einfach so hier rein und raus. Alles hatte seine Ordnung. Sie führte Buch, um welche Uhrzeit wer das Haus betrat und um welche Zeit wieder verließ. Die Künstlerin nannte diese Frau Zerbera. Sie fand, Zerbera sei ein schöner Name für jemanden, der etwas bewachte. Sie fand, es sei die weibliche Form von Zerberus und er klinge lieb und böse zugleich und auch noch wie eine Figur in einem Tomi-Ungerer-Buch, das es noch nicht gäbe, und gleichzeitig erinnere es sie auch an eine Blume. Als sie Georg das erzählte, sagte der: «Ich finde, Zerbera klingt nach einer fiesen Krankheit, nach einer totalen Körperlähmung, Nervenleiden, so was.»

«Schönen Tag!», rief sie Zerbera zu, vielleicht etwas zu gut gelaunt für deren Ohren. Zerbera nickte bloß und machte sich eine Notiz. Metas gute Laune allerdings war nicht ohne Grund: Heute Abend würde er landen, Tempelhof, um welche Zeit schon wieder? Als sie auf die Klosterstraße trat, summte es in der Tasche. Sie holte den Silberfisch hervor. «LX 3596 geht in die Luft», las sie. War sie nervös? Ja. Freute sie sich? Ja. Hatte sie Angst? Nein. Ein bisschen doch? Vielleicht.

Sie ging zum Alex, stieg in die Straßenbahn, die gerade kam, fuhr bis zur Landsberger Allee, ging an blassblauen Plattenbauten vorbei, die Danziger Straße hoch. Sie kannte den Weg. Sie ging ihn oft. Im Berliner Winter kamen ihr die blassblauen Plattenbauten ziemlich fröhlich vor. Bei Hein Gericke blieb sie stehen und schaute in das Schaufenster mit der Motorradbekleidung. Sie fand, es sei nicht gerade ein Glanzlicht der Schaufensterdekorationskunst, was sie dort sah, man konnte nicht sagen, es sei elaboriert arrangiert, aber die Dinge selbst waren auf ihre banale Art und Weise beeindruckend: die Helme mit ihren klappbaren Visieren, die an den Ellenbogen gepolsterten Lederjacken, die schweren Stiefel mit metallenen Besätzen an den Spitzen, es war eigentlich ganz so wie bei den Rittern, fand sie. Und als sie in das Schaufenster blickte, da keimte eine Idee in ihr. Noch wusste sie nichts davon. Aber die Idee, sie war eben entstanden. Nun wuchs sie. Bald würde ihr alles klarwerden. Sie ging weiter, bog in die Paul-Heyse-Straße, sah die pyramidenförmig angelegten Stufen, ging sie hoch, zählte beim Hochgehen die Stufen, 31 waren es, was ihr sehr gefiel, denn 31 war ihre Lieblingszahl. Sie mochte das Velodrom sehr: Zwei Gebäude waren es, die man aus der Ferne nicht sehen konnte, die hinter einem Wall versteckt waren, wie im Erdboden versenkt, wie eine geheime Forschungsstation, oder nein: wie zwei Ufos, die gelandet waren und sich nun geschickt im Verborgenen hielten vor der Erdenbevölkerung, die von der Landung nichts mitbekommen hatte. Sie hatte das Velodrom von oben gesehen, auf Bildern, das eine Gebäude – dort wo die Radrennbahn untergebracht war – lag kreisrund und silbern glänzend neben dem Hallenbad, rechteckig mit hellen Fenstern auf dem Dach, die aussahen wie ein Strichcode. Und wenn man vor dem Gebäude stand, dann war es so groß, dass man es nicht erfassen konnte, ohne den Blick zu schwenken: Cinemascope-Architektur. Sie hatte eine Sammelkarte, die Frau an der Kasse hatte ihr gesagt: «20 Eintritte bezahlen, 23 dafür kriegen, kann man nix sagen, oder? Faires Angebot, das, ja?»

Sie hörte das leise Brummen des Getränkeautomaten in der Eingangshalle, roch das Chlor schon, als sie die Umkleidekabine betrat, konnte die Wärme der Halle spüren, die Wärme, die sie empfangen würde wie eine Umarmung. Sie schlüpfte in ihren schwarzen Speedo-Anzug, nahm die Schwimmbrille aus ihrer Tasche, das Badetuch, das sie sich jeweils mietete (dieser Luxus musste schon sein), duschte und trat in die säulenlose Halle mit den kleinen Menschen und dem großen Wasser, den gedämpften Geräuschen und den streng dreinblickenden und immerzu umhergehenden Bademeistern, die ihr das Gefühl gaben, nichts Böses könne geschehen, alles sei sicher, alles sei gut. Man passte auf sie auf.

Das Wasser kam ihr weich wie Wolle vor, als sie hineinstieg, und nicht kühl oder kalt, sondern gerade richtig. Sie mochte kein zu warmes Wasser. 26 Grad waren perfekt. Sie schwamm eine Länge Brust, dann kraulte sie eine Länge, dann folgten zwei Längen mit dem Brett, um nur die Beine zu trainieren und nicht die Arme – sie wollte ja nicht wie eine breitschultrige Türsteherin daherkommen. Nach fünf Wiederholungen hatte sie ihren Kilometer. Immer schwamm sie einen Kilometer. Nicht mehr, nicht weniger. Nach dem Kilometer machte sie am Beckenrand unter den immer leeren Tribünen noch etwas Stretching, blieb sitzen und schaute den anderen Schwimmerinnen und Schwimmern zu, die bloß Köpfe waren, die vorbeizogen, und dann musste sie wieder an das Schaufenster von Hein Gericke denken, das sie auf dem Weg hierher gesehen hatte, an den Helm, die Jacke, das Paar Stiefel, an die Ritter, und deshalb heckte sie diese Idee aus für eine Performance, ja, es sollte eine Performance werden. Sie mochte Performances, weil sie spüren konnte, wie die Betrachter in einen Clinch gerieten zwischen dem Peinlich-berührt-Sein und einer feinen, aber wachsenden Faszination für den Mut, den jemand aufbrachte, Dinge zu tun, vor anderen, die man selbst niemals tun würde. Es ging darum, Hemmungen abzulegen. Das konnte sie gut. Ihre Lieblingsperformance war noch immer «Welcome in my Dress»: Eine Künstlerfreundin und sie begannen während einer Vernissage, ohne Ankündigung sich auszuziehen. Sie zog die Hose aus, ihre Freundin ebenfalls. Sie zog das T-Shirt aus, ihre Freundin ebenfalls. Sie zog die Socken aus, ihre Freundin ebenfalls. Sie zog den Slip aus, ihre Freundin ebenfalls. Dann wechselten sie ihre Position und zogen sich wieder an, zogen die Kleider der jeweils anderen an, die auf einem Haufen auf dem Boden lagen, als hätte sich dort jemand – «puff!» – in Luft aufgelöst, und als sie nicht mehr nackt, sondern wieder angezogen waren, die Kleider der anderen trugen, taten sie so, als wäre nichts gewesen, mischten sich einfach wieder unter die Besucher. Es gab keinen Applaus, denn die Aktion kam zu unvermittelt und endete auch so, aber darum ging es ihr auch nicht. An Applaus war sie nicht interessiert. Sonst wäre sie ja Schauspielerin geworden. Nein, was sie interessierte, das war Leute zu irritieren, vor den Kopf zu stoßen, bis zu deren Beschämung. Das Einzige, was ihren Spaß an der Aktion «Welcome in my Dress» etwas gemindert hatte, war der Umstand, dass der Slip ihrer Freundin wohl nicht ganz sauber gewesen war.

Entgegen ihren Gewohnheiten stieg sie nochmals ins Wasser. Sie schwamm eine Bahn auf dem Rücken, unter den blauweißen Wimpeln durch, die quer an einem gespannten Seil über dem Fünfzigmeterbecken hingen, sie musste nachdenken. Beim Rückenschwimmen konnte sie sehr gut nachdenken. Sie blickte in die Lampen unter der Decke und in das stählerne Geäst des Daches und dachte sich Folgendes aus: Die Performance würde irgendwas mit Prinzessin heißen. Prinzessin auf der Erbse. Prinzessin unter der Erbse. Irgend so was. Oder war das zu dämlich? Egal, die Titel kamen am Schluss. Auf jeden Fall würde sie einen Motorradfahrer engagieren. Am besten einen mit einem Motocross-Motorrad. Sie würde die Aktion an ihrer nächsten Vernissage starten. Sie selbst wäre ganz normal gekleidet an ihrer eigenen Vernissage, und dann käme da plötzlich einer auf einem Motorrad, einem hochbeinigen Motocross-Motorrad, einem verdammt lauten Ding, es stänke nach Abgasen, man müsste sich die Ohren zuhalten, er trüge Vollmontur, am liebsten wäre ihr ein knallgrünes Motocross-Motorrad mit der Startnummer 31 dort, wo normale Motorräder Lampen hatten, und dann käme er in den Raum gefahren, einen infernalischen Lärm würde er mitbringen, führe zu ihr, sie würde sich auf die Sitzbank schmeißen, eng hinter ihm, ihre Arme würde sie um ihn schlingen, den Kopf an seinen Rücken pressen, und dann würde er davonfahren, durch die Besucher der Vernissage, wild, sich einen Weg suchen, Slalom, gefährlich, schnell, halsbrecherisch, hinaus, flüchtend, die Treppe hinunter, beim Wegfahren würde sie ihre Tasche so öffnen, dass die Dinge darin herausfielen und eine Spur hinterließen wie die Brotkrumen bei Hänsel und Gretel, und dann wäre sie weg, entführt von ihrem Motocross-Ritter, und zurück blieben nur Leute mit offenen Mündern, ein paar schwarze Flecken der Stollenpneus am Boden und der Gestank nach Abgasen, die sich nur langsam verziehen würden.

Vielleicht konnte Moritz ja Motorrad fahren. Sie wusste ja einiges über ihn. Sie wusste, welche Musik er mochte. Sie wusste, welche Zigarettenmarke er rauchte. Sie wusste, was er dann und wann geträumt hatte. Und bald würde sie noch mehr wissen über ihn. Vielleicht eben auch, ob er Motorrad fahren konnte. Heiß und hart kam das Wasser aus der Duschdüse, lange blieb sie unter dem Strahl. Kalt war ihr, als sie ihre Haare mit dem gemieteten Tuch trocken rieb und Richtung Umkleidekabinen ging, die Füße noch ganz nass auf den rutschigen weißen Kacheln.

Kapitel 3

Er blickte in das enge Cockpit, wo zwei Männer saßen mit Pilotenbrillen auf der Nase, und er fragte sich, ob Piloten Pilotenbrillen tragen, weil die Pilotenbrillen irgendwie speziell für Piloten gemacht wurden, speziell beschichtete Gläser hatten, den spezifischen Anforderungen von Piloten Rechnung trugen, weil es vielleicht heller war dort oben im Himmel über den Wolken, oder ob die Piloten einfach so aussehen wollten, wie man sich vorstellte, dass Piloten aussahen. Er fand, die beiden Piloten im Cockpit sahen aus wie Clowns, so wie die Polizisten im Beastie Boys Video zu «Sabotage» aussahen, wie man sich Polizisten vorstellte in miesen Krimis: als kämen sie direkt vom Kostümverleih. Er musste den Kopf etwas einziehen, sich etwas ducken, als er nach hinten ging zu seinem Sitzplatz, es war eng, und er sah durch die kleinen Fenster die stillstehenden Propellerblätter, schwarz und gekrümmt hinter der im Sonnenlicht silbern glänzenden Propellerspitze. Er schaute nochmals auf das Ticket. Sitzplatz A9 befand sich in der Mitte des Flugzeugs, gleich über dem linken Flügel, es war ein Einzelsitz. Die Tasche drückte er in die Ablage über ihm, dann ließ er sich auf den Sitz gleiten, streifte die Turnschuhe ab, blickte auf das Schild vor ihm, auf dem groß und rot «EXIT» stand, erhob sich wieder, um die Zeitung aus der Tasche in der Ablage zu holen, die er zuvor herauszunehmen vergessen hatte. Er legte den Kopf zurück und schloss die Augen, für einen Moment nur. «Ein Glas Champagner?» Die Flight Attendant trug ein graues Kostüm, ein rosa Tuch lugte aus der Tasche über dem Namensschild, im selben Rosa war der Foulard um ihren Hals, auf dem Namensschild stand «Francine Lehmann», und er fragte sich, ob es anstrengend war, immer so freundlich zu lächeln, während sie die Flasche mit dem Champagner aus dem Kühler hob und ihm ein Glas einschenkte, ein Glas, in welches das Logo der Fluggesellschaft eingeätzt war so wie die Freundlichkeit in das Gesicht der Flight Attendant. «Voilà», sagte sie, als sie ihm vorsichtig das Glas reichte. Er bedankte sich, nahm einen kleinen Schluck und blickte wieder aus dem Fenster, auf das Triebwerk, den Flügel, die Nieten, mit denen dieses Ding zusammengehalten wurde.

Die Flugzeuge der Crossair mochten klein sein und eng und laut, aber es gab Champagner für alle. Das war ein Verständnis von Gleichheit, welches er schätzte. Zusammen mit den Ledersitzen machte dieses simple Glas Champagner – noch bevor der Vogel in der Luft war – die Reise zu etwas Besonderem, ein wenig. So war Fliegen doch mal gewesen: irgendwie mondän. Irgendwie nobel. Nicht, dass er das gewusst hätte, nicht, dass er dies erfahren hätte, nein, dazu war er zu jung, es war bloß so, wie er es sich vorstellte, dass es einmal gewesen sein könnte. Dieses Concorde-Feeling, dieser Jet-Set-Glam, man kannte das doch aus Filmen. Heutzutage, so schien ihm, war das Fliegen weitestgehend ein bloßer Transport von einer bestimmten Masse von Fleisch und Knochen von A nach B, einem Viehtransport nicht ganz unähnlich. So gesehen war dieses Glas Champagner eine schöne Geste, eine Art Versöhnungsangebot mit den Umständen der Wirklichkeit, es war, ja, romantisch.

Und noch etwas war anders in diesem Flugzeug als in anderen Flugzeugen: dass die Toilette des Flugzeugs ein Fenster hatte. Das hatte er noch nie zuvor gesehen und sollte es auch in seinem späteren Leben nie mehr sehen: ein Linienflugzeug mit einem Fenster auf der Toilette. Er saß sehr gerne auf dieser Toilette und blickte hinaus in die Leere. Er mochte es, alleine zu sein, zehntausend Meter über dem Boden, in dieser brummenden, zitternden Maschine.

Der Flug war nicht ausgebucht. Er zählte die Reihen. 18 waren es bloß, kaum die Hälfte der Plätze war besetzt, die meisten von Geschäftsleuten, vertieft in Papiere, die sie aus eckigen Lederkoffern nahmen. Die Motoren wurden gestartet. Sie waren ziemlich laut. Er spürte die Vibrationen, als sie zur Piste rollten, wo dann die Triebwerke aufheulten, es ihn in den blauen Ledersitz drückte, er die Finger seiner Rechten um die Armlehne krallte, leicht, um den dort eingebauten Aschenbecher, den niemand mehr brauchte, aber auch wirklich niemand, die Räder den Kontakt mit dem Boden verloren, um in einer gewissen Höhe eingezogen zu werden, und das Flugzeug eine Kurve beschrieb, an Höhe gewann und an Höhe gewann und an Höhe gewann und sich auf den Weg machte nach Berlin, und die Tragfläche, auf die er blickte, sie schien im harten Licht der Sonne zu glühen wie ein unter harten Hammerschlägen werdendes Schwert auf einem Amboss.

Sicher und pünktlich landete die Maschine auf dem Flughafen Tempelhof. Ruhig setzte das Flugzeug auf, so ruhig, dass er nervös in die Hände klatschte, applaudierte, was ihm einen seltsamen Blick des Geschäftsmannes auf B8 einbrachte. Aber es musste einfach sein.

Kapitel 4

Der Tag, an dem Moritz das erste Mal von ihr gehört hatte, war ein Montag gewesen. Es war kurz nach zehn Uhr morgens, er telefonierte mit Julchen, und sie hatte ihm den neusten Tratsch aus dem Theater erzählt: Wie schlimm der Kantinenfraß sei etwa. Vor allem aber Zwischenmenschliches: Wer mit wem (die Pressetante mit dem dicken Schubi, der kürzlich als Puck mit Elfenohren nur mit Knopf im Ohr spielen konnte, weil er den Text nicht mehr behielt, so versoffen war er schon) wo (hinter einem Vorhang in der Garderobe, während einer Premierenfeier, der Vorhang zuckte, als habe dahinter ein Geisterskelett einen epileptischen Anfall) was (das Übliche) gemacht hatte. Julchen sagte: «Weißt du, ein Theater ist wie ein sinkendes Schiff, deswegen kommen sich die Menschen näher. Es ist dasselbe Phänomen, wie man es von den Leuten beim Roten Kreuz kennt, die in Krisengebieten zu tun haben, man nennt es ‹Panicfuck›: In Anbetracht eines möglichen nahen Endes möchte der Mensch nur noch das eine: sich reproduzieren. Das ist ganz natürlich.»

Julchen arbeitete als Kostümassistentin am Theater der kleinen Stadt. Kostümassistentin zu sein hieß, am Morgen als Erste im Theater zu sein und nachts als Letzte zu gehen und sich dazwischen den Launen der Schauspieler ausgesetzt zu sehen, die dumm waren – wie Julchen nicht müde wurde zu betonen: dumm, dumm, dumm –, aber doch klug genug, um herauszufinden, wer das absolut unwichtigste, schwächste und vernachlässigbarste Glied im Terrorregime Theaterproduktion darstellte, nämlich die Kostümassistentin. Die war noch unwichtiger als die Tante an der Theaterkantinenkasse, mit der man sich einigermaßen gutzustellen hatte, wollte man dann und wann was anschreiben lassen, was doch dann und wann vorkam, denn so manches Kostüm hatte – wie das letzte Gewand auf Erden – keine Tasche. «Keine Tasche, aber Riesendurst.» An Julchen ließen sie alle ihren Frust aus, den so ein Schauspieler oder eine Schauspielerin im Laufe einer Produktion einsammelte, all den Scheiß, den sie fressen mussten, weil der Regisseur sie zur Schnecke machte, sie stundenlang nackt im Theaterblut herumkriechen mussten und der Regieassistent mit dem Dramaturgieassistenten um die Wette kicherte, als der Regisseur meinte, es wäre doch zu geil, hätte Miranda den Mut, dem Ferdinand auf der Bühne einen zu blasen, so richtig, mit Happy Ending. Das würde den Sturm von Shakespeare noch aufboosten, aufbrainen und auf ein anderes Level shiften, vor allem, wenn man dann noch Sloterdijk-Zitate reinschnetzeln würde, und in die Sloterdijk-Zitate vielleicht sogar noch ein paar Happen aus «Der brave Soldat Sweijk». Oh ja, er konnte schon die Schlagzeile im Feuilleton des Käseblattes sehen: «STURM DER ENTRÜSTUNG» oder so was in der Richtung. Und als Julchen all dies berichtet hatte und er das mit einem lakonischen «Kranke Welt, zum Glück habe ich nichts mit Theater zu schaffen» quittierte, worauf Julchen noch ein paar Sätze nachschob, fluchte, das Theater mit einer Sekte verglich, schlimmer als Scientology, und alle, die dort arbeiteten, mit Zombies, da hörte er sie dann laut ausschnaufen und sagen: «So, das hat gutgetan.»

«Klar, kein Problem, du kannst mit mir über alles reden. Und das Restleben?», wollte er wissen.

«Da ist nichts. Weißt du, wann ich zum letzten Mal in den Briefkasten geschaut habe? Frag mal Thomas: Es gibt kein Leben außerhalb des Theaters. Und innerhalb ist es die Hölle. Ich genieße diese Stunden am Morgen, wenn ich mit den Kostümen alleine bin, wenn noch keine Schauspieler drinstecken.»

«Vielleicht solltest du zum Puppentheater wechseln.»

«Ja, du, keine schlechte Idee. Aber bevor ich es vergesse: Heute Abend ist Vernissage in der Hafenbar.»

«Vernissagen sind fast so schlimm wie Theaterbesuche.»

«Drei junge Künstlerinnen zeigen Videoarbeiten.»

«Drei junge Künstlerinnen? Das ist natürlich etwas anderes. Sind sie alle noch ledig?»

«Und die eine davon, die möchte ich dir vorstellen.»

«Sind sie alle promiskuitiv?»

«Sie heißt Meta. Ich habe irgendwie das Gefühl, die könnte dir gefallen. Sie ist grad frisch nach Berlin gezügelt.»

«Wie heißt sie?»

«Meta»

«Das ist ein Name?»

«Komm einfach heute Abend in die Hafenbar zur Vernissage.»

«Wird es sich lohnen?»

«Ja, es wird sich lohnen. Ich komme vielleicht etwas später. Hab noch zu tun, im Theater.»

«Ist sie schön?»

«Komm einfach. Schau sie dir an.»

«Ist sie promiskuitiv?»

«Also, ich muss jetzt los. Ich glaub, ich hab schon jemanden toben gehört, im Gang draußen, Scheiße, klingt nach Anfall, bis gleich.»

«Bis gleich.»

Er schob das Mobiltelefon in seine Hosentasche und fragte sich, wie man darauf kommen konnte, an einem Montag eine Vernissage zu planen, wie man nur so doof sein konnte, aber andererseits war natürlich ansonsten an einem Montag überhaupt nichts los, also war man außer Konkurrenz. Vielleicht war es gar nicht so doof.

Den Rest des Morgens verbrachte er damit, in seinem Büro zu sitzen und Mario Kart zu spielen. Dann ging er in den nahen Supermarkt und kaufte ein. Mit Wolf und Klumpen und ein paar anderen kochte er in der Gemeinschaftsküche Pasta. Und Klumpen wurde ein bisschen rot im Gesicht und hätte sich wohl gerne die Kapuze seines Carhartt-Hoodies über den Kopf gezogen, als sie die alte Geschichte wieder aufwärmten, die sie immer aufwärmten, wenn sie Pasta kochten, spätestens wenn die Nudeln im Abtropfsieb in der Spüle dampften, die alte Geschichte mit dem Abtropfsieb. Wolf hatte sogar ein falsches Buchcover gestaltet, in der Manier der Fünf-Freunde-Bücher von Enid Blyton, es hieß «Fünf Freunde und das Geheimnis des verschwundenen Abtropfsiebs». Er ließ es als Poster ausdrucken, und es hing recht lange in der Küche, bis es irgendwann einfach verschwand, so wie das Abtropfsieb damals.

Es war schon lange her, sie waren gerade hier eingezogen, in die alte Wurstfabrik, hatten Wände eingerissen und andere hochgezogen, hatten sich Ateliers gebaut und Büros und was sie brauchten an Räumen, um ihr Ding durchzuziehen, ihre Projekte zu starten, denn das hatten sie alle:

Projekte. Alles war ein Projekt. Wolf war Grafiker, aber eigentlich war er Künstler. Klumpen war Fotograf und DJ, aber ebenfalls Künstler, Moritz war Journalist, hörte aber vor allem gerne Musik und war natürlich auch ein Künstler. Zusammen waren sie so etwas wie ein Kollektiv, denn das Künstlerkollektiv war das, was einst die Band gewesen war: das Ding! Jetzt musste nur noch die zündende Idee her. So hockten sie rum und redeten, was sie tun könnten. Und wie sie sich nennen sollten. Die alte Wurstfabrik wurde in eine Zentrale für coole Gedanken umgewandelt. Sie fuhren zum Baumarkt und kauften Tischböcke und Türplatten, das waren ihre Schreibtische. Dann waren da noch andere, Künstler, Schreiner, noch mehr Künstler und ein paar, die mit Computern was machten (später sollten sie dann von der alten Wurstfabrik wegziehen, in etwas repräsentativere Räume ziemlich nahe dem Zentrum der kleinen Stadt, er und Klumpen und Wolf würden noch etwas später in eine Zeitschrift blicken, in der sie die Gesichter der Typen mit den Computern wiedersahen, scheinbar war ihre Firma an die Börse gegangen, scheinbar war nun jeder von ihnen hundert Millionen schwer, noch etwas später aber wären sie alle wieder arm wie zuvor, nachdem die Blase geplatzt war). Sie hatten sich eine Küche eingerichtet, und es gab einen längeren Disput darüber, welches Geschirr angeschafft werden sollte. Schließlich setzte sich Wolf durch, dem wichtig war, dass es gutes schönes schlichtes italienisches Porzellangeschirr war, von Richard Ginori, was Moritz und Klumpen übertrieben fanden. Klumpen hätte eh am liebsten Wegwerfgeschirr gehabt. Aber eben: Wolf setzte sich durch, denn wenn es um Ästhetik ging, dann konnte er eine erstaunliche Hartnäckigkeit an den Tag legen, dann konnte er sehr stur werden, selbst wenn es nichts mehr brachte, blieb er stur, stur wie ein gestürzter Diktator. «Du bist so ein Style-Nazi», schimpfte Klumpen, was Wolf aber eigentlich ganz gerne hörte.

Anfangs war die Begeisterung groß über diese Küche und die Möglichkeit, zusammen zu kochen. Also taten sie es. Bis an einem Tag der Timer summte, die Spaghetti al dente waren, Wolf den schweren dampfenden Topf vom Gasherd nahm und abgießen wollte, aber das Abtropfsieb war nicht da. Das verdammte Abtropfsieb. Wo war es? Wolf rief nach Moritz, und Moritz half suchen und fand es auch nicht, und er rief nach Klumpen, der aber bloß «Komme!» rief von irgendwoher und aber nicht kam. Wolf, genervt, goss die Pasta einfach ins Spülbecken und hievte sie dann von dort auf die Teller, und während des Essens sprachen sie darüber, wo ein Abtropfsieb denn hin verschwinden konnte, war ja nicht eben klein, das Ding. Moritz vertrat die Idee, dass sich Dinge einfach so dematerialisieren konnten. Wolf meinte, Außerirdische seien dafür verantwortlich, sie ließen mit Hilfe von Neutrinostrahlen Dinge verschwinden. «Stell dir vor, du bist ein Außerirdischer und hast noch nie ein metallenes Abtropfsieb gesehen. Da drehst du doch durch bei dieser Form, dieser halben Kugel mit den Löchern drin, das ist doch voll abgespaced.» Sie waren schon beim Kaffee, als sie Klumpen ansahen und Wolf ihn fragte, was er denn habe, er sei so still, und Klumpen druckste rum, bis er sagte: «Ja, also, wegen dem Abtropfsieb, ich hab's, äh, gebraucht?»

«Du hast es gebraucht?»

«Ja. Gestern. Hab meinen Goldzahn verschluckt.»

Sie sahen Klumpen ungläubig an.

«Du hast was?» fragte Wolf.

«Ich hab meinen Goldzahn verschluckt. Na ja, ich habe

in einen Apfel gebissen, und da fiel mir der Goldzahn raus, und irgendwie hab ich ihn dann verschluckt.»

«Okay. Aber was hat das mit unserem Abtropfsieb zu tun?»

«Ich musste ihn suchen.»

«Du musstest was suchen?»

«Den Goldzahn.»

«Ich komm jetzt nicht ganz mit.»

«Ich hab meinen Goldzahn verschluckt…»

«Ja, okay, das hab ich begriffen, aber…»

«… weiß du, wie teuer so ein Goldzahn ist? Der ist ja aus Gold.»

«Schon klar, aber ich begreife nicht, wo du ihn gesucht hast.»

«Auf dem Klo.»

Moritz und Wolf schauten sich an, Wolf sagte:

«Du willst sagen, du hast in unser Abtropfsieb gekackt und dann…»

Klumpen sagte eine Weile nichts, und dann: «Ich werd das Abtropfsieb ersetzen.»

Wolf schnaubte, und Moritz starrte Klumpen mit offenem Mund an. Er sagte: «Ja, bitte. Das will ich hoffen.» Und Wolf schob nach: «Und warum hast du das Ding nicht einfach ersetzt und uns diese kranke Geschichte erspart? Meine Güte, ich werde nie mehr Spaghetti essen können.»

«Hab's vergessen.»

«Und hast du diesen Scheißzahn wenigstens gefunden?»

«Nö.»

Und diese Geschichte also wurde immer wieder hervorgeholt wie ein in ein Tuch eingewickeltes Souvenir, so wie an diesem Mittag, und auch Klumpen konnte mittlerweile darüber lachen, ein bisschen wenigstens.

Am Nachmittag fuhr Moritz mit seinem alten roten Rennrad zur Stadtbücherei, schloss es an eine Verbotstafel, von denen es in der kleinen Stadt reichlich gab, ging die Stufen hoch zum Eingang im ersten Stock. Drinnen war es wie immer zu warm und zu ruhig, und er konnte die Ausdünstungen des alten Mannes riechen, der in der Leseecke saß und in einer Zeitung las, die er am hölzernen Zeitungshalter hielt. Moritz sah: Es war das Käseblatt. Der Alte blickte auf, als Moritz an ihm vorbeiging. Der Alte nickte, Moritz nickte zurück und dachte: Meine Güte, diese Nase! Es war in der Tat eine bemerkenswerte Nase. Sie war groß wie eine Birne, glänzte rot, und die Haut war porös wie Bimsstein. Moritz ging dorthin, wo die Lexika verstaubten und die Atlanten und die Wörterbücher. Er sah die breite ochsenblutrote Reihe, welche die Rücken des Brockhaus bildeten, 24 Bände standen dort. Das hatte er sich vorgenommen, das war sein Projekt: den Brockhaus zu lesen, von Anfang bis Ende, Stück für Stück, und so griff er sich den ersten Band, denn dort war er immer noch, beim ersten Band, A-APT, er fand die Postkarte, die er als Buchzeichen verwendete, die Werbepostkarte des Ristorante Da Costantino in Positano, Via Corvo 95, die Wolf ihm geschickt hatte, im letzten Herbst. Er fand die Postkarte auf Seite 69. Weiter war sein Projekt noch nicht fortgeschritten. Er sah das Bild eines Abendpfauenauges, überflog den Artikel dazu, «Abschreckung», übersprang den folgenden zum Begriff «Abschreibung» wie auch jenen über die «Abschreibungsgesellschaft» und stieg beim «Abschroten» wieder ein, dem Trennen von Metallteilen, meist im warmen Zustand in Handarbeit mit Amboss, Abschrotmeißel und Hammer oder keilartig zugeschärftem Abschrothammer, auch Abschröter genannt. «Hochinteressant», murmelte er. Irgendwann würde er der klügste Mensch der Welt sein, dachte er, wenn er den ganzen Brockhaus gelesen hätte. Eine halbe Stunde las er. Er las über absolute Dichtung, absolute Geometrie, absolute Helligkeit, absolute Höhe, absolute Konvergenz, absolute Malerei, absolute Mehrheit, absolute Musik, über den absoluten Geist, den absoluten Nullpunkt, den absoluten Tanz und den absoluten Waldboden und über noch mehr absolute Dinge – und er war absolut froh, als es damit ein Ende hatte, denn vor lauter absoluten Dingen war ihm fast ein wenig schwindelig geworden, vielleicht aber auch weil es zu wenig Sauerstoff gab in dieser Bibliothek. Eine Weile studierte er eine kleine Fotografie, sie gehörte zum Begriff «Absonderung», darauf zu sehen waren Basaltsäulen an der nordirischen Küste; die Säulen sahen aus wie New York im Legoland.

Der Mann mit der porösen Birnennase und der Veltliner-Aura saß noch immer da und las im Käseblatt, als Moritz die Bibliothek verließ. Wieder nickten sie sich beiläufig zu. Moritz fragte sich, wie man so lange im Käseblatt lesen konnte. So viel stand doch gar nicht drin. Er brauchte kaum länger als zwei Minuten, dann war er mit jeder Zeitung durch. Moritz fuhr zurück in die alte Wurstfabrik und spielte Mario Kart, bis es Zeit war, zur Vernissage zu gehen. In Mario Kart war er richtig gut, und manchmal kam es ihm seltsam vor, dass er das Spiel stundenlang spielen konnte, ohne sich zu langweilen. Er dachte dann: Vielleicht ist mir schon langweilig, deshalb kann mir nie langweilig werden?

Zu Fuß machte er sich auf den Weg zur Hafenbar, die so etwas war wie seine zweite Heimat, auch wenn er sich nicht sicher war, ob seine erste Heimat dann die Wohnung war oder das Büro. Die Hafenbar lag an einer schmalen Straße, die am Fluss entlangführte, gleich unterhalb einer

Brücke, eine Fähre war auch noch in der Nähe, für all jene, die das Wasser auf anachronistische Art überfahren wollten. Auch Moritz nahm hin und wieder die Fähre, obwohl ihm als Nichtschwimmer dieser Fluss nicht geheuer war, so wie ihm alle anderen Gewässer nicht geheuer waren, die tiefer waren als neunundneunzig Zentimeter. Schon als Kind graute ihm vor den Geschichten, die die Erwachsenen immer so gerne erzählten, Geschichten von Strudeln, die gar gute Schwimmer hinunterzögen, bis auf den Grund, und sie nicht mehr hergaben, bis auch die hintersten Winkel ihrer Lungen gefüllt waren mit dem trüben Wasser des Flusses und man sie dann Wochen später im Rechen des Kraftwerkes fand, aufgedunsen wie ein Flusspferd.

Der Fluss war ein Strom. Von der Quelle auf über 2000 Metern irgendwo im Geröll und Geschütt der Berge floss er hinab ins Meer, in die Nordsee, und wenn er an der Hafenbar vorbeischob, dann hatte er 373 Kilometer hinter und noch 865 vor sich. «So ein weiter Weg», dachte Moritz, als er ihm entgegenging. Von seinem Büro bis zur Hafenbar waren es gute zehn Minuten zu Fuß, die meisten davon führten am Uferweg entlang. Es war ein schöner Weg. Er ging ihn gerne. Und blickte er auf die Stadt, dann hätte dieser Blick hundert Jahre alt sein können oder älter gar, bloß das Motorboot der Polizei verriet die Zeit. Es lag vertäut neben seiner schwimmenden Garage. Dass es nicht in seiner Garage war, ein weißes, eckiges Bootshaus mit Rolltor, lag daran, dass das Polizeiboot ganz neu war und man bei der Beschaffung des Bootes an vieles gedacht hatte, bloß an etwas nicht. Man hatte zur Taufe des Bootes eine Big Band organisiert, es gab vier lange Reden von Politikern, es gab eine amtierende Miss, die eine Flasche Champagner über das neue Boot goss (die Flasche in guter alter Manier am Rumpf zerschellen zu lassen, empfand man als zu dekadent). Man war sehr stolz auf das Boot mit seinem 600 PS starken Motor. Er selbst hatte darüber berichtet, im Käseblatt, ein Artikel von 600 Worten, ein Wort für jede Pferdestärke, er hatte sich keine große Mühe gegeben. Viel interessanter als die Taufe jedoch war, was man kurz darauf feststellte. Als man das Boot in seiner Garage parkieren wollte, in langsamer Fahrt, da bemerkte man, dass man eines nicht bedacht hatte bei der umfangreichen Evaluation, nämlich die Höhe der Aufbauten: die Antennen, Masten, Radarfühler. Das Boot war zu hoch für seine Garage. Seither stand es neben dem Häuschen, und das Häuschen, das blieb leer, denn für eine neue Garage fehlte das Geld.

Die Hafenbar wurde von einem Künstlerpaar geführt und war viel mehr als bloß eine Bar, es war auch ein Ausstellungsraum, in dem sich das Künstlerpaar und seine Freunde betätigten. Es gab dort Konzerte, und an den Wochenenden legte ein DJ auf. Kam Moritz früh, trank er ein Bier, später Wodka. Er fand Wodka ein hervorragendes Getränk, um sich zu betrinken. Am liebsten mochte er den polnischen Büffelgraswodka. In der Flasche schwamm ein Grashalm, und auf dem Etikett prangte ein Bison. Moritz mochte diesen Grashalm, der dort in der Flasche schwamm. Er überlegte sich dann und wann, wer ihn wohl in die Flasche schob. Einmal nahm er die Flasche in die Hand, um das Etikett genauer zu studieren, und er sah, dass der Schnaps aus einem Ort namens Białystok kam, was er in sein Notizheft schrieb, um es bei seinem nächsten Besuch in der Bibliothek nachzuschlagen, was er auch tat, und er erfuhr, dass Białystok die Hauptstadt der polnischen Woiwodschaft Podlachien sei, 180 Kilometer nordöstlich von Warschau liege, 245400 Menschen dort lebten, es zwei Hochschulen dort gebe, ein kulturelles Zentrum Nordostpolens sei mit Theater und Museen.

Er stellte sich eine polnische Wodka-Abfüllanlage vor, ein ratterndes Fließband voller klirrender Flaschen und eine rotbäckige Frau namens Patrycja oder Zuzanna oder Grazyna, die linke Hand voller dünner Grashalme, mit der rechten nahm sie einen und stopfte ihn in die leere Flasche, es musste die leere Flasche sein, überlegte er, denn einen Grashalm in eine volle Flasche zu stecken, das wäre sicherlich ein Ding der Unmöglichkeit oder wenigstens sehr mühsam. Patrycja oder Zuzanna oder Grazyna schob also den dünnen Halm durch die Öffnung und den engen Hals in den Bauch der Flasche, einen Halm nach dem anderen. Stunde für Stunde. Tag für Tag. Woche für Woche. Für ihn war der Grashalm in der Flasche ein Ausrufezeichen.

Das Bemerkenswerteste an der Hafenbar war das korrupte System der Angestellten. Anfangs stand das Künstlerpaar noch selbst hinter dem Tresen, aber die Bar lief gleich von Anfang an wie geschmiert, und so war das Künstlerpaar bald damit beschäftigt, mit dem schnell verdienten Geld im Tessin ein Rustico zu kaufen, es nach eigenen Vorstellungen und Ideen umzubauen und viel Zeit dort unten zu verbringen, im Verzascatal, in Lavertezzo. Mit dem Stechbeitel haute das Künstlerpaar den Namen «Mirò» in ein Brett aus Kastanienholz, denn so hieß ihr Rustico, benannt nach ihrem Hund, der – kaum hatten sie ihre Unterschrift unter den Kaufvertrag gesetzt, das Häuschen war da noch eine namenlose Ruine, ein Steinhaufen, grasüberwachsen – von einem grünen Alfa Romeo 155 überfahren wurde. Das Künstlerpaar begrub Mirò hinter dem Rustico. Man hätte ihn eigentlich zur Kadaversammelstelle bringen sollen, sogar im Tessin musste man das, aber das war dem

Künstlerpaar egal, sie wollten Mirò in ihrer Nähe haben. Das Künstlerpaar fuhr also viel ins Tessin, mit dem Renault Kangoo dauerte das ja bloß drei Stunden, blieb immer länger mal ein paar Tage, baute und baute und baute, es gab bald eine große Küche mit einer imposanten Kaffeemaschine, die nur er bedienen durfte und die eine halbe Stunde warm laufen musste, bis sie auf Betriebstemperatur war. Also saß man dort und hörte die Grillen, öffnete noch eine Flasche Merlot und spielte noch eine Partie Kanasta, und am nächsten Tag rief man in der Hafenbar an, man komme nun doch nicht wie gedacht, sondern bleibe noch eine Woche, es sei einfach so schön im Tessin, so schön, zu schön. Und am Fluss im Norden, da lief ihre Bar ja von alleine, nur lief sie nicht so, wie sie hätte laufen sollen, respektive: Das tat sie schon, bloß floss der Strom des Geldes ein bisschen dünner, als er es hätte tun sollen, was niemand merkte, außer einem. Dieser eine war Albert Anker.

Albert Anker hieß natürlich nicht wirklich Albert Anker, sondern ganz anders, nämlich Albert Müller. Albert aber ließ sich irgendwann einen Anker auf den Oberarm tätowieren, an einem Sommertag, als er mit Freunden in Amsterdam war, und als er den längsten Joint seines Lebens gebaut und mit dankbarer Hilfe seiner Freunde geraucht hatte, da dachte Albert, er müsse nun noch etwas tun, was ihn den Rest seines Lebens daran erinnere, wie gut die Zeit gewesen sei in Amsterdam, und als er breit wie von einer Diesellok überfahren an einem Tätowierstudio vorbeikam, blieb er stehen, studierte die Fotos im Fenster, ging hinein und blätterte in Vorlagenbüchern. Irgendjemand hatte ihm mal erzählt, der Anker stehe für die Hoffnung, und Albert fand, Hoffnung könne man doch immer brauchen. Also zeigte er auf einen Anker, und der Tätowierer nickte und zeigte auf einen Stuhl, zog Latexhandschuhe an, und bald sirrte die Maschine. Es war aber, das musste man sagen, ein ziemlich schöner Anker. Schlicht und von schlanker Form, kettenlos, mit zwei spitzen Flunken wie Widerhaken und einer herzförmigen Aussparung, wo die geschwungenen Flunken zusammenkamen wie Flügel an einem Rumpf.

Albert Anker war Chefbarkeeper, er genoss das Vertrauen des Künstlerpaares und nutzte es – wie so viele, die ein solches Privileg genießen dürfen – schamlos aus, denn er verachtete das Künstlerpaar insgeheim mit seinem biederen Traum des Rustico im Tessin, den es peinlicherweise auch noch in die Realität umsetzte. War der letzte Gast endlich aus der Bar getrieben, zählte er die Zehnernoten und die Zwanziger und die Fünfziger und die Hunderter, er zählte die Geldstücke, alle gingen sie durch seine Finger, er sah, was es da an Geld hereinspülte, Nacht für Nacht, eine wiederkehrende Flut von Moneten, und er sah auch, wie wenig das Künstlerpaar in die Ausstellungen investierte, mit denen es sich so gern brüstete. Albert war selber Künstler, Maler, Öl, Markenzeichen Schuhe, denn er malte nur Schuhe, diese Werkzeuge, mit denen wir durch die Welt schreiten und durch die Zeit. Er malte Lederschuhe, er malte Gummistiefel, er malte Turnschuhe, er malte Sandalen, und weil sich niemand für seine Schuhe interessierte, wurde er darob ein bisschen bitter. Er war zwar absolut überzeugt von seinen Bildern, er hatte keine Zweifel ob der Richtigkeit seiner Malerei, obwohl alle fanden, die Malerei sei tot, Video sei das Medium der Zeit, vielleicht noch Fotografie, sicher aber nicht die Malerei, dieser stinkende Kadaver der Kunstgeschichte. Albert war mit seinen Bildern recht alleine und wurde einsam, mehr und mehr, und wie bei so vielen, die einsam wurden, wuchs in ihm ein Groll, der Groll wurde zu einem Geschwür. Er dachte, es sei nur gerecht, wenn er ein bisschen Geld abzwackte, ein bisschen aufrundete und ein bisschen abrundete am Ende eines Tages, mal ein Bier nicht in die Registrierkasse tippte, trotzdem abkassierte und vor allem seinen Freunden die Getränke stets spendierte, was diese wiederum mit einem überaus großzügigen Batzen in die Trinkgeldkasse quittierten, was wiederum allen Angestellten zugutekam, was das gute Betriebsklima erklärte. Außerdem konnte er ein bisschen Extrageld überaus gut gebrauchen, denn Albert hatte eine Schwäche für Pulver aller Art. Julchen nannte ihn deswegen auch bloß «den Drogisten».

Albert kam gerade mit zwei Harassen aus dem Keller hoch, er stöhnte, es lief «The New Pollution» von Beck, die Bar war noch ziemlich leer, und im Augenwinkel sah Moritz, dass Zufall an der Bar saß und im Käseblatt las. Zufall hieß natürlich nicht wirklich Zufall, sondern Zuber, aber da sein Vorname Rainer war, ergab sich das irgendwann. Zufall sah vom Käseblatt hoch und nickte Moritz zu. «Steht was von dir in der Zeitung? Eine Enthüllungsgeschichte? Ein Scoop?», fragte er. Moritz schüttelte den Kopf und wandte sich Albert zu. «Moritz, du bist früh dran heute.» «Hallo Albert, ja, gib mir ein Bier.» Albert nahm ein Glas, zapfte das Bier.

Zufall winkte Moritz zu sich, als wäre Zufall ein Verkehrspolizist, aber Moritz winkte bloß zurück. Also glitt Zufall von seinem Barhocker, nicht ohne leichtes Gestöhne, weniger der körperlichen Anstrengung wegen, die nun wirklich nicht groß war, sondern mehr des Umstandes wegen, dass er es war, der sich verschieben musste, und nicht Moritz. Der studierte die schön aufgereihten Flaschen im Regal hinter der Theke, und als sein Blick bei der Tequila-Flasche mit dem lustigen goldenen Hut auf dem Flaschenhals verweilte, da kam ihm in den Sinn, dass die Rechnung für die Holundersaftfastenkur noch nicht bezahlt war, die er per Post bestellt hatte. Heute Morgen lag die zweite Mahnung im Briefkasten. Gleich morgen würde er zur Post gehen und den Betrag bar einzahlen. Er versprach es sich selbst. Diesmal würde er es nicht wieder vertrödeln, nein. Die Holundersaftkur war eine Idee von Julchen gewesen. Sie hatte ihm davon erzählt, und weil er gerne Dinge ausprobierte, dachte er, er teste sie mal. Er sagte sich, wenn er ständig ungesunde Sachen konsumierte, dann könnte er ja ausnahmsweise auch mal mit was Gesundem experimentieren. Also bestellte er die Holundersaftkur. Es kam ein Karton, er sagte «Oh Mann», als er diesen Karton ansah, er las «Dr. Dünner Sambu Vitalitätswoche» und sah das Bild einer Frau auf dem Karton, die mit einem wallenden grünen Kleid herumtanzte im Wind, die Augen geschlossen, ein irres Lachen im Gesicht – wie ihm schien; den Typen von Dr. Dünner kam dieses Lachen sicher als Ausdruck größtmöglicher Glückseligkeit vor. Er öffnete den Karton, darin waren drei Glasflaschen mit einer dunklen Flüssigkeit, Sirup aus den Beeren des Holunderstrauches, ein Blister mit Tabletten aus gepressten Holunderbeeren, ein Blister mit Tabletten aus getrocknetem Spargel, ein Säcklein mit etwas, das aussah wie gehackte Kakerlaken, er las: «Flohsamen», und eine fotokopierte Anleitung. Er nahm die Anleitung, schloss den Karton und holte sich schnell ein Bier aus dem Kühlschrank, das Chaos in der Küche, so gut es ging, ignorierend. Er trank das kühle Bier, während er die Anleitung der Kur las. «Gerade jetzt, in einer Zeit der Veränderungen und der hohen Umweltbelastungen, ist eine stabile geistige und körperliche Gesundheit wichtig. Es gibt viel für die Gesundheit zu tun – ein sinnvolles Saftfasten ist ein erster Schritt.» Und auch mit Versprechen hielt man sich nicht zurück: «Entschlacken. Besser aussehen. Vitalität. Wohlbefinden. Schönes Hautbild. Mehr Erfolg.» Und dies alles in bloß zehn Tagen. Nicht schlecht, fand er, auch wenn die Frau auf dem Karton von Dr. Dünners Sambu Vitalitätswoche aussah, als sei sie eben aus der geschlossenen Anstalt abgehauen. Diese Kur, sie schien sehr vielversprechend zu sein, doch, doch. Die Flasche, die Blister, noch immer war alles unangetastet in dem Karton, der bei Moritz im Flur stand, denn Moritz fühlte sich noch nicht bereit für eine solch harte Kur, er wollte warten, bis es draußen wärmer wurde. Aber dann, dann würde er sie durchziehen. Bestimmt.

Zufall sah ja immer aus, als würde er entweder gleich einschlafen oder als sei er eben erst aufgewacht, die Augen klein, ein Gesicht wie Teig und ein Teint wie Käse.

Seine erstaunlich dünnen Finger hielten das Bierglas, als er sich auf den Barhocker nebenan hievte und sagte: «Alles klar, ja?» «Alles klar, sicher.» «Ich hatte eine Idee, ja?» «Hmm?» «Ich schreibe einen Roman, ja?» «Wow, da hast du dir ja viel vorgenommen.» «Ein Krimi, ja? Schau, es gibt so viele Bücher, ja? Geh mal in die verdammte Buchhandlung, ja? Aber wer soll das alles lesen, ja? Ist doch alles langweiliger Schrott. Also merke: Man muss keine Literatur machen. Damit kommst du auf keinen grünen Zweig, ja?» «Nicht so wie Stefan Zweig, meinst du?» «Was?» «Ach nichts.» «Ein Krimi soll es werden, ja? Ich hab schon alles zusammen. Wichtig ist der Bauplan, ja? Ist wie Architektur, ja? Wenn du ein Haus bauen willst, dann brauchst du auch einen Bauplan, du kannst ja nicht einfach so drauflosbauen, ja? Also, ich werde nicht bloß einen Krimi schreiben, ja? Es soll kein One-Hit-Wonder werden wie ‹Macarena› von diesen Spaniern, ja?, ich weiß gar nicht mehr, wie sie hießen ... aber egal, auf jeden

Fall wird es eine Reihe, eine Serie, so wie Miss Marple oder Sherlock Holmes oder …» «… Fünf Freunde …» «… ja, egal, ja? Es wird eine Serie, und es geht also darum, hör zu: Ein Polizeikommissar wird pensioniert. Ich weiß schon, wie er heißen wird, aber das sag ich dir natürlich nicht, ja?» «Na klar, sonst klau ich dir die Idee.» «Genau. Er heißt also Soundso, und er wurde pensioniert, und er freut sich auf die Zeit nach dem Berufsleben, ja?, denn nun kann er sich endlich seinem Hobby widmen, dem Fischen, ja? Soundso ist ein begeisterter Fischer, und er kauft sich ein kleines Häuschen am Murtensee, denn dort werden die größten Welse gefangen, und davon träumt Auf der Mauer …»

«… er heißt Auf der Mauer?» «Wer?» «Der Kommissar, also der pensionierte Polizist, der nur noch fischen will.» «Wer hat das gesagt, dass er Auf der Mauer heißt?» «Na du, eben.» «Ich? Ich hab gar nichts gesagt. Hab ich was gesagt?» «Hm, ich weiß nicht. Willst du nicht lieber eine Science-Fiction schreiben?» Er wandte sich Albert zu, der das Gespräch mitgehört hatte, während er den Geschirrspüler ausgeräumt hatte. Es lief noch immer Beck. Und bevor Moritz etwas sagen konnte, brüllte Zufall: «Gib mir noch ein Bier und stell endlich diese beschissene Musik ab. Ich dreh sonst gleich durch.» Albert nahm ein Glas und sagte: «Macarena wär dir recht?» Moritz ging nach draußen, um zu rauchen.

Es war ein milder Tag, nach einer Kälteperiode krochen die Temperaturen in den letzten Tagen erstmals auf einen zweistelligen Wert. Und da kam Thomas, erhob die Hand zum Gruß, mit der runden Sonnenbrille und dem braunen Trenchcoat, in dem er steckte, sah er aus wie der Kater aus der Pinocchio-Trickfilm-Serie. Thomas war der Freund von Julchen, seit Jahren schon. Und Julchen war Moritz' beste

Freundin. Moritz mochte Thomas, er war ein netter Kerl, aber Moritz fand, dass da immer eine gewisse Restkühle zu spüren war, wohl eben gerade weil er und Julchen so gut miteinander auskamen.

Julchen und Moritz hatten sich kennengelernt, als er vom Land in die kleine Stadt gezogen war. Ihre Beziehung war eines der wenigen real existierenden Beispiele dafür, dass es doch eine Freundschaft zwischen Mann und Frau geben kann, ohne dass primäre Geschlechtsteile dabei eine Rolle spielen. Dass es so weit kommen kann, dafür braucht es ganz spezielle Bedingungen. Es sind ähnlich komplizierte Umstände, wie sie zufälligerweise geherrscht hatten, als das Leben auf der Erde entstand, in den Tiefen des Meeres vielleicht, wo aus schwarzen Rauchern heiße Flüssigkeit in das eisig kalte Wasser strömte und aus den Gasen und Mineralien organische Verbindungen entstanden, die nur unter genau diesen extremen Bedingungen entstehen konnten, und daraus wiederum das Leben selbst und sie und er und alle anderen. Bei Julchen und Moritz war es so, dass man sich sehr sympathisch war, beide fühlten sich angezogen voneinander, aber die jeweiligen Konstellationen ließen mehr nicht zu, weil sowohl Julchen wie auch Moritz damals in so etwas wie einer Beziehung steckten, und schnell war beiden klar, dass man zwar durchaus ein Abenteuer erleben könnte, aus dem jedoch beide nicht ohne Beschädigung herauskommen würden, und dass doch eigentlich so etwas wie aufrichtige Sympathie und all die anderen Zutaten, die eine Freundschaft ausmachten – das Vertrauen etwa, das stetig wuchs wie eine Pflanze, für die man ein gewisses Maß an Sorge tragen musste; das sich ergänzende Wissen über Dinge, die beide interessierten –, dass diese Dinge viel wert waren. Bald war ihnen bewusst, dass das, was da zwischen ihnen entstand, viel kostbarer war als der kurze Spaß, den man mit dem Austausch von Körperflüssigkeiten hätte. Und vor allem: Diesen Spaß konnte man auch mit anderen haben, sogar mit doofen Typen und dummen Kühen. Also verschonte man sich. Selbstverständlich weckte eine solche Freundschaft ohne Okkupationsabsichten Zweifel und Sorge bei den jeweiligen Partnern, Julchen und Moritz machten sich verdächtig, aber nach und nach war allen klar, dass sie einfach nur Freunde sein wollten. Vielleicht würde sich das später einmal ändern, wer wusste das schon. Davon hörte man immer wieder: Jahrzehnte beste Freunde, dann Gründung einer Familie. Aber die Dinge, die morgen sein würden, die waren nicht so interessant. Interessant waren die Dinge, die jetzt stattfanden. Das Vorher und das Nachher konnten ihm gestohlen bleiben.

«Ich denke», sagte Thomas, «dass es tatsächlich so was wie Frühling geben wird. Ich spür es noch nicht, aber ich ahne es.»

«Du warst gar nicht an der Party, gestern, im alten Güterbahnhof, war cool, Klumpen hat aufgelegt», sagte Moritz.

«Ich war verreist. War in Strasbourg.»

«Mit Julchen?»

«Die musste arbeiten. Das ganze Wochenende über. War dort mit meinem Cousin.»

«Mit einem Cousin in Strasbourg? Das klingt irgendwie verdächtig. Klingt nach einem Film mit verbotenem Inhalt. Klingt ganz nach einem Film mit weichgezeichneten Bildern, du weißt schon, von diesem ...»

«Hamilton.»

«Genau. Richard Hamilton.»

«Er hieß David.»

«Nicht Richard?»

«Nein. Richard ist der Künstler.»

«Na ja, David Hamilton ist auch ein Künstler. Bilitis. Ein Sommer in St. Tropez. Und eben: Zärtliche Cousinen.»

Thomas fing an, die Titelmelodie von Bilitis zu summen oder wenigstens das, was er dafür hielt.

Moritz fragte: «Und was macht man in Strasbourg?»

«Na ja, was man in Strasbourg halt so macht. Hab mir das Münster angeschaut. Choucroute garni gegessen. Käse mit Kümmel. Gewürztraminer getrunken. Ganz normaler Wochenendausflug.»

«Sauerkraut? Ich dachte doch, ich hörte es donnern am Freitagabend. Das elsässische Sauerkrautfurzgewitter!»

«Und am Samstag, in der Stadt, ganz nahe beim Bahnhof, da kam ich dann zufälligerweise an einem Velogeschäft vorbei, Charly Großkost ...»

«... guter Name ...:»

«... absolut guter Name, und ich ging rein, und dort stand ein alter Mann, hat mich begrüßt, hab mich umgeschaut, ich kann einfach an keinem Velogeschäft vorbeigehen. Da hingen dann die Bilder in diesem Laden, darauf ein junger Mann, ein Rennfahrer, BIC-Leibchen, genau, ‹ECRIVEZ BIC EST BIEN› stand darunter, viele Haare auf dem Kopf, 70er Jahre, auf einem orangefarbenen Rennrad, und ich hab ihn gefragt, wer das sei, obwohl es ja auf dem Bild stand, also sagte er, der Mann auf dem Bild, das sei doch er, und ich sagte, ich weiß nicht mehr, was ich sagte, ich sagte wohl ‹Wow› oder so was Passendes ...»

«... zut alors!»

«... ja, genau, zut alors! Putain de merde! Fis de pute! Auf jeden Fall war der alte Mann also Charly Großkost.»

«Okay. Aber wer ist Charly Großkotz?»

«Großkost. Charly, ich meine schon der Vorname ist doch

zu geil, oder? Charly! Er war ein französischer Radrennfahrer.»

«Nie gehört.»

«Ich auch nicht, aber er hat mir dann alles erzählt. In einem Jahr, ich weiß nicht mehr, in welchem, es muss wohl anfangs der 70er gewesen sein, da gewann er den Prolog der Tour de France, den des Giro d'Italia und jenen von Paris-Nizza auch noch. Im selben Jahr. Drei Prologe. Er war ein verdammter Held, damals, und heute ein alter Mann in einem kleinen Fahrradgeschäft.»

«Ist Paris–Nizza nicht ein Eintagesrennen?»

«Spinnst du? Das sind tausend Kilometer. Du meinst Mailand–San Remo.»

«Ich dachte, es sei ein Eintagesrennen.»

«Sag mal, hörst du mir nicht zu, das sind tausend Kilometer von Paris nach Nizza.»

«Ja schon, aber es geht ja abwärts. Du, sag mal, ist Julchen schon hier?»

«Julchen? Nein, ich glaub nicht, dass die heute noch auftaucht.»

«Hat sie mir aber so gesagt.»

«Die haben ja Ende der Woche Premiere. Ich hab sie schon ewig nicht mehr gesehen. Irgendwann stell ich sie vor die Entscheidung: Theater oder ich.»

«Gute Idee. Sag ihr doch einfach, mit dir könne sie auch Theater haben. So viel sie wolle.»

«Du lachst jetzt, aber das hat schon was: Ich kann sie so schlecht behandeln, wie ich will, niemals werde ich sie jedoch so schlecht behandeln können, wie das Theater es tut. Das Theater ist ein grausamer Liebhaber.»

«Und trotzdem kommt sie nicht los davon. Voll maso, irgendwie, oder?»

Thomas nickte, sagte nichts, worauf Moritz nicht wusste, ob er nun was Falsches gesagt hatte, also sagte er:

«Hm. Gut, ich geh mal wieder rein.»

Die Hafenbar war nun gut gefüllt, er kannte aber kaum ein Gesicht. Es waren wohl Leute von anderswo, die wegen der Vernissage kamen, aus anderen Städten, aus anderen Szenen. Er ging an die Theke und holte sich bei Albert noch ein Bier. «Viel los.» «Ja, Kunstfuzzis.» «Sind auch Menschen.» Albert schenkte ihm ein müdes Lächeln, als er das Bier auf den Deckel stellte. Manchmal erstaunte ihn Alberts Zorn. Dieser Zorn geriet dann und wann auch außer Kontrolle. Er hatte Albert schon erlebt, wie er betrunken eine Bierflasche gegen ein Polizeiauto warf, das zufällig vorbeifuhr. Er warf die Flasche einfach so, ohne bestimmten Anlass, ein Reflex: Das Vorbeifahren des Polizeiautos löste ihn aus, so wie der Hund zuschnappt und den Postboten in den Hintern beißt. Die Flasche flog am Auto vorbei und zerschellte an einer Hauswand. Das Polizeiauto fuhr weiter. Trotzdem schaffte er es in jener Nacht noch, dass ihn eine Streife mitnahm und er in einer gekachelten Zelle einschlafen durfte. «Es gibt einfach Momente, da kann man nicht anders», sagte Albert ihm später. «Aber danach ging es mir besser.»

Moritz stand etwas verloren in der Bar, einsam unter Menschen, so wie man nur in Bars einsam sein kann, gefüttert von der Hoffnung, dass die Türe aufging und jemand hereinkam, den man gern mochte und der den bis dahin dröge und zäh wie kurz vor der Stockung vor sich hin fließenden Abend in eine Wildwasserrutschbahn verwandelte, ihn lang und lustig werden ließ, aber er schaute sich die Leute an, und tatsächlich kannte er in jenem Moment niemanden, außer Albert und Thomas und Zufall, aber Thomas stand noch immer draußen, und Albert war ja nicht zum Vergnügen hier, nahm gerade eine Bestellung entgegen von einem Typen mit glattrasiertem Schädel, dessen Füße in Schlangenlederstiefeln steckten. Die Glatze glänzte im Spotlicht. Und Zufall? Lieber nicht. Also sah er sich die Kunst an. Über dem Eingang hing ein an die Wand montierter Fernseher, darauf war eine Videoarbeit zu sehen. Er sah, wie eine junge Frau an einem Tisch saß. Sie hatte unreine Haut und verfilzte Haare, schwarz und lang, und einmal blickte sie in die Kamera und sah aus wie eine dieser Fernsehwahrsagerinnen. Die Kamera war wohl fix auf einem Stativ montiert, und das Bild war so schlecht ausgeleuchtet, dass das Video an eines einer Terrorgruppe erinnerte, die eine entführte Person um Geld und Lösegeld betteln ließ. Man sah aber keine entführte Person, sondern eine junge Frau, die eine Packung mit Schokoladenwaffeln öffnete auf recht umständliche Art und Weise. Moritz musste lächeln ob ihrer Ungeschicktheit, die nicht gespielt schien. Dann baute sie mit den Schokoladenwaffeln einen Turm. Der Turm war schlank und hoch, er ragte fast bis zum oberen Bildrand. Die Frau öffnete weitere Packungen mit Schokowaffeln und baute einen weiteren Turm. Als der zweite Turm fertig war, hielt die junge Frau kurz inne und fing dann an, die Türme zu essen. Sie aß Waffel um Waffel, bis der Tisch wieder leer war wie zuvor, die letzten Waffeln schienen ihr echte Mühe zu bereiten. Sie legte ihre Handflächen auf den Tisch und blickte kurz erneut in die Kamera, es sah aus, als müsste sie sich gleich übergeben, dann wurde der Bildschirm schwarz. Eine Schrift wurde eingeblendet. «I like America and America likes Me (for J.B.)». Dann begann der Film von vorne, er hatte wohl eine Viertelstunde gedauert. Moritz ging zu dem kleinen Schildchen, das an der Wand hing, und las, von wem die Videoarbeit war. Er war erleichtert, als er einen anderen Namen las als den, den er befürchtet hatte, jenen, den Julchen ihm genannt hatte. Er holte sich ein neues Bier und schickte Julchen eine SMS. «Bin da. Wo du?» Wenig später piepste es in seiner Hosentasche. «Muss arbeiten. Theatersekte. Endlos. Im Stollen. Verschollen. Kuss. J». Er schrieb zurück. «Alles geht vorbei. Halte durch. Kannst du sie mir beschreiben?» Aber es kam keine Antwort mehr. Er schrieb ihr nochmals eine Nachricht: «Thomas auch hier. Kennst du Thomas. Netter Kerl. Ich stell ihn dir vor.»

Dann fand er den Monitor mit ihrer Arbeit. Man sah die Künstlerin mit nacktem Oberkörper, auf den sie einen Film projizieren ließ, der wohl auch die Künstlerin zeigte, tanzend. Er wusste nicht, was er davon halten sollte, fand aber, dass eine Künstlerin, die sich oben ohne zeigte, zwingend interessant sein musste, so wie er das einschätzte, er mit seinem begrenzten kunsthistorischen Hintergrund. Und er dachte: Sie ist schön, soweit er dies beurteilen konnte, denn das Video war etwas verpixelt. «Lieber verpixelt als verpickelt», dachte Moritz, «und auf jeden Fall ist sie nicht hässlich.» Außerdem: Wenn Julchen meinte, dass diese Künstlerin eine tolle Person sei, wenn Julchen dachte, dass sie sich kennenlernen sollten oder mussten sogar, dann wollte er das gerne auch so sehen. Julchen kam ziemlich gut draus in solchen Angelegenheiten. Zu dumm, war sie nicht da. Zu dumm. Er schaute sich in der Bar um. War diese Künstlerin überhaupt da? Er sah hinten im Raum eine Frau mit silberfarbener Jacke. Nur ganz kurz konnte er ihr Gesicht sehen, als sie ihren Kopf wendete, um jemandem etwas zuzurufen. War sie das? Sollte er sich durch die Meute kämpfen und fragen, ob sie die sei, für die er sie halte? Ja, vielleicht sollte er das tun, aber erst zwängte er sich an die Theke.

«Wie findest du die Kunst?», fragte Albert.

«Tja, was soll ich sagen. Kunst ist manchmal schwer zu verstehen.»

«Wie die Frauen», sagte Zufall, der neben Moritz an der Theke stand, er hatte ihn gar nicht bemerkt.

«Einer hat mal gesagt», meinte Albert, «Kunst sei ein randvoll mit Emotionen gefülltes Gefäß.»

«Nun ja», sagte Zufall, «für mich ist ein randvoll mit Emotionen gefülltes Gefäß ein Glas Rotwein. Und davon gibst du mir bitte eines, ja? Aber randvoll, ja? Und gib mir vom guten Zeugs, ja? Wenn schon mal die fancy Art-Crowd hier ist, dann gönn ich mir auch was.»

Zufall bekam einen Lachanfall, und Moritz ging auf das Klo, ließ sich Zeit, sah sich selbst in den Spiegeln, fand, dass er irgendwie nicht gut aussehe. Es war wirklich an der Zeit, dass er diese Holundersaftkur machte, bald. Die Toilette war wohl das Außergewöhnlichste an der Hafenbar. Sonst war die Hafenbar einfach eine nette Bar, schön gelegen am Fluss, wurde von einer ziemlich guten Mischung von Leuten besucht, aber die Toilette war wirklich etwas Spezielles, oder wie die Leute gerne sagten: Mal etwas anderes. Sie war total verspiegelt. Der Boden, die Decke, die Wände bestanden aus Spiegelplatten, und so sah man sich selbst bis in alle Ewigkeit gespiegelt, blickte man nach unten, sah man sich von unten, blickt man nach oben, sah man sich von oben, was dann und wann Touristen in die Bar lockte, so es denn überhaupt Touristen in die kleine Stadt verschlug. Es war noch kein Jahr her, da musste man die Feuerwehr holen, um die Türe aufzubrechen, weil sich ein Goa-Typ in der Toilette eingeschlossen hatte auf einem schlechten LSD-Trip und anfing zu schreien. Er schrie wie am Spieß, und sie versuchten mit allen Mitteln, die Türe aufzubrechen, aber es gelang nicht, weil Goa-Typen zwar immer Stoff mit sich herumschleppten, mit dem man andere Welten betreten, selten aber Werkzeug, mit dem man echte Türen aufbrechen konnte. Der Typ schrie und schrie und es dauerte wohl eine geschlagene halbe Stunde, bis die Feuerwehr da war und die Türe mit massiver Gewalt aufbrach. Ein Krankenwagen war in der Zwischenzeit auch angekommen, und der Typ, er trug ein Batik-Shirt in allen Neonfarben und Rastafrisur, er schrie noch immer und zuckte und versuchte um sich zu schlagen, Schaum vor dem Mund, und als sie ihn raustrugen, da sah Moritz die Augen des Goa-Typen, er sah nichts als Weiß.

«Wow!», rief einer, der eben in die Toilette trat. «Das ist ja ... was soll ich sagen ... abgefahren.» «Ja», pflichtete ihm Moritz bei, «in der Tat. Mal was anderes.» Moritz war müde, verließ die Toilette, drängte sich durch die Menge zum Ausgang, blickte sich nach der silberfarbenen Jacke um, konnte sie aber nicht mehr entdecken. Draußen vor der Türe steckte er sich eine Parisienne an. Thomas schien gegangen zu sein. Er hatte ihn nicht mehr gesehen. Doofe Idee, an einem Montag eine Vernissage zu planen, dachte er, als er den Reisverschluss seiner Jacke hochzog. Es war nun wieder frischer geworden, und er zog die Schultern hoch, als er nach Hause ging, rauchend. Und als er zu Hause angekommen war, stellte er den Fernseher an, der neben dem Bett stand, und er hatte nur kurz in die Doku über einen Rockerklub geschaut, dann schaltete er ihn wieder aus. Das Bild verschwand mit einem Knistern. Er dachte: All die Zeitverschwendung. All der Blödsinn. Die Frau, die ihm Julchen hatte vorstellen wollen, die Frau, die er nicht kannte, die Frau, die Julchen ihm auch vorgestellt hätte, wäre Julchen nicht in den Fängen der Idioten der Theater-Sekte. Er versuchte sich das Gesicht der Frau nochmals vorzustellen, er hatte es ja auf dem Monitor gesehen. Er wollte ein gedankliches Phantombild anfertigen. Es gelang ihm nicht. Draußen fing es leise an zu regnen.

Kapitel 5

Er wohnte am Rand der Stadt, im Norden, wo bald ein anderes Land anfing, unweit des breiten Flusses, der Müllverbrennungsanlage mit dem hohen Kamin und den immerzu blinkenden Lichtern darauf, welche die Flugzeuge warnen sollten, aber die Lichter kamen ihm eher lockend vor, unweit des Schlachthofes, von dem her über das ganze Quartier ein feiner Geruch nach Verwesung zog, je nach Wind, selten aber, unweit der Großbäckerei, von der her ein etwas angenehmerer Geruch wehte, je nach Wind. Seine Wohnung lag im zweiten Stock. Nebenan wohnte eine Rentnerin, Frau Waser, die ihn gerne im Treppenhaus abpasste, um ihm Dinge zu erzählen über andere Mieter, über die Unordnung in der Waschküche, über den überquellenden Briefkasten der Partei im dritten Stock links, über den Lärm spätnachts sogar aus der Wohnung im dritten Stock rechts, aber er hörte ihr kaum zu, sondern überlegte ständig, wie er sie abwimmeln konnte. Er nickte bloß, sagte «Aha», blickte auf seine Uhr und sagte: «Oh, Frau Waser, ich muss los, ich habe einen Arzttermin.» Frau Waser hatte für nichts Verständnis, außer für Arzttermine. «Ja, dann will ich Sie selbstverständlich nicht aufhalten. Es ist doch nichts Ernstes, oder? Erst letzte Woche war ich bei Doktor Stutz, der Augen wegen, ich kann ja kaum mehr ...»

Er wohnte zur Untermiete. Der eigentliche Mieter zog nach Madagaskar, um nach dem Soziologiestudium dort ein paar Monate für ein Hilfswerk zu arbeiten, im Süden der Insel, drei Landcruiser-Stunden von der Stadt Tolagnaro entfernt. Aus den paar Monaten wurde ein Jahr, aus dem Jahr wurden zwei, dann drei Jahre, er verliebte sich in eine Madagassin, und es schien nicht so, dass er jemals wieder zurückkehren würde. Ein kleines Entree, wenn man hereinkam, eine Garderobe, bestehend aus einer Holzleiste mit drei geschwungenen Metallhaken dran. Vom kleinen Entree ging es in das Badezimmer mit Wanne und einem Spiegelschrank, am Ende des schlanken Raumes befand sich die Toilette. Vom Entree ging ein Zimmer zur Straße hin ab, sein Wohnzimmer, darin ein Sofa mit abgeschossenem orangefarbenem Bezug und ein die ganze Wand einnehmendes Regal aus verzinktem Stahl, gefüllt mit Büchern, Schallplatten und CDs. Im Regal stand auch die Stereoanlage, ein NAD-Verstärker, ein Sony-Doppelkassettendeck, ein CD-Player, ebenfalls von Sony, und ein Technics-SL1200-MK2-Plattenspieler. Auf den Technics-Plattenspieler war er ziemlich stolz, es war so etwas wie das Statussymbol der Zeit für all jene, für die Musik zu hören mehr war, als einfach das Radio anzuknipsen, und erst unlängst erklärte er Zufall in der Hafenbar, warum das Ding so speziell ist, wegen dem Aluminiumspritzgussplattenteller, der innert keiner Zeit vom quarzgesteuerten halbautomatischen Motor auf die Betriebsgeschwindigkeit von 33 respektive 45 Umdrehungen pro Minute gebracht wurde, genauer innert 0,7 Sekunden nach Drücken des Startknopfes – zudem war da noch der Geschwindigkeitsregler, mit dem sich die Drehzahl um bis zu minus oder plus acht Prozent verändern ließ. «Und für was braucht man das? Warum sollte ich ein Lied acht Prozent schneller hören wollen?», fragte Zufall. «Um zu mixen», sagte Moritz. «Mixt du?» «Nein.» «Also?» «Aber ich könnte.» Der Technics war das teuerste Stück seiner Anlage. Aber noch stolzer war er auf den Philips-CD-Rekorder, mit dem er seine eigenen CDs brennen konnte. Das war eine verdammt großartige Novität: selber Audio-CDs zu brennen. In der Küche stand ein dreiflammiger Gasherd, ein kleiner Tisch, ein Wandschrank, eine Türe zu einem schmalbrüstigen Balkon, der auf den Hof ging. Vom Entree ging es auch in das Schlafzimmer, in dem es meist dunkel war, weil die Rollläden ganz oder halb unten waren, auf dem Boden die Matratze, sonst gab es nichts in dem Zimmer, bloß noch einen Stuhl, ein abgesessener Stuhl im Stile von Louis XV., mit lachsfarbenem Seidenbezug, zerschlissen und zerrissen, was ihm sehr gefiel, als er ihn auf dem Flohmarkt sah, ihn sofort kaufen musste. «Der Prunk, die Dekadenz, diese lüsterne Wollust des Barock und diese Kaputtheit, dieser Zerfall: Dies vereint», sagte er damals Klumpen, den er beim Bratwurststand auf dem Flohmarkt traf, «das ist purer Punk.» Klumpen runzelte seine Stirn, tunkte die Bratwurst tief in den Senf und sagte: «Ist Louis XV. nicht Rokoko?» Moritz sah ihn fragend an, und Klumpen sagte kauend: «Na ja, ich glaube, Louis XV. ist Rokoko und nicht Barock.» «Ist das nicht dasselbe?» «Nicht ganz.» «Und woher kennst du den Unterschied zwischen Rokoko und Barock?» «Ich habe nicht gesagt, dass ich den Unterschied kenne, ich habe bloß gesagt, dass es da einen Unterschied gibt. Speed Metal und Death Metal sind ja auch nicht dasselbe.» Moritz wusste nicht, was er dazu sagen sollte, für ihn war Barock und Rokoko das Gleiche: Einfach verdammt lange her. Also sagte er: «Ein Bier?» Klumpen nickte, Moritz bestellte, und als jeder einen Schluck aus dem Plastikbecher genommen hatte, sagte Moritz: «Erinnerst du dich an Rondo Veneziano? Die Band? Die mit den gepuderten Perücken? Mit den Oboen?» Wieder nickte Klumpen, sagte kauend: «Fand ich mal gut.» «Fand ich auch mal gut.» «Kaputt, so was gut zu finden, egal wie jung man mal gewesen war.» «Total kaputt.» Eine Weile sagte keiner von beiden etwas, dann setzte sich Klumpen auf den Stuhl und sagte langsam: «Rondo Veneziano.» Es klang wie eine Beschwörung.

Den Stuhl im Stile von Louis XV. aber sah man nicht in diesem Zimmer, denn er war über und über mit Kleidern bedeckt. Es war ein Stuhl im Kleidermantel. Ein verlorener Stuhl, versteckt und verborgen unter Hosen und T-Shirts und Trainerjacken und Unterwäsche und Socken. Neben der Matratze stand auf dem Boden eine Nachttischlampe im Stil der 70er Jahre mit einem oben offenen facettierten Glasschirm auf einem rechteckigen Fuß, auf den ersten Blick hätte man die Lampe für einen futuristischen Standmixer halten können. Daneben ein Stapel Bücher, der kein Stapel mehr war, sondern ein Haufen. Neben dem Haufen lag ein Mobiltelefon, ein dunkelblaues Ericsson R320s. Auf der Matratze lag Moritz. Er schlief. Er schlief tief und fest. Leise schnarchte er, auf dem Rücken liegend, das rechte Bein angewinkelt, nackt bis auf die Digitaluhr von Casio am rechten Handgelenk, das Duvet am Boden, nur von einem Laken bedeckt, den Kopf auf einem Kissen ohne Bezug, an den Ecken nicht mehr weiß. Das Mobiltelefon klingelte und surrte, er schlief noch immer. Es klingelte und surrte und surrte und klingelte, und hätte er die Augen aufgemacht, dann hätte er gesehen, dass das Telefon durch den Vibrationsalarm über den Parkettboden kroch, langsam, wie ein Rieseninsekt, es klingelte, bis es nicht mehr klingelte. Dann wurde er wach. Er öffnete die Augen, stand auf, langsam, ging ins Bad, drehte den Kaltwasserhahn des Lavabos auf, er trank davon, es tat gut, er hatte Durst, er hatte auch Kopfschmerzen, er wusste, weshalb, es wurde etwas spät gestern, so wie es spät geworden war vorgestern und auch vorvorgestern schon. Er zog sich an, nahm wahllos Kleider von dem Haufen, roch daran, warf sie zurück, wenn er fand, dass sie zu sehr rochen, nahm andere, schlüpfte in ein T-Shirt, auf dessen Brust eine Bergkette gedruckt war, ein stilisierter Sonnenaufgang oder vielleicht auch ein Sonnenuntergang und in braunen Lettern «CANADA FITS YOUR BUDGET!», holte eine Unterhose aus einer raschelnden H&M-Tüte, die Unterhose war noch im Multipack, Aktion, fünf für drei, stieg in eine petrolfarbene Cargo-Hose mit großen Seitentaschen, zog die alte Puma-Trainerjacke über und schlüpfte in die K-Swiss-Turnschuhe. Die Tür zur Küche blieb zu, um Kaffee zu trinken, ging er ins Büro, es lag nur ein paar Straßen weiter. Die Tür zur Küche blieb zu, weil sie zu war. Sie zu öffnen, das hätte ihn mit ein paar Dingen konfrontiert. Mit ein paar Problemen. Er wusste nicht genau, wie es in der Küche aussah, und er wollte es auch nicht wissen, denn er kochte zwar gerne, aber dann vergaß er abzuwaschen. Das letzte Mal, als er die Pfannen auf dem Herd stehen sah, dachte er, da wachse Gras aus den Töpfen. Also ging er schnell aus dem Haus, aber bevor er die Wohnungstüre öffnete, hielt er kurz inne, horchte, ob jemand im Flur war, ob er jemanden hören konnte, Frau Waser mit ihren Geschichten, anderen Nachbarn. Als er sich sicher war, niemanden zu hören, öffnete er schnell die Türe und sprang runter, zwei Stufen auf einmal nehmend, er hörte die schwere Haustüre zuschlagen, während er schon um die Ecke bog.

Er war noch nicht an der großen Kreuzung, da klingelte das Telefon in seiner Hosentasche. Seichter war dran. Seichter war sein Verbindungsmann beim Käseblatt, sein zuständiger Redakteur, seine Bezugsperson. Von ihm bekam er seine Aufträge, ihm lieferte er die Ware, von ihm wurde er betreut, mit ihm vereinbarte er die Honorare (was so viel hieß wie zu akzeptieren, was Seichter ihm anbot, es gab wenig Verhandlungsspielraum gegen oben), Termine, Textlängen. Seichter sprach leise, seine Stimme klang fein und etwas krächzend, als wäre er krank. Man hatte sofort Mitleid mit ihm. Er ging, als hätte er in seiner Kindheit eine Poliostreifung gehabt, er sah aus, als flöge er immer gleich auf die Nase. Aber mit Polio war nie etwas, nein, es war einfach sein Gang, dieses Gestolper. Und dann seine Kleidung: Nun, man konnte nicht behaupten, er sei so etwas wie der Marcello Mastroianni der kleinen Stadt. Die Füße steckten in Schuhen aus naturbraunem Leder, die man auf den ersten Blick auch für zwei Laib Brot halten konnte, die Jeans sahen aus, als kämen sie direkt vom Vogelscheuchenbedarf, und dann noch die Poloshirts mit Aufdrucken von irgendwelchen Veranstaltungen, an denen Seichter beruflich gewesen war und dort diese Poloshirts im Presse-Goody-Bag gefunden hatte, einer von einer Zigarrenfirma gesponserten Konzerttournee, einem von einem Handyanbieter unterstützten Kinoevent, einem durch einen Medikamentenhersteller organisierten Veterinärsymposium. Irgendwo war immer auch ein Fleck Mayonnaise drauf von seinem Eierbrötchen oder Cola, das ihm aus dem Mund gesabbert war. Er trank viel Cola. Eigentlich wollte er aus politischen Überzeugungen nie in seinem Leben Cola trinken. Aber er war süchtig danach. Also trank er es immer auch ein bisschen heimlich. Nie stellte er die Colaflasche auf seinen Schreibtisch, sondern versorgte sie in der Schublade. In der Öffentlichkeit trank er Cola nur, wenn die Dose oder die Flasche in einem Plastiksack steckte, so wie Säufer in amerikanischen Spielfilmen aus den braunen Papiertüten ihren Schnaps kippten. Er machte sich viele Gedanken, warum die Cola aus der Dose besser schmeckte als aus den Kunststoffflaschen, obwohl er Hemmungen hatte, Getränke aus Dosen zu trinken, denn seine Eltern waren beide Lehrer gewesen und aktiv in der Anti-Atomkraft-, der Pro-Friedensbewegung sowie dem örtlichen Vogelschutzverein mit Schwerpunkt Waldohreule. Es verging kein Tag in seiner Kindheit und seiner Jugend, an dem die Abfalltrennung nicht thematisiert und zelebriert wurde, und kam es tatsächlich vor, dass Aluminium als Abfall anfiel, etwa bei einer Tafel Schokolade, obwohl man darauf achtete, sorgsam, dass kein verteufeltes Aluminium ins Haus kam, so wurde das Aluminium in einer alten Schuhschachtel gesammelt, um es später dem Kreislauf zurückzugeben. Seine ganze Erscheinung also erregte Mitleid, auch der Umstand, dass Seichter einem niemals in die Augen sah, sondern immer seine Fußspitzen anstarrte oder an einem vorbeiblickte, während seine Finger mit einer Zigarette hantierten, angezündet oder nicht, die er sich in den Mund steckte und wieder rausnahm und manchmal auch wieder in die Schachtel zurücklegte, nur um sie eine Sekunde später wieder herauszuklauben und sich erneut in den Mund zu stecken. Man hatte also Mitleid, und man war nett zu ihm, weil man dachte, man habe es mit einem – wie stark auch immer – behinderten Menschen zu tun, und so erzählte einer vielleicht auch ein bisschen mehr, als er eigentlich wollte, weil er dachte, der Seichter sei ein bisschen langsam im Kopf, ein armer Tropf, harmlos, naiv, ein Tschooli, oh ja, man rechnete es dem Käseblatt hoch an, dass solchen Leuten Arbeit gegeben wurde und damit eine Chance, und Seichter nutzte es aus. Er hasste die Menschen. Das würde er niemals jemandem sagen. Aber beim Schreiben konnte er seinen

Hass in Worte und Sätze verpacken und ihn verschicken an die, die es verdienten. Und das waren alle.

«Ich wollte fragen, bis wann du den Artikel über das Blasmusiktreffen liefern kannst. Wir hatten ja vereinbart, dass du heute bis Sechzehnhundert lieferst, aber ich wäre froh, du könntest schon um Vierzehnhundert den Text schicken – und auch ein bisschen mehr schreiben, ist was rausgeflogen, wir haben mehr Platz.»

Seichter war ganz und gar kein Freund von allem Militärischem, aber er liebte es, Zeitangaben so zu formulieren, wie man es beim Militär tat, und deshalb sagte er nie zwei Uhr oder vierzehn Uhr, sondern Vierzehnhundert. «Liefern um zwei? Kein Problem. Ich bin eigentlich schon fertig. Ich möchte ihn einfach nochmals lesen.»

«Sehr gut. Und sonst? Alles gut?» Moritz war etwas irritiert, denn normalerweise war alles, was nicht mit Texten zu tun hatte, kein Thema zwischen ihnen beiden. Persönliches fand nicht statt, was Moritz gut fand. «Äh, ja, alles gut.» «Gut. Dann bis später.» «Ja. Tschüss.»

Er fluchte leise, als er an der Ampel wartete, die vielachsigen Lastwagen auf dem Weg in den Norden dicht an ihm vorbeischossen und er einen Schritt zurück tat. Dieser beschissene Artikel über das beschissene Blasmusikfestival. Er war am Samstag dort gewesen, und noch heute dröhnten ihm die Ohren. Blasmusik, von Menschen gespielt, die in Uniformen stecken: Wie krank war das? Kein Wunder, musste er sich danach sofort in die Hafenbar begeben und ein bisschen betrinken. Er hatte Seichter natürlich angelogen. Er war nicht schon fast fertig mit dem Artikel, er hatte noch nicht einmal mit dem Schreiben begonnen. Als Erstes musste er hirnen, wo die verdammten Notizen waren. Er hatte sich ein paar Dinge auf einem Notizblock notiert, wie ein verdammter Reporter kam er sich vor, wie er da stand und sich von einem Uniformierten alles erklären ließ, aber auch wirklich alles, weil der Uniformierte nicht nur der Dirigent einer Blasmusik-Kompanie war, sondern auch ein sich selbst ziemlich ernst nehmender Komponist, der seine Musikgesellschaft die eigenen Stücke spielen ließ. Zudem bekam dieser Dirigent/Komponist nicht oft die Gelegenheit, einem Reporter einer Zeitung von seiner Leidenschaft erzählen zu können, und also tat er es mit ganzer Inbrunst, denn die Blasmusik, sie war sein Leben. «Als Erstes Spielen wir ‹Fanfare, Romance and Finale› des Engländers Philip Sparke», sagte der Uniformierte. Und Moritz notierte sich mit Kugelschreiber «Fanfare, Romanze, Final» und fragte dann: «Philip wer?»

«Sparke.»

«Wie?»

Es war höllenlaut, im Hintergrund hatte gerade eine Musikgesellschaft zu spielen begonnen, so abrupt und laut, dass er zusammenzuckte, erschrak und die Spitze des Kugelschreibers auf dem Notizblock ausschlug wie die Nadel eines Lügendetektors bei einer Jahrhundertlüge. Der Uniformierte lächelte breit, nickte und sagte: «‹Tapas de Cocina› von Kees Vlaks.»

«Was?»

«Das Stück, das eben angestimmt wurde, phantastisch, komponiert von Kees Vlaks, einem holländischen Komponisten, es gilt als mittelschwer.»

Er notierte sich «Keks Flatz».

«Hören Sie nur, das ist spanisches Feuer, oder? Nun, wie gesagt eröffnen wir mit Philip Sparke. Das schreibt sich so: Sierra. Papa. Alfa. Romeo. Kilo. Echo. Haben Sie das?»

Moritz nickte und realisierte, dass er es so notiert hatte, wie der Uniformierte es ihm diktiert hatte. «Sierra. Papa.

Alfa. Romeo. Kilo. Echo.» Er spürte, wie er rot wurde. Und er fühlte leichten Schwindel. Der Uniformierte fuhr fort und schrie. «Es ist ein Lehrstück für Blasmusikensembles mit wechselnden Schwierigkeitsgraden. Zuerst sind die Blechbläser am Zug, dann folgen die Holzbläser und die Flöten und schließlich das gesamte Ensemble. Sie werden es hören. Da werden die Wände erzittern. Es wird dann ein Stück böhmische Folklore folgen, eine Volkstanzsuite von Pavel Stanek.»

«Pavel wer?» Moritz schrieb und schrieb, und er war sich sicher, dass er nicht mehr würde lesen können, was er da niederkritzelte.

«Stanek! Sierra. Tango. Alfa. November. Echo. Kilo. Ein glänzendes Beispiel für die Vielfalt der Klangfarben, von lieblich bis zackig, mit Hufgetrampel bei der Kutschenfahrt und Peitschenknall. Wunderbar. Weiter wird es gehen mit einem Medley von Stücken aus ‹Der Pate›, Sie wissen schon, dem Film …» Moritz nickte und notierte und überlegte, wie lange er noch mit dem Typen würde reden müssen, und Moritz beneidete den Paten, der das Problem ganz einfach angehen und den Komponisten auf dem Kompost entsorgen würde. Der Komponist machte keine Anstalten, mit seinen Ausführungen zu einem Ende zu kommen. Moritz musste sich langsam, aber sicher eine Exitstrategie zurechtlegen.

Er hatte also den ganzen Notizblock vollgeschrieben. Aber wo war der Notizblock nun? Moritz war in seinem Büro angekommen, schaltete das Licht an, das es bis in den Frühling noch brauchte, fuhr den Computer hoch. Wo war der verdammte Notizblock nur? Auf jeden Fall war er nicht da, wo er hätte sein müssen, wo er ihn vermutete, auf dem Pult in seinem Büro. Nun, auf dem Pult in seinem Büro lagen viele Dinge. Da waren ungeöffnete Couverts, unbezahlte Rechnungen, ungelesene Artikel, die er sich aus Zeitschriften rausgerissen hatte, unbeschriebene Disketten lagen da, unbenutzte Kugelschreiber, ein Stapel ungebrannter CDs, bedrohlich schräg, ein Tesafilmabroller ohne Tesafilm, aber kein Notizblock, also nein, das stimmte nicht, da waren ganz schön viele Notizblöcke und -hefte und -bücher, aber nicht das Notizbuch, das er nun brauchte. Er wurde ein bisschen nervös. Und er hatte Kopfschmerzen. Um sich zu beruhigen, spielte er eine Runde Mario Kart. Bald ging es ihm besser. Er schaute auf die Uhr. Es war kurz vor zehn. Er hatte noch massig Zeit bis zur Deadline: Stunden. Bald würde er mit dem Schreiben beginnen. Und wenn er seine Notizen nicht finden würde, dann wäre das auch egal, es war ja alles in seinem Kopf drin, mehr oder weniger, irgendwie, irgendwo, er würde sich schon was aus den Fingern saugen. Zur Sicherheit aber stieg er trotzdem auf sein altes Rennrad, fuhr nach Hause, wühlte dort im Kleiderberg im Schlafzimmer, ließ seinen Blick über den Tisch im Wohnzimmer gleiten, er schaute im Bad, im Flur, er klopfte die Jacken an den Garderobehaken ab wie ein schlechter Tatort-Kommissar einen mit gespreizten Beinen vor einer Wand stehenden Verdächtigen, aber nichts. Er überlegte kurz, die Strecke zur Hafenbar abzufahren, vielleicht war ihm der Notizblock ja aus der Tasche gefallen, aber: Es hatte in der Nacht noch geregnet. Falls ihm also der Notizblock auf dem späten Heimweg aus der Tasche gefallen wäre, so wäre die Wahrscheinlichkeit, noch etwas Entzifferbares zu finden, gleich null. Er fand sich damit ab, den Notizblock als für vorübergehend verschollen zu betrachten, und auf eine Art fühlte er sich erleichtert, dass nun mit der Sucherei Schluss war und er mit der Arbeit beginnen konnte, auch wenn er nicht wusste, wie. Statt zurück in sein Büro fuhr er zur Bibliothek. Er wollte nachschlagen, was der Brockhaus über Blasmusik wusste. Bei der Bibliothek angekommen, fluchte er. Er hatte das Fahrradschloss im Büro vergessen. Daheim konnte er den Drahtesel in den Hausflur stellen, hier aber, vor der Bibliothek, würde ein Fahrrad ohne Schloss ungeachtet seines Zustandes augenblicklich gestohlen, wie alles gestohlen wurde, was nicht 16 Tonnen schwer war. Also fuhr er zurück, ohne den Brockhaus konsultiert zu haben, setzte sich an seinen Bürotisch und schaltete den Computer an, fuhr sich mit allen zehn Fingern durch die Haare, stöhnte leise auf und schrieb dann: «ALLES BLECH». Das brachte die Sache auf den Punkt. Doch, doch, das würde schon was werden. Bestimmt. Er würde gleich weiterschreiben. Nur eine kurze schnelle Runde Mario Kart, dann ging es gleich viel besser, leichter, schneller. Dann rief er Seichter an, um ihm zu sagen, dass alles bestens laufe. «Ich möchte den Text nur noch ein bisschen liegen lassen, ein Stündchen, ja? Dann les ich ihn nochmals, dann schick ich ihn dir, vielleicht sogar vor vier Uhr. Was? Wir hatten was abgemacht? Vierzehnhundert? Sorry, ich bringe das immer durcheinander: Zwei und vierzehn und vier und zwölf. Aber easy. Kein Problem. Überhaupt kein Problem. Um zwei auf deinem Tisch, also in deiner Mailbox. Kein Problem.» Er sah auf seine Uhr. Langsam wurde er etwas nervös. Bevor er sich aber wieder um den Text kümmerte, checkte er noch seine Mails. Er stellte das Modem an, wartete, bis die grüne Leuchtdiode nicht mehr blinkte, wählte das Menü an, drückte auf den Knopf «VERBINDUNG AUFBAUEN», hörte, wie der Computer sich über die Telefonleitung einwählte: zuerst das Freizeichen – ein Summton, vielleicht vier Sekunden lang –, dann in schneller Reihenfolge die Nummer, dann ein Kratzen, ein Kreischen, ein Rauschen, ein Fiepen, ein Dröhnen, dann – endlich – Ruhe, die Verbindung stand. Er hatte drei neue Mails erhalten. Das erste war eine freundliche Erinnerung von Seichter, den Text über das Blasmusiktreffen pünktlich zu liefern, und zwar gerne 800 Wörter plus Lead plus Vorschlag für Titel. Er löschte es sofort. Das zweite Mail war von einem Lukas Müller-Meier. Erst kam ihm der Name vollkommen unbekannt vor, aber dann fiel es ihm wieder ein. Er hatte Lukas Müller-Meier getroffen, ein paar Tage erst war es her, er arbeitete als Bibliothekar, und er kannte ihn von seinen Besuchen dort, aber nie hatte er mit ihm gesprochen, bis Zufall in der Hafenbar von ihm erzählte. Er erzählte von einem Wald, vielleicht eine Stunde von der Stadt entfernt, dort sei eine Wallfahrtskirche, nichts Besonderes, aber dort ganz in der Nähe kämen Klänge aus dem Boden. Einfach so. Und dieser Meier-Müller oder Müller-Meier, der habe sie gehört, diese Klänge, der sei nämlich Parapsychologe.

Also sprach er Müller-Meier oder Meier-Müller in der Bibliothek an, als er dort war, um im Brockhaus zu lesen. Der Bibliothekar schaute erstaunt von einem Stapel Bücher auf, die sich auf seinem Schreibtisch türmten – weil er von kleinem Wuchs war, sah es so aus, als wolle er sich hinter den Büchern verstecken. Er blickte Moritz eine Weile an, nachdem ihm dieser vorgeschlagen hatte, im Käseblatt einen Artikel über die Klänge aus dem Waldboden zu schreiben, nickte dann, öffnete eine Schublade, holte eine Visitenkarte hervor, die er Moritz reichte. «Rufen Sie mich abends an. Oder schreiben sie mir ein E-Mail», sagte er mit professionell schallgedämpfter Stimme. Dann wandte er sich wieder seinen Büchern zu. Als Moritz ging, fühlte er eine leichte Beklemmung. Er glaubte nicht an Geister und solchen Hokuspokus, aber Müller-Meier oder Meier-Müller war definitiv ein seltsamer Mensch, wie ein Kobold, bärtig, mit Augenbrauen wie Breschnew und einem etwas zu durchdringenden Blick. Der Bibliothekar roch auch komisch – wie nach einem Gewürz.

War es Muskat? Moritz schrieb ihm am selben Tag gleich ein freundliches E-Mail, in dem er nochmals die Idee für einen Artikel vortrug, ohne diese zuvor mit Seichter besprochen zu haben, ja, er hatte die Idee ihm gegenüber noch nicht einmal erwähnt. Aber Klänge, die aus dem Boden kamen, meine Güte, darüber würde man doch gerne was lesen, dachte er.

Das Mail von Müller-Meier war knapp. Er wäre damit einverstanden, schrieb er, und der Zufall wolle es, dass er an diesem Freitag den besagten Ort aufsuchen würde, er könne gerne mit ihm fahren, und wenn er das wolle, dann solle er zu ihm kommen, er gab die Adresse an und den Zeitpunkt. Moritz freute sich, dass es klappen würde, auch wenn die Vorstellung, mit einem Bibliothekar und Freizeitparapsychologen mit dem Auto in den Wald zu fahren, ihm auch ein wenig unheimlich vorkam. Das dritte Mail war von einem Kurator, der auf eine Ausstellung hinwies, die er kuratiert hatte, was ganz und gar uninteressant war, er wollte das Mail sofort löschen, aber dann sah er, dass alle Adressaten des Mails des Kurators lesbar waren: Das hingegen war interessant. «Hm, also, sehen wir mal, wen du alles so kennst», murmelte Moritz und sah sich die Liste mit den Adressaten des E-Mails an, eine ganz schön lange Liste. Ein paar Namen waren ziemlich prominent, er notierte sich ein Dutzend Adressen, vielleicht würde er sie einmal gebrauchen können, und dann hielt er inne. Er las diesen Namen. Da stand er, mittendrin: «Meta». Und dieser seltsame Name kam ihm vor wie der eines lockenden Landes, von dem er irgendwo schon viel gehört hatte. Ja, der Name, er klang ganz wunderbar, als er ihn in den Mund nahm und ausprobierte, nochmals aussprach, etwas lauter, die Betonung etwas verändernd, nochmals: Meta. Meta. Meta.

ZWEITER TEIL

Kapitel 6

Meta! In seinem Kopf brannte ein chinesisches Kleinfeuerwerk ab. Er dachte tausend Dinge, und die tausend Dinge flossen durch die Nervenbahnen aus seinem Hirn durch die Arme in seine Fingerspitzen, und Wörter tauchten auf dem Computerbildschirm auf. Hatte doch noch etwas Gutes, dass er dieses Zehnfingersystem gelernt hatte, dachte er. Er hatte es gelernt, als man Computer in Büros zwar schon kannte, aber damals waren Computer große Maschinen, die in kalt klimatisierten Räumen ganze Stockwerke einnahmen, die Speicher waren Magnetbänder mit Radien von Rettungsringen. Er hatte das Zehnfingersystem auf einer IBM-Schreibmaschine mit Kugelkopf gelernt, die – wenn man schnell schrieb, und darum ging es ja – wie ein Maschinengewehr klang. Nun war diese Fähigkeit in ihm drin, und es erstaunte ihn, dass er sie nicht wieder verloren hatte, dass sie sich nicht wieder verflüchtigt hatte, so wie französische und italienische Wörter, die er auch schon gelernt hatte – désarroi, barbabiètola, anticonstitutionnellement – und die sich über die Jahre einfach aus dem Staub gemacht hatten, was ihm aber gar nie auffiel, weil er keinerlei Erinnerung an die Wörter hatte und vor allem auch keinen Grund, sie einzusetzen. Nein, die Finger flogen über die Tastatur, und es kam ihm unheimlich vor, denn sie taten es, ohne dass er nachdachte, sie taten es automatisch und recht schnell, und ja, er vertippte sich dann und wann, aber das war egal. Früher war das Vertippen nicht egal. Früher fertigte man Durchschläge an mit Kohlepapier. Früher war, als er seine Ausbildung zum Bankkaufmann machte, weil seine Eltern das wünschten, weil sie dachten, so eine Arbeitsstelle bei einer Bank sei eine saubere und sichere Sache, so wie sich Eltern saubere und sichere Sachen vorstellten. Hatte er damals einen Kohlepapierdurchschlag in die Rolle der Schreibmaschine eingespannt, dann tippte er ganz langsam, sachte, denn wenn er einen Fehler machte, dann war die Kopie futsch, und er musste von vorne anfangen. Je länger er fehlerfrei an einem Durchschlag schrieb, desto nervöser wurde er. Und er tippte immer langsamer und bekam nasse Hände, und natürlich verkrampfte er sich mehr und mehr und vertippte sich meistens beim letzten Wort, bei der letzten Zahl, erwischte statt des Punktes am Ende des letzten Satzes das Komma oder die Taste mit dem «L». Aber früher war früher. Jetzt war jetzt. Jetzt schrieb er: «Hallo Meta. Ich habe eben so ein Sammelmail bekommen von Dosenbach. Und natürlich gucke ich da immer auf die vielen Adressen, und dann stolpere ich da über den Namen Meta und ich dachte: Hey! So viele Metas gibt es doch nicht. Ob das vielleicht die Meta sein könnte, die zur Zeit in der Hafenbar ihr Video zeigt? Und da habe ich gedacht, dass ich dir schnell schreibe, weil: Eigentlich wollte Julchen dich mir ja vorstellen an der Eröffnung, aber sie ist nicht gekommen, und deshalb stelle ich mich hier selber vor: Hallo, ich bin Moritz. Winke winke (wenn du nicht die Meta bist, die ich meine, dann: Entschuldigung für die Störung)».

Und schon war das Mail verschickt. Es musste einfach diese Meta sein, aber im Moment konnte er nichts mehr tun in dieser Angelegenheit, also stieg er auf sein rotes Rennrad und fuhr in die Stadtbücherei, griff sich dort aus der ochsenblutroten Wand des Brockhaus den Band 14, und fing er an zu lesen, auf Seite 513:

> **meta**... [griech. metá ‹inmitten›, ‹zwischen›; ‹nach›; ‹hinter›],
> **1)** allg.: vor Vokalen und h verkürzt zu **meta**..., Präfix mit den Bedeutungen: 1) inmitten, zwischen, z.B. metakarpal; 2) hinter, nach (räumlich), z.B. Metaphysik, Metathorax; 3) später, nachher, z.B. Metastase; 4) Änderung, Wechsel, z.B. Metathese.
> **2)** Chemie: 1) **Meta**..., Vorsatz zur Kennzeichnung bestimmter anorgan. Säuren, die durch Wasserabspaltung aus den Orthosäuren entstehen (z.B. Metaborsäure aus Orthoborsäure, → Borverbindungen); 2) **meta**-, Abk. m-, Vorsatz zur Kennzeichnung der Stellung zweier Substituenten am ersten und am dritten C-Atom einer aromat. Verbindung (1,3-Stellung, → Isometrie).
> **Meta**, weibl. Vorname, Kurzform von Margarethe.
> **Meta**, Name von geographischen Objekten:
> 1) Dep. in Kolumbien, 85635 km^2, (1985) 412000 Ew.
> 2) **Rio M.**, linker Nebenfluss des Orinoco, 1000 km lang, entspringt in Kolumbien am Ostabfall der Ostkordillere, bildet im Unterlauf die Grenze gegen Venezuela.

Und er las über die Metaästhetik, die Metablastese und den Metabolismus. Den Abschnitt über Arthur Schopenhauers philosophische Deutung der Metamorphose musste er zweimal lesen, um wenigstens die Hälfte halbwegs zu verstehen (oder zu glauben, es halbwegs verstanden zu haben), und als er wieder vom Brockhaus aufblickte, da fand er, nun sei er gerüstet für die Dinge, die da kamen, den Feldzug, den er eben begonnen hatte, die Eroberung des Ungewissen.

Er blickte auf das Display seines Mobiltelefons, als er die Bibliothek verließ. Fünf Anrufe in Abwesenheit. Seichter. Er dachte: «Die Lautlostaste, was für eine grandiose Erfindung.»

Es dauerte zwei Tage, bis sie ihm zurückschrieb, und sie schrieb: Ja, sie sei diese Meta, die er meine, sie sei an jenem Tag an jenem Ort gewesen, schade, sei Julchen nicht gekommen und habe einander vorgestellt, und eventuell würde man sich ja ein andermal anderswo treffen, vielleicht, bei einer anderen Gelegenheit, irgendwann, dann, und sie fragte, was er so mache, und schloss mit einem «lieben Gruss» und dem dreizehnten Buchstaben des Alphabets, dem ersten ihres Vornamens: «M». Es waren exakt 70 Worte oder 426 Anschläge mit Leerzeichen oder 356 netto.

Sein Initialinvestment waren 101 Worte gewesen. Das waren 569 Anschläge mit Leerzeichen oder 472 netto. Nicht schlecht, fand er. Ja, er fand, das sei eine Okay-Antwort, die er da von der unbekannten Bekannten erhalten hatte, absolut vielversprechend, obwohl nicht begeistert, nein, das konnte er nicht behaupten, aber weshalb auch sollte die Antwort überschwänglich sein? Sie kannte ihn ja nicht. Er kannte sie nicht. Immerhin hatte sie ihn gefragt, wer er sei und was er mache, und das wollte er ihr nun sofort erzählen. Ja: Immerhin hatte sie geantwortet. Das war schon recht viel. Sofort schrieb er eine Antwort auf die Antwort. Also: Er wollte eine Antwort schreiben, aber schon eine passende Anrede zu finden stellte ihn vor ein Problem. Hallo? Hi? Tag?

Er schrieb: «Hallöchen», und kaum hatte er «Hallöchen»

geschrieben, kam es ihm so albern vor, dass er regelrecht Scham empfand. Er wurde rot. Nicht, dass er es gesehen hätte, dass er rot wurde, er rannte nicht zum Spiegel, um nachzusehen, ob ihm das Blut ins Gesicht geschossen war, aber er spürte es, den erhöhten Blutdruck, die geweiteten Gefäße, er würde aussehen wie ein Pavianarsch. «Hallöchen?» Das klang wie «Stößchen», um sich zuzuprosten, wie ein «Käffchen», «Teechen», es klang tattrig und tantig, als hätte man Strickzeug in den Händen, eine Pfeife im Mundwinkel, trüge ein Jackett aus Cord mit Aufnähern auf den Ellenbogen, als wäre man schon tot. Herrgott, was war nur mit ihm los? Eine ganz einfache Begrüßung in einem E-Mail, das sollte doch nicht so eine große Sache sein. Er schaute nochmals, was sie für eine Anrede gewählt hatte. Ha! Sie hatte gar keine Anrede gewählt, sondern fiel mit der Tür ins Haus, kam gleich zur Sache. Kluges Kind, dachte er. Der blinkende Cursor auf dem leuchtend weißen Computerschirm, der Cursor fuhr zurück, und mit jedem Schlag auf die Tastatur nahm er einen Buchstaben mit wie ein Attentäter ein Opfer nach dem anderen, den «n», den «e», den «h», den «c», den «ö», den «l» und gleich nochmals den «l» und den «a» und den «H», und dann stand da wieder, was zuvor gestanden war: Nichts.

Und dann entschied er sich für «Einen wunderschönen morgen». Das klang natürlich auch bekloppt, aber er war nicht fähig, eine bessere Anrede zu finden, war blind für Naheliegendes wie «Liebe Meta» oder «Guten Morgen», nein, es musste nun ein wunderschöner Morgen sein, als sei er ein leutseliger Moderator einer auf ein Rentnerpublikum zielenden Radio-Morgensendung, der seine Hörer begrüßte, als sei er ein zwanghaft positiv dahersprudelnder Telefonmarketing-Trottel, der einem eine Versicherung aufzuschwatzen beabsichtigte. Er schrieb also tatsächlich «einen wunderschönen morgen», setzte dann einen Punkt, fragte sich, ob er auf Groß- und Kleinschreibung achten sollte, ob das wichtig sei, ob man Rückschlüsse ziehen konnte, wenn jemand die Groß- und Kleinschreibung nicht beachtete, und wenn ja, was für welche? War so einer schluderig und deshalb weniger vertrauenswürdig? War nicht vielmehr einer, der auf Groß- und Kleinschreibung achtete, tendenziell ein Pedant, ein zwanghafter Typ, eventuell gar analfixiert? Was sollte er tun? Er fand, er sollte darauf achten, lieber im Inhalt locker zu sein und in der Form etwas strenger als umgekehrt, ja, so würde das gut transportiert werden, was transportiert werden sollte, das coole Bild, welches er von sich selber hatte. Also korrigierte er gleich und machte den kleinen Morgen groß. «Einen wundschönen Morgen.» Dann fragte er sie, ob sie an jenem Montag eine silberfarbene oder eventuell auch graue Jacke getragen habe. Er wollte witzig sein, also schrieb er, dass er seine schlechte Laune getragen habe, er schrieb: «ich trug meine schlechte Laune zur Schau.» Das war kein schöner Satz, aber er schrieb ihn trotzdem. Er schrieb, er sei nicht immer schlecht gelaunt, nein, nein, aber manchmal schon, da hätte sie ja ein schön falsches Bild von ihm bekommen, und dann schrieb er ihr, wer er sei, dass er Moritz heiße, gut 30 Jahre alt, dass er einen Bart trage zurzeit, was das Leben nicht immer einfacher mache, dieser Bart, denn ein Bart sei – so schrieb er es – ein bisschen wie einen Rollstuhl im Gesicht zu haben. «Sozial ist man mit Bart total unten durch», schrieb er, nur die Polizisten seien ihm tendenziell freundlicher gesinnt und Kioskfrauen auch sowie Schalterbeamte bei Bahnbetrieben. Er schrieb, er lebe in der kleinen Stadt, er sei Gelegenheitsraucher, halte keine Haustiere und trage sich auch nicht mit dem Gedanken, sich in naher oder ferner Zukunft welche anzuschaffen, er höre gerne Musik, zur Zeit hawaiianische Musik und die neue CD von Pan American, die er auch Julchen empfohlen habe und hiermit nun auch ihr empfehlen möchte. Er schrieb, er besitze 20 Paar Turnschuhe, und wies darauf hin, dass von diesen zwanzig Paar nur eines von Nike sei, denn er hege eine Abneigung gegen diese Marke (ohne näher auf den Grund dieser Abneigung einzugehen). Er schrieb, er sei ledig, trinke am liebsten Bison Wodka, möge schlechte Filme, habe Senkfüße und er sei kein Künstler, kein Architekt, kein Grafiker, kein Fotograf, nein, er verdiene sein Geld mit ehrlicher Arbeit, dem Schreiben von Texten für Zeitungen und Zeitschriften verschiedenster Qualität. Als ob das E-Mail bis dahin nicht schon peinlich genug gewesen wäre, schrieb er auch noch dies: «Ui, jetzt bin ich doch recht weit auf den Ast rausgeklettert, dass mir fast schwindelig wird, ein bisschen, so hoch oben, hu, aber ich getraue mich doch noch einen Arm vom Ast zu lösen und zu recken und dir damit zuzuwinken. Winke, winke. Moritz»

Er las das E-Mail nochmals durch. Achtete darauf, dass die Kommas am richtigen Ort saßen, obwohl er nicht wirklich wusste, wo die Kommas hingehörten, dann und wann, verlor gänzlich das Gefühl für Kommas, fragte sich, ob das Ganze etwas zu kokett geraten sei, zu pfauenhaft, kam zum Schluss, dass dem absolut nicht so sei. Und dann schickte er es weg und rief Julchen an. Er musste dringend mit ihr reden. Ihr sagen, dass er dieser unbekannten Bekannten geschrieben habe. Aber bei Julchen kam nur die Combox, ihre Stimme vom Band, die ihn aufforderte, eine Nachricht zu hinterlassen. Er sagte: «Hallo, hier ist die Beratungsstelle für Theatergeschädigte. Bitte rufen Sie zurück. Wir haben nun endlich einen Therapieplatz für Sie. Vielen Dank.» Bald darauf klingelte sein Handy. Julchen. «Du, ja, ich kann nur kurz, warum ich flüstere? Weil ich mich auf den Gang geschlichen habe. Es läuft eine Probe. Eine heikle Szene. Was für eine Szene? Du kennst doch die dralle blonde Schauspielerin, die alle nur Anita Ekberg nennen, oder? Nun ja, die soll jetzt dem Yorick auf der Bühne einen blasen. Du kennst Yorick, oder? So ein langer, dünner Kerl. Ja, genau, das lange Elend. Nun, die Ekberg ist ganz wild drauf, und Yorick ziert sich, und jetzt ist die Regie und Dramaturgie gerade dran, Yorick zu bearbeiten, dass er sich da wirklich einen blasen lässt. In echt? Wie meinst du das? Natürlich in echt! Wir sind ja hier am Theater. Hier geht es nur um das Echte, um Authentizität, oh Mann, was für ein Wort, Authentizität, ich stolpere jedes Mal fast, das ist kein Wort, das ist ein Stepptanz, nun ja, Yorick auf jeden Fall ziert sich noch. Was? Ja, ja, schon gut. Das glaub ich dir. Kannst gerne vorbeikommen. Aber ich warne dich, du kennst ja den Kramer, das ist ein Regisseur, wie man sich einen Regisseur vorstellt. Wenn du den für einen Film als Regisseur casten würdest, dann würden alle sagen: Nein, das kannst du nicht machen, das geht nicht, das ist zu sehr Klischee. Und vor allem stinkt er. Ja, er stinkt. Nein, nicht aus dem Mund, er stinkt, äh, wie soll ich sagen, er stinkt ganzheitlich, ein holistischer Mief umgibt ihn. Er hat einen ziemlich ausgeprägten Körpergeruch. Und dann hat ihn die Souffleuse mal gefragt, ganz direkt, warum er sich nicht öfters wasche, und weißt du, was er geantwortet hat? Er sagte, dass sich zu waschen schlecht für die Aura sei. Nein, kein Witz, dafür ist er nicht der Typ. Er meinte das ernst. Sich zu oft waschen sei schlecht für die Aura, weil man auch die Aura wegwasche. Also ich muss wieder rein. Schleich mich rein, wie ich rausgeschlichen bin. Darin bin ich schon recht gut. Bis bald. Du, äh, warum hast du eigentlich angerufen? Wegen wem? Du hast ihr geschrieben? Und sie hat geantwortet? Meine Güte, siehst du, du brauchst mich ja gar nicht!»

Am Freitag fuhr er mit dem Rennrad zur Adresse, die ihm Müller-Meier gegeben hatte, fünf Minuten zu früh war er dort, und Müller-Meier kam gerade aus dem Haus, einem Reiheneinfamilienhaus mit Minigarten davor, es war eine lange Zeile von baugleichen Häusern, alle in demselben Braunton gestrichen, kleine Häuser, die vor hundert Jahren mit sozialen Gedanken von einem Patriarchen für seine Arbeiter und deren Familien erbaut worden waren. Moritz schloss sein Rennrad ab. «Mein Wagen steht gleich um die Ecke», sagte Müller-Meier, und sie gingen wortlos die paar Schritte, bis Moritz sagte «Toll, das es klappt». Er sagte es, damit er etwas sagte, und er fühlte sich ein bisschen dumm dabei. Müller-Meier sagte nichts, bis sie zu einem roten Mazda kamen, den er aufschloss, er öffnete sogar die Beifahrertür und sagte: «Bitte.» «Danke», erwiderte Moritz, als er in den Wagen stieg, und als Müller-Meier neben ihm saß und den Schlüssel in das Zündschloss steckte, sagt Müller-Meier: «Wenn mir das jemand einfach so erzählt hätte, es wäre mir sehr suspekt vorgekommen. Aber ich habe es persönlich erlebt. Ich hoffe, Sie werden es auch persönlich erleben.» Dann startete er den Wagen, lenkte ihn aus der Stadt, und bald waren sie auf der Autobahn. Es roch nach Räucherstäbchen im Wagen, auf dem Armaturenbrett klebte ein Rauchquarzkristall, und vom Rückspiegel hing ein messingfarbener Anhänger an einer Kette: ein Dreieck, darin ein Kreis. Auf der Fahrt taute Müller-Meier etwas auf, und er lächelte sogar, als er Moritz ein paar Dinge fragte, wie lange er schon beim Käseblatt arbeitete, dies und das, ob er schon einmal parapsychologische Phänomene erlebt hatte (was dieser verneinte), ob er daran interessiert sei, und wenn ja, warum (Moritz sagte, dass ihn alles interessiere, was abseits des Normalen läge), und als sie von der Autobahn fuhren, ging die Fahrt durch Dörfer und eine sich schlängelnde Straße hoch durch einen Wald, bis zu einem Parkplatz. Er sah eine Golf-Anlage, auf der Männer und Frauen in lächerlich bunter Kleidung standen, Mützen auf dem Kopf. Sie standen da, als übten sie den Stuhlgang auf einem chinesischen Stehklo, aber sie übten Abschläge, es sah aus wie das Langweiligste auf der ganzen Welt. Im Himmel oben flog ein Segelflugzeug. Moritz blickte kurz hoch, dachte darüber nach, was für ein Geräusch es machen würde, würde es sich vor ihnen in den Boden bohren. Er summte ein paar Takte Jean Michel Jarre. Müller-Meier wies ihm den Weg, und sie gingen eine gute Viertelstunde am Waldrand entlang. «Der Ort hier war schon immer speziell», erzählte Müller-Meier, nachdem sie die ersten Minuten schweigend gegangen waren, in recht forschem Tempo, «vor über dreihundert Jahren kam ein Müller hier vorbei. Er transportierte einen Mühlstein über den Berg, tonnenschwer, wie halt ein Mühlstein so ist. Das Leben früher, es war ja in vielerlei Hinsicht um einiges beschwerlicher als heutzutage. Vierzehn Pferde waren vor das Fuhrwerk gespannt, und als man die Hochebene hier erreichte, da sind die Pferde übermütig geworden, der Müller fiel vom Wagen und kam unter die Räder. Der Kutscher auf dem Bock sah es und rief mit lauter Stimme nach Jesus und Maria und deren Hilfe. Und was geschah?» Müller-Meier schaute Moritz an, dem vom Gehen heiß geworden war, sein Atem ging schneller, und er merkte, dass er schwitzte. Müller-Meier aber schien überhaupt nicht außer Atem. «Äh, ein Wunder?», sagte Moritz. «Genau, ein Wunder. Dem Müller geschah nichts. Das ist das Wunder des Buschbergs. Aus Dank ließ der Müller ein Kreuz errichten, später wurde die Kapelle gebaut, und seither ist der Buschberg ein Pilgerort.» Sie kamen an der Kapelle an: eine von Hecken gesäumte offene Metallkonstruktion, eigentlich mehr ein bloßes Dach über dem Kopf, ein Büchlein lag dort, Moritz blätterte darin herum. Er las: «Herr, hilf unserer Ehe, hilf Ruth und Ernst.» Er las: «Bitte Herr, mache meinen Sohn wieder gesund. Gib ihm eine neue Niere und mache dass sein Körper sie nicht abstößt.» Er las: «Ich brauche deine Hilfe ich bin verloren ich will mich ermorden nur Marianne ist meine Hoffnung (Rettung)». Es waren die Wünsche von Pilgern, und Moritz überlegte, was er in das Buch schreiben würde, würde er etwas in das Buch schreiben. Er dachte kurz nach, griff in die Hosentasche, nahm den Kugelschreiber heraus, und während er die Mine raus- und reinklickte, überlegte er, was für einen Blödsinn er in das Buch schreiben könnte. «Immer», dachte er, «wenn man etwas Blödes bräuchte, fällt einem nichts ein.» Moritz erschrak, als er Müller-Meiers Stimme hörte, der hinter ihm stand. «Es ist nicht mehr weit.» Moritz klappte das Buch zu. «Ach ja, natürlich, entschuldigen Sie, ein, wie soll ich sagen, ganz und gar faszinierender Ort.» Er versuchte, irgendwie feierlich zu klingen, dem Ort angemessen, er klang wie ein schlechter Schauspieler. «In der Tat», erwiderte der parapsychologische Bibliothekar. Und um seinen Worten den nötigen Nachdruck zu verleihen, wiederholte er sie, diesmal gedehnter, getragener: «In der Tat.» Sie gingen noch ein paar Schritte, nun in den Wald hinein. «Vor sechs Jahren», erzählte Müller-Meier, «an einem 21. November, nachts um zehn Uhr, kamen wir zum Meditieren hierher. Wir waren acht Personen. Einer davon war Geoffrey Boltwood. Er wusste von den Tönen. Kennen Sie ihn?» Moritz schüttelte den Kopf. «Boltwood ist ein großer britischer Heiler. Er kann in seinen Händen Samen keimen lassen, innert Minuten, er hat schon so manches versiegelte Erdenergiezentrum geöffnet.» «Äh, versiegeltes was?» Müller-Meier schaute Moritz ernst an und wiederholte. «Erdenergiezentrum.» «Ach ja, klar, Erdenergiezentrum», sagte Moritz hastig, und zum Glück hatte er seinen Notizblock in der Hand, und schnell schrieb er: «Erdenergiezentrum, blockiert», strich «blockiert» wieder durch und notierte: «versiegelt». Sie waren angekommen. Müller-Meier sah sich um, blickte in die Baumwipfel über ihnen, ging einen Schritt dahin, einen Schritt dorthin, blickte Moritz an, sagte nichts, blickte auf den Boden und sagte dann: «Das ist der Punkt. Früher war hier alles mit Farn überwachsen. Jetzt nicht mehr. Es kommen viele Leute her. Hier, genau hier», sagte Müller-Meier und zeigte auf einen großen Stein, «hier ist es geschehen. Wir waren also acht Personen. Vielleicht waren wir auch zehn? Ich weiß nicht mehr. Acht oder zehn.» Müller-Meier dachte nach. Moritz fragte ihn: «Kommt man immer nachts, um zu meditieren?» «Nachts fließen die Energien viel stärker. Ich weiß noch, es hatte eben zu regnen aufgehört, man hörte noch den einen oder anderen Tropfen, der Boden war nass, ich hatte ein paar Kristalle mitgebracht, Geoffrey hatte mir das empfohlen.» «Geoffrey?» «Geoffrey Boltwood, er hatte mir empfohlen, Kristalle mitzubringen, um die Töne klarer auf den Punkt zu bringen. Und dann, nach fünf Minuten, kamen die Klänge. Und wie sie kamen. Und mit ihnen kam die Energie, und ich bin abgeflogen.» «Und wie war der Klang?» «Ein metallisches Schwingen erst, nach ungefähr einer Minute brach der Klang ab, dann folgte der zweite

Klang, ähnlich wie der erste, aber an- und abschwellend, dann folgte der dritte Klang, kraftvoll wie das Horn eines Zuges, spiralförmig kamen die Klänge aus dem Boden, und ich spürte eine starke Vibration, die über Tage anhielt. Vier Nächte konnte ich nicht schlafen. Ich war energieschwanger, es war, als hätte ich ein AKW im Bauch. Die Energien waren so stark, dass sie hörbar wurden. Es kamen also nicht einfach Klänge aus dem Boden, sondern Energien, unglaublich starke Energien.»

«Und nun meditieren wir», sagte Müller-Meier, «vielleicht werden die Klänge aus der Erde kommen. Vielleicht haben wir Glück.» Er ließ sich im Schneidersitz auf den Waldboden nieder und bedeutete Moritz, es ihm gleichzutun. Der legte seine Umhängetasche ab, ließ sich auf den Boden nieder, verknotete seine Beine ebenfalls, dachte: «Scheiße, meine Hose», weil er sicher war, sich auf dem Waldboden schmutzig zu machen, und dann saß er so da, wie er dachte, dasitzen zu müssen, wenn man meditieren wollte, obwohl er nicht meditieren wollte. Müller-Meier schloss die Augen und schwieg, und Moritz schloss ebenfalls die Augen, aber bloß für einen Moment, dann öffnete er sie wieder, sah sich um, sah den meditierenden Bibliothekar, die Bäume, hörte eine Hummel vorbeifliegen, sonst aber nichts, bis er ein Rascheln hörte, er erschrak, das Rascheln wurde lauter. Aber Müller-Meier hatte nichts von einem Rascheln erzählt, sondern von einem Klang wie das Horn eines vorbeifahrenden Zuges, und plötzlich sah er Zweige sich bewegen, da war etwas, etwas kam aus dem Wald, und da stand ein Hund, ein Pudel. Der Pudel blieb stehen und blickte ihn an. Dann raschelte es erneut und lauter, und neben dem Pudel stand ein Kind, das ihn ebenfalls anblickte. Der Pudel schnüffelte nun den modrigen Waldboden ab, und neben dem Kind erschienen ein

Mann, eine Frau und dann noch eine ältere Frau. Sie sahen Moritz und Müller-Meier an, Moritz lächelte die Leute an und zuckte mit der Schulter, Müller-Meier schien nichts von den Leuten mitzubekommen, hatte aber angefangen, laut zu summen. Dann sagte der Mann: «Verdammte Scheiße. Was ist denn das? Kommt. Wir gehen.» Und so gingen sie alle wieder, und Moritz hörte noch, wie der Mann das Kind anschnauzte, es solle schauen, dass die Schuhe nicht so dreckig würden, verdammt, weil er das Auto erst heute Morgen gestaubsaugt habe, verdammt, und dann fing das Kind an zu weinen, und die Frau sagte etwas, aber er konnte nicht verstehen, was, der Hund blieb noch eine Weile am magischen Ort, schnüffelte herum, hob das Bein und pinkelte, bis die Stimme des Mannes barsch ertönte: «Rocky!» Der Hund flitzte davon. Dann war es wieder so ruhig wie zuvor.

Die Knochen taten Moritz langsam weh, und er dachte: «Muss verdammt langweilig sein, die Unendlichkeit.» Dann öffnete Meier-Müller die Augen, sah Moritz und sagte lächelnd: «Tja, hat nicht sollen sein. Für Wunder gibt es keine Garantie.» Und als er aufstand und sich die Hosenbeine abklopfte, als sei er ein Cowboy und nach einem achtstündigen Ritt durch die Prärie gerade vom Pferd gestiegen, da sagte er es erneut, langsam, als hätte er gerade so was wie eine wichtige Erkenntnis, die er nun teilen würde: «Für Wunder gibt es keine Garantie.» Und Moritz dachte: Das wäre ein super Titel für ein Buch, sollte er je ein Buch schreiben: Für Wunder gibt es keine Garantie.

Zu Hause schob Moritz das Kabel des Modems in die Telefonbuchse, verband das Modem mit dem Computer, wählte sich ein, hörte das Piepsen und das Kreischen und das Rauschen, das klang wie synthetischer Regen, und dann war er drin. Er checkte seine Mailbox. Er war tatsächlich nervös. Und ja, da sprang ihm ein M ins Auge, sie hatte geantwortet. Leise sagte er zu sich selbst: «YES!» Achtzehn Stunden hatte es gedauert, bis ihre Antwort auf seine Antwort auf ihre Antwort gekommen war. Es ging immer schneller. Die Sache schien sich zu beschleunigen.

Lieber Moritz.
Du schreibst? Gut! Schreib doch eine kleine Kritik zu meiner Arbeit in der Hafenbar. Ich bin froh, dass du kein Künstler, kein Grafiker und kein Architekt bist – sondern dass du schreibst, denn ich kenne noch keinen, der schreibt. Architekten und Künstler und Grafiker kenne ich schon genug. Manchmal denke ich, dass die ganze Welt nur aus Architekten und Künstlern und Grafikern besteht. Sag: Weshalb kannst du dich nicht von deinem Bart trennen? Es klingt für mich, als würdest du ihn nicht mögen. Ich denke nur, du könntest zu jung sein für einen Bart. Ja, die silbrig graue Jacke hatte ich an diesem Abend an. Ich glaube, ich mag mich an eine schlecht gelaunte Person mit Bart erinnern. Hast du herumgetobt und mit Biergläsern geworfen? In der kleinen Stadt habe ich auch schon gelebt, zehn Jahre meiner Kindheit habe ich dort verbracht. Dann sind wir gezügelt. Wieder einmal. Ich bin mit meinen Eltern zwölf Mal umgezogen. Weshalb bist du schlecht gelaunt?
Gruss M

Er schrieb:

Zwölf Mal umziehen ist schon ziemlich die Härte. Ich bin das genaue Gegenteil. Bin vom Land. Solide wie ein alter Schrank. (Aber wie es so ist mit alten Schränken: Müsste mal wieder geölt werden ...) Die Eltern waren nie weiter als fünf Kilometer vom Hof weg. Nun ja, ein bisschen schon, aber nicht sehr. Also: Wenn man mich wegrückt, dann sieht man auf dem Teppichboden die Vertiefungen, die ich gemacht habe.

Dabei habe ich gar keinen Teppichboden. Sondern Parkett. Riemenparkett. Was ich noch anmerken möchte. Ich bin nicht wirklich schlecht gelaunt, also ich bin nicht immer schlecht gelaunt. Damals war ich einfach, äh, nicht sehr gut gelaunt, weil ich nicht sonderlich fit war. Zu wenig Schlaf. Viel zu wenig Schlaf. Viel zu viel nicht einschlafen können. Aber ich habe nicht mit Biergläsern geworfen und getobt habe ich nur innerlich ein bisschen. Obwohl: Dann und wann mit Biergläsern werfen ist sicher eine gute Sache. Wir sollten alle mehr mit Biergläsern werfen. Einfach mal wieder ein Bierglas werfen. Nun ja, jetzt ist meine Laune schon viel besser. Eigentlich ist sie meistens sogar ziemlich okay. manchmal steppe ich auch, einfach so, vor Freude. Aber nur in der Wohnung, wenn der Rollladen unten ist und der Nachbar nicht reinschaut. Oder ich gehe zum Stepptanzen in den Keller.

Eigentlich wäre dies ein E-Mail von ausreichender Länge gewesen. Aber er wollte ihr noch viel mehr berichten. Das war unklug, sie könnte ihn für schwatzhaft halten. Für eitel. Aber dafür hatte er kein Sensorium in jenem Moment. Deshalb schrieb er weiter, und es wurde ein langes E-Mail, in dem er ihr von seinem Ausflug in den Wald erzählte, den Klängen, die aus dem Boden kommen (oder eben nicht), dem seltsamen Bibliothekar, und es ging auch um seinen Bart, den abzuschneiden er schon länger beabsichtigte, obwohl Julchen eben erst gesagt habe, dass nun in New York alle coolen Typen Bärte trügen, ein wahres Phänomen sei das dort, in Brooklyn, in Williamsburg, sogar die New York Times habe darüber berichtet, man nenne die Typen «Bohemians». «Soll ich», schloss er das Mail an Meta, «den Bart nicht einfach durchtragen, bis der Trend auch hier angekommen ist? Wäre ich ein guter Bohemian?»

Sie schrieben sich nun täglich. Und das Beste daran war, dass das Leben ganz normal weiterlief. Was sich da entwickelte durch diese elektronische Korrespondenz, war etwas, das zu allem dazukam. Ein Zuschlag. Ein Obendrauf. Ein Bonus. Ja, ein gewaltiger Bonus, wie ihm schien.

Es dauerte 16 Stunden, dann kam eine Antwort.

Lieber Moritz,
behalte doch den Bart. Ich habe ein Bild von dir gesehen, im Netz, ein kleines Foto, muss sagen, vielleicht ist es doch eine innovative Idee, so ein Bart.
Habe heute mit vielen Technikern eine Ausstellung eingerichtet. Viele Beamer an die Decke geschraubt. Damit habe ich gerade etwas Mühe: Nur weil die Dinge vorhanden sind, benutzt man sie. Eine Leichtigkeit im Umgang damit, die fehlt mir etwas. Hm. Klingt sicher langweilig, oder? Die Probleme einer Künstlerin beim Einrichten einer Ausstellung: Gähn! Grüsse M.

PS: Moritz, kommst du mal mit mir chatten?
Kenne aber nur unseriöse Adressen – ich denke, du kennst andere. Ist aber im Endeffekt egal, da wir sowieso in eine eigene unwirkliche Bar verschwinden, um uns Geschichten zu erzählen.

Liebe Meta.
Es ist jetzt halb vier hier. War in der Hafenbar. Ach, die Hafenbar: Man kommt nüchtern an und geht betrunken raus. Dazwischen: Keine Ahnung. Ich geh mich jetzt hinlegen. Aber das mit dem Chatten, das ist eine gute Idee. Eine sehr gute Idee sogar. Es kommt mir vor wie eine der besten Ideen überhaupt. Good Night. Sweet Dreams.
Moritz

hey Moritz –
habe das Chatten schon satt, eigentlich.
Aber trotzdem chatte ich – typisches Suchtverhalten. Hält sich jedoch im Rahmen, ich meine, ich mache es seit einer Woche und bin nun dreimal chatten gegangen. Fange ganz sachte an – bis es mir zu blöd wird (nach 5 Minuten) und dann verspiel ich es mit jedem. Kann man sich ja leisten. Eben Karneval auf dem Net, mit Betonung auf KARNE und weniger auf VAL. Anders war es natürlich, als ich mit jemandem, den ich kenne, ein Date im PC hatte. Rein geschäftlich, selbstverständlich! Hat sich bewährt. Der Rahmen war etwas verwirrend. Ich nenn mich Anna. Oder Anna1 und dann Anna2 und Anna3. Weil die immer so lange haben, bis sie antworten, bin ich dann plötzlich zu dritt auf dem Netz. Manchmal. Etwas holperig ist es, wenn man telefonisch oder per E-mail abmachen muss, wann man chatten will und wo. Weil dann das eine das andere in Frage stellt. Vielleicht trifft man sich per Zufall? Auf welcher Page chattest du denn?
Gruss M

Hallo Meta.
Gestern hab ich jemanden gesehen, am Fluss unten, hab gedacht, das seist du, auf den steinernen Stufen sitzend in der Sonne, versonnen auf dem Strom schauend, einen Schokodrink mit Röhrchen trinkend.
Natürlich warst das nicht du. Was solltest du auch an einem so schönen Tag alleine in der kleinen Stadt machen? Eben.
Aber ich dachte, das hätte zu dir gepasst. Obwohl ich dich ja nicht kenne. Ich weiss ja gar nicht, ob du Schokodrink magst, weiss nicht, was zu dir passt. Ja, sonst gibt es heute nicht viel zu berichten, denn heute ist der Tag nach dem Montag und draussen regnet es und ich bin müde wie ein alter Mann. Ich mach mal die Kiste an und guck ein Skirennen oder so was in der Richtung.
Moritz

Lieber Moritz
Ich war das, am Montag, unten am Fluss, das war ich. Warum bist du nicht zu mir gesessen? Vielleicht klappt es das nächste Mal.
Gruss M

Liebe Meta,
nein, das warst nicht du, am Montag, oder? Du machen Spass mit mir, oder? Achtung, Achtung, wichtige Durchsage: Ich bin sehr leichtgläubig! Ich glaube gerne, weil ich gerne glauben möchte – ein Wunder eigentlich, bin ich nicht religiös. Chatten find ich immer noch eine super Idee, aber ich muss dazu sagen: Ich bin ganz und gar kein Chatter. Ich mag SMS und Emails, aber chatten … hm … nun ja, ich kenn's auch gar nicht wirklich. Ich kuck

immer rein und hör ein bisschen zu und dann ist es mir zu bedrückend und ich geh wieder raus. Ich mein, ich mach ja schon genug doofes Zeugs, wie beispielsweise stundenlang in die Glotze starren. (Das Skirennen zum Beispiel war fast spannend.)
Aber vielleicht wäre für uns eine Chat-Session gar nicht so schlecht.
Ja, ich denke, wir sollten das tun, denn man sollte doch immer alles ausprobieren, was man ausprobieren kann, oder?
Ich mach jetzt hier mal einen Vorschlag, äh, hm, wie wäre es am Montag, 6.3., äh, abends um 9?
Hey, ehrlich: Das warst nicht du, gestern, am Fluss, oder??
Also, Lady Chatterly, bis gleich
Moritz

Lieber Moritz,
ok. Ich versuch's. Abends um 9, Montag. Bin ich in den Bergen. Aber mit Computer. Wo wollen wir uns treffen?
M

Liebe Meta,
in den Bergen mit Computer, das klingt irgendwie ziemlich romantisch. Und was machst du in den Bergen? Wo chatten? Hm. Ich weiß auch nicht. wir können uns ja mal auf www.jesus.com treffen und dann weiter schauen. Ich werde mich SUPPER413 nennen. SUPPER413 klingt ganz schön bekloppt, finde ich. Und du? Anna35? Also, liebe Anna666, bis heute Abend um neun Uhr.
SUPPER413 aka Moritz

An jenem Abend um kurz vor neun saß Moritz zu Hause am Wohnzimmertisch und schob das Kabel des Modems in seinen Computer, wählte sich ein, und als die Verbindung stand, ging er auf die Homepage von www.jesus.com, meldete sich an und betrat den Chatroom als SUPPER413. Wie verabredet.

Fünf Leute waren in der Lounge. Milea. Krabbe. FriendOfJesus. GebrochenesHerz. CityOfGod.

Keine Spur von Anna. Also schickte er ihr eine SMS. «Bin drin. SUPPER413». Es dauerte keine Minute, da surrte sein Mobiltelefon. «Komme gleich. Anna123».

Bevor er etwas ins Dialogfeld schrieb, verfolgte er eine Weile den Chat. Viel los war nicht. FriendOfJesus sprach mit Krabbe, und dann und wann schrieb GebrochenesHerz etwas, das aber gar nichts zum getippten Gespräch zwischen Krabbe und FriendOfJesus beizutragen schien. Und ein Barahir erschien. Moritz fand, es klinge, als würde ein Teppich mitdiskutieren.

FriendOfJesus: Was ist euer Lieblingsfrühstück?

Krabbe: Ich mag starken Kaffee mit einem Schuss Milch.

FriendOfJesus: In der Hautklinik hab ich morgens immer Milchkaffee, Cappuccino, 3facher Expresso mit milch, O-saft und Mineralwasser getrunken. Dazu 6–8 Brötchen dick belegt, Obstsalat, Fruchtjoghurt.

Krabbe: Das klingt lecker, warum warst du in der Hautklinik?

FriendOfJesus: da gibts besseres Essen als in manchen Hotels

Krabbe: ;-)

FriendOfJesus: Gestern hatte ich 500 g Leberkäse zum Abendbrot.

Barahir: wow, halbes kilo fleisch :D

FriendOfJesus: ja und? Fleisch hat viel Vitamin D

FriendOfJesus: ist für mich wichtig. Ich nehme Tabletten gegen einen hohen Harnsäurespiegel im Blut (gegen Gicht).

Barahir: Wird Vitamin D nicht vor allem gebildet wenn man in der sonne ist?

FriendOfJesus: ja, aber ich darf nicht in die sonne

FriendOfJesus: nicht viel, wegen bestimmter Medis ich nehme 2 Mal im Monat hochdosiertes Vitamin-D in Tablettenform ein

Barahir: ja, da hat man sicher mehr wie in lebensmitteln

FriendOfJesus: ich kann auch viel Hering essen

FriendOfJesus: ich habe mit einem bestimmen Schema mit der einnahme von Vitamin D begonnen, erst jeden 2. Tag eine über 2 Wochen, dann 2 pro Woche, und nun 2 pro Monat

krabbe: pizza … burger style ^^,

FriendOfJesus: Faaaaaastfood oder selbstgemacht?

Krabbe: Tiefkühler. Original Wagner.

FriendOfJesus: igitt. Pizza geht doch so einfach und schnell selbstgemacht … und dann auch noch mit Käse … :-(

FriendOfJesus: nee, dann lieber frisch selbst gemacht.

FriendOfJesus: zubereitung dauert nicht lange

FriendOfJesus: mit teig gehenlassen keine stunde …

krabbe: ist aber luftig und locker und herzhaft saftig (der Schinken)

FriendOfJesus: und warum machst du pizzza nicht frisch?

Krabbe: Keine Zeit.

FriendOfJesus: naja, ist deine Sache du weisst warum fast food fast food heisst, oder?

Krabbe: Nö.

FriendOfJesus: Weil es fast Food ist.

Krabbe: Komm ich nicht draus.

FriendOfJesus: Fast Food, fast = beinhahe.

Krabbe: :-))

FriendOfJesus: ich bin jetzt raus. Gehe schlafen.

bin mal im bett :) Bis Morgen, Krabbe.

Krabbe: Schönes Nächtchen dir!

Und bevor Krabbe den Chatraum verließ, schrieb Moritz schnell:

SUPPER413: hallo zusammen. bin neu hier.

Krabbe: Hallo Supper413. Willkommen. Über was möchtest du reden?

SUPPER413: ich habe ein Problem, aber ich weiß nicht, ob ich hier darüber sprechen kann.

Krabbe: Aber sicher ;-)

SUPPER413: DROGEN.

Barahir: Es ist wichtig, dass man sich anvertraut.

SUPPER413: ich kiffe zu viel. ich weiss aber nicht, wie ich davon loskommen könnte.

Krabbe: Drogen sind ein ernstes Problem! Das kannst du nicht auf die leichte Schulter nehmen.

SUPPER413: Wem sagst du das! Ich habe heute schon zwei Joints geraucht!

Krabbe: Hast du jemanden, dem du dich anvertrauen kannst?

SUPPER413: Ich rauche morgens einen Joint. Gleich nach dem Aufstehen, wenn ich noch im Bett liege, manchmal sogar, wenn ich noch schlafe.

Krabbe: Wenn du schon am Morgen Drogen konsumierst, dann solltest du dringend professionelle Hilfe in Anspruch nehmen.

SUPPER413: Ich war mal in der Drogenklinik. Da gabs lecker Frühstück! Leberkäse zum Rauchen.

Und dann plötzlich war sie da: Anna123, sie schrieb:

Anna123: Hallo zusammen.

Krabbe: Hallo Anna123. Neu hier?

Barahir: Hi Anna123, willkommen.

Anna123: Über was redet ihr gerade?

Krabbe: Oh, nichts besonderes, über was möchtest du reden?

SUPPER413: Hallo Anna. Wir haben über Fleisch geredet. Möchtest du auch über Fleisch reden?

Anna123: Möchte jemand mit mir beten?

SUPPER413: Ich würde sehr gerne mit dir beten.

Anna123: Dann lass uns beten

Krabbe: Ich bin auch dabei.

Barahir: Ich wiege 103 kg. Da vertrage ich so einiges an Kalorien.

SUPPER413: Ja, lass uns beten. Aber nicht hier. Lass uns irgendwo zu zweit beten. nur du und ich.

Anna123: Ich habe schon lange nicht mehr gebetet.

SUPPER413: Oh ja. Lass uns so richtig beten. Ich hab das Beten dringend nötig.

Anna123: Betest du gerne hart oder eher soft?

SUPPER413: Wie man sich betet, so liegt man.

Krabbe: He, was soll das?

Barahir: Ich glaube, Anna123 will uns hier reinlegen.

Krabbe: Geht doch wo andershin und ärgert dort Leute. Wir wollen hier nur friedlich chatten.

Barahir: Anna124 heißt sicher nicht Anna.

Anna123: Ich kann es kaum erwarten zu beten.

SUPPER413: Lasst mich ziehen, haltet mich nicht. Ich war nackt, als Gott mich in diesen Chat schickte, und ebenso verlasse ich ihn nun.

Barahir: Nicht aufregen, Krabbe, sind Blödmänner. Lass sie einfach. Denn sie wissen nicht, was sie tun.

SUPPER413: Großer Gott, zeige mir, dass meine Chat-Zeit begrenzt ist und ich gehen muss, wenn du mich rufst. (Quark 39,5) Bis gleich. Gehen wir rüber in den Schmuddelraum?

Anna123: Yep! Bis gleich im Schmuddelraum.

Der Schmuddelraum war der Chatraum eines Anbieters von allerlei Schmuddelzeugs. Aber das interessierte sie nicht, das Einzige, was sie interessierte, war die Tatsache, dass der Chat dieser Homepage schnell war. Sie gingen dort in ihr digitales Separee, und sie schrieb:

Musste mich ausklinken, hier. Wir sind in den Bergen. Ich hasse die Berge. Aber Paul wollte unbedingt. Er wollte Ski touren machen. Ich habe mich geweigert. Es gab Streit deswegen. Er ist dann alleine los, also nein, nicht alleine, mit Freunden, aber ich blieb hier, sauer, und er ging, sauer, und stieg auf seinen Berg. Warum müssen Männer immer auf Berge steigen? Und jetzt liegt er schnarchend im Bett.

Hm, also ich verspüre im Moment kein Bedürfnis, auf einen Berg zu steigen.

Gut. Bin ich froh.

Und wer ist Paul?

Mein Freund.

Interessiert mich nicht, dein Freund.

Dann hab ich noch einen Freund.

Interessiert mich auch nicht.

Ist alles etwas kompliziert.

Ich interessiere mich ja mehr für dich, ich möchte ja mit dir chatten, nicht mit deinen zwei Freunden. Oder sind da noch mehr?

Nö, im Moment bloß zwei.

Sag mal, wie alt bist du?

72

Das passt! Ich bin 12.

Manchmal bin ich auch 12. Aber in echt: 32.

Ich bin ja 30. Aber ich steh auf ältere Frauen.

Kennst du den Witz: ah, wie ging er noch gleich. Ich versuch's. Moment ...

Auf Witze zu warten lohnt sich immer.

Ein Japaner stellt sich und seine Frau vor und sagt dann, seine Frau sei 30 und er sei 32.

???

Du musst den Satz laut lesen, als wärst du ein Japaner.

???

My wife is dirty and I am dirty too.

Grins, Grins, Doppelgrins.

Na ja, irgendwie so ging er, also: geht er.

Ich find ihn gut. Wirklich! Eben: Grins, Grins, Doppelgrins. Apropos gut: ich wäre auch gerne Künstler geworden.

Echt?

Ja. Ich hab kürzlich mein Büro gestrichen. Also: wenn ich gewusst hätte, wie gut man beim Malen nachdenken kann, dann wäre ich Maler geworden.

Scherzkeks.

Kerzscheks.

Wie hast du dein Büro gestrichen?

Eine Wand orange, die andere grün.

Echt?

Ja, wird mir immer etwas schwindelig, noch immer.

Aber du magst Kunst, oder? Das finde ich gut. Ich mag Kunst auch.

Kunst finde ich voll knorke.

Knorke?

Sagt man doch so in Berlin, oder?

Noch nie gehört. Aber ich bin auch noch nicht lange dort.

Dufte, knorke, voll bärig!

Ich hab einen Film gesehen, über den Maler John Baldessari. Kennst du ihn?

Nicht persönlich.

Und seine Arbeit?

Die mag ich. Ich finde, er sieht aus wie dieses Tier aus Star Wars. Das Zottelwesen.

Chewbacca! Das stimmt. Ich find ihn super, also: Seine Kunst. Was Baldessari auch sehr sympathisch macht: Wenn er in diesem Dokumentarfilm erklärt, warum er sich gesund ernährt.

Und weshalb ernährt er sich gesund?

Also. Er sagt, er ernähre sich vor allem von Fisch und Gemüse, er tue das aber nicht, weil er sich vorgenommen habe, sich gesund zu ernähren, sondern aus reiner Faulheit. Denn bei seinem Atelier um die Ecke, da habe es halt einen koreanischen Takeaway, und der habe vor allem Fisch und Gemüse, und weil er zu faul sei, um weiter zu gehen, also zum Beispiel zu Burger King oder Taco Bell, ja, deshalb ernähre er sich halt von diesem gesunden Zeugs vom nahen Koreaner. Gesunde Ernährung durch Faulheit, hört man selten, oder?

Klingt nach einem guten Konzept. Ein wahrer Konzept-Künstler, dein John Baldessari.

Aber lass uns eine Geschichte erfinden.

Wie geht das?

Du weißt nicht, wie man eine Geschichte erfindet? Ist doch dein Beruf.

Nein. Mein Beruf ist es, über die Wahrheit zu berichten. Gestern etwa war ich … nein, es ist gänzlich unspannend.

Wo warst du?

Egal. Und du? Hast du die Staffelei dabei und einen Aquarellierkasten? Hast du heute schon ein Bild gemalt? Schneemann neben Schneehaufen vor Schneeberg?

Lass uns eine Geschichte erfinden. Ich sitze in einer Bar. Du kommst rein.

Okay. Ich komme in die Bar.

Ich sitze auf einem Barhocker.

Ich komm rein. Ich trage ein Clowns-Kostüm.

Oh. Eine Kostümparty! Ich bin ein Cowgirl.

Mit Hut?

Mit Hut.

Sporen an den Stiefeln?

Sporen an den Stiefeln, aber natürlich. Wer ist noch in der Bar?

Die Typen von Village People.

Wer?

Machen wir die Typen wieder weg. Nur wir sind in der Bar.

Und der Barkeeper?

Ich komm in die Bar und bestelle einen Whiskey on the rocks mit Eis und Zitrone.

Und der Barkeeper?

Dann sag ich dem Barkeeper, er soll sich verkrümeln. Ich lege ihm einen 20 Dollar-Schein hin. Er haut ab.

Ich spreche dich an: Fremder, was führt dich hierher?

Bin unterwegs. Von hier nach dort.

Is this a gun in your pocket?

No. It's a rocket.

Show it to me.

Ich stürze den Whiskey, ohne zu husten.

Okay. Siehst du die Türe dort hinten in der Ecke?

Ich sehe sie.

Ich verschwinde jetzt durch diese Türe. Du folgst mir in einer Minute ohne Aufsehen zu erregen.

Wie soll ich Aufsehen erregen. Den Barkeeper hab ich ja weggeschickt.

Er beobachtet uns durch einen Einwegspiegel.

Verdammt. Barkeepern darf man nie trauen.

Ich gehe jetzt durch diese Türe.

Was wird hinter der Türe sein.

Das wirst du dann sehen?

Was werde ich sehen.

Geduld.

Wirst du mir etwas zeigen?

Geduld.

Geduld ist etwas für Typen, die Fliegenfischen.

Geduld.

Er schrieb: «Ich bin jetzt durch die Türe gegangen. Es ist stockdunkel hier. Wo ist der Lichtschalter?» Er schrieb: «Hallo?» Er schrieb: «Hast du ein Streichholz?» Er schrieb: «Wenn der Barkeeper noch da wäre, würde ich mir noch einen Drink bestellen.» Er schrieb: «Hallo? Cowgirl noch da?» Aber es kam keine Antwort. Es geschah nichts. Moritz starrte auf den Bildschirm. Es kam keine Antwort mehr. Und dann: «Anna123 logged off». Sie war verschwunden. Einfach so. Er schrieb: «Tja, dann werd ich wohl auch gehen. So langsam.» Und dann: «Niemand wird diesen Satz je lesen, niemand, niemals, trotzdem schreibe ich ihn.»

Kapitel 7

Sie war rausgeflogen. Einfach so. Die Verbindung war wohl instabil, es gab ein Loch in der Leitung oder ein Leck oder was auch immer, sie hatte geflucht, verdammte Scheißleitung in dem Scheißferienhaus in den Scheißbergen, irgendwas mit dem Strom stimmte vielleicht nicht, was wusste sie schon von diesen Dingen. Diese Dinge waren gänzlich uninteressant. Aber sie war rausgeflogen und hatte versucht, sich erneut einzuloggen, aber irgendwie blieb sie hängen, und dann versuchte sie es noch einmal, es klappte wieder nicht, dann gab sie auf. Sie nahm ihr Handy, um ihm eine SMS zu schreiben, aber das Handy zeigte an, nüchtern, wie es seiner Natur entsprach: Kein Empfang. Als der Computer zugeklappt vor ihr lag, blieb sie noch am Küchentisch sitzen. Eine Zigarette, das wollte sie jetzt. Sie wollte den Rauch tief in sich hineinsaugen. Sie wollte etwas spüren. Aber sie hatte keine da. Und Paul hatte gerade seine gesunde Phase, in der er nicht rauchte. Die gab es immer wieder mal, die gesunden Phasen, meist dauerten sie zwei, manchmal drei Tage. Meta ging zum Küchenschrank, ohne zu sehen, griff sie hinein, hörte das leise Geräusch der Flasche, die an eine andere Flasche stieß, als sie sie herauszog. Sie betrachtete die Flasche. Was hatte sie erwischt? Es war einst eine Mineralwasserflasche, von der das Etikett abgemacht worden war, und statt des Schraubverschlusses steckte ein Korken im Hals. Mit ungelenker Hand hatte jemand auf einen rechteckigen weißen Kleber mit Kugelschreiber ZWETSCHGE geschrieben. Wie lange wohl die Flasche schon in diesem Schrank stand? Machte das einen Unterschied? Sie nahm ein Glas aus dem Schrank, das kleinste, das sie finden konnte, setzte sich an den Tisch, saß breitbeinig da, goss sich etwas vom klaren Wasser ein, roch daran, runzelte die Stirn, blickte kurz zur Küchendecke, sie hatte Schnaps noch nie gemocht, war ihr zu scharf, sie würde es bereuen, wenn sie nun dieses Glas hinunterstürzte, aber vielleicht würde sie es genau aus diesem Grund in sich kippen, damit sie etwas bereuen konnte, damit sie wusste, was sie bereuen konnte, und so tat sie es, eine Handbewegung, zack, sie schluckte, es brannte, sie schloss die Augen, stieß einen leisen Fluch aus, die Kehle wie versengt, was für ein Fusel, sie würde erblinden, verdammt, aber dann spürte sie die Wärme in ihrem Bauch, als wäre dort unten etwas, das lebte. Sie blickte aus dem Küchenfenster, aber draußen war nichts als Schwärze, und in der Scheibe gespiegelt sah sie sich selbst, verzerrt im alten Glas, wie von einem verrückten Maler gemalt, und sie fragte sich, ob das wirklich sie war? Oder war es eine andere? War es wirklich sie, die jetzt mit diesem Mann dieses Pingpong aufgeführt hatte, so als kennten sie sich lange? Er kam ihr vertraut vor. Oder kam er ihr nur vertraut vor, weil er ein unbeschriebenes Blatt war, eine Figur, in die sie all das hineinprojizieren konnte, was sie hineinprojizieren wollte? Und überhaupt, verdammt: Wer war diese Frau, die jetzt aufstand und ins Bad ging und sich die Zähne putzte, langsam, und sich auszog, mit einem Lappen das Gesicht wusch und auf der kalten Toilettenbrille saß? Wer war sie, die nun zu diesem anderen Mann ins Bett schlüpfte, dem Mann, der sicherlich vom Berg träumte, auf dem er heute gestanden war, weil er hochgegangen war mit seinen beschissenen Fellen unter den Skiern. Wenn er eine Skitour unternahm, dann verwandelte er sich. Es gab dann nichts anderes mehr als die bevorstehende Skitour. Wie wenn ein Tier ein anderes Tier besteigt. Es kam ihr vor, als sei für den Mann das Besteigen eines Berges ein Urtrieb, ein Instinkt, so wie er Stielaugen bekam bei einem großen Busen und blonden Haaren (wenigstens Paul, Georg war da etwas gedämpfter). Ihr war dieses Bedürfnis gänzlich fremd, auf Spitzen und Kuppen zu kraxeln. Sie dachte: Warum müssen unsere Freunde ein Haus in den Bergen haben? Warum können sie kein Haus am Meer haben? Irgendwohin in der Nähe von Saint Tropez oder San Remo oder irgendwo. Aber nein: In den Bergen, wo es nichts zu tun gab, außer im Dorfladen aus den zwei dort erhältlichen Postkartenmotiven das weniger doofe auszuwählen, in den Bergen, wo diese blöden Berge rumstanden wie dicke Idioten, stur und unverrückbar und auf ihre stumme Art arrogant. Das Meer, es kam und ging und kam und ging. Das Meer war leicht und elegant, und man sah, so weit man sehen konnte. Und es machte Musik. Die Berge, sie waren wie Bretter vor dem Kopf. Berge, man sollte sie alle wegsprengen. Und dann dieser Schnee. Der machte alles noch viel schlimmer. Sie hasste das Skifahren, Skilifte, Skischuhe, Skistöcke. Es gab nichts, ganz und gar nichts, was sie mochte, das irgendwas mit Wintersport zu tun hatte. Das Schlimmste: Die Geräusche, die Menschen machten, die in Skischuhen herumgingen.

Sie löschte das Licht und lag in der Dunkelheit. Der Mann an ihrer Seite, sie hörte ihn atmen, er atmete schwer, als würde er nochmals auf den Berg steigen, sie sah das Laken, wie es sich hob und senkte und hob und senkte und hob und senkte. Er lag auf der Seite, leicht gekrümmt. Er machte ein Geräusch. Wollte er etwas sagen? Sagte er etwas? Es waren nur unbestimmte Laute, die er von sich gab, er krümmte sich noch etwas mehr zusammen, und sie dachte: Konnte sie diesen Mann verlassen? Wäre das möglich? Könnte sie ihn so zurücklassen, einfach so? Sie sah ihn an, ein Fuß schaute unter dem Duvet hervor, lugte über den Bettrand. War es der größere oder der kleinere Fuß? Paul hatte nämlich zwei unterschiedlich große Füße. Der linke war eine 42 und der rechte eine 44. Vielleicht war es auch andersrum, sie konnte sich das nicht merken. Die unterschiedlich großen Füße führten zu gewissen Problemen beim Schuhkauf, die Paul aber auf einfache Art und Weise zu lösen wusste. Es war noch keine zwei Wochen her, da brauchte Paul neue Schuhe, also gingen sie zu Karstadt. Er nahm eine Schachtel mit der Schuhgröße 44 und eine mit der 42, tat den linken Schuh mit der 42 zur 44, und die überflüssige 44 legte er einfach zur 42. Dann ging er seelenruhig mit der Schachtel mit seiner Spezialkombi drin zur Kasse. Meta fragte sich, was einer wohl dachte, der die andere Schachtel kaufte, ohne zu kontrollieren, ob ihm beide Schuhe passten, und zu Hause dann zwei unterschiedliche Schuhe an seinen gleichen Füßen hatte. Der Fuß, der unter dem Duvet hervorschaute, er zuckte einmal, zweimal. Ganz so, als könnte er ihre Gedanken lesen, als ob er spürte, dass es eben um ihn gegangen war in ihrem Kopf. Als wollte er Kontakt zu ihr aufnehmen, als wollte er etwas sagen. Super, dachte sie, immerhin Pauls Zehen wollen mit mir reden.

Dann fiel sie in einen traumlosen Schlaf, tief, als sinke sie herab zu den tiefsten Tiefen des Meeres, wo niemals je ein Lichtstrahl hingelangen würde, niemals, nie.

Am nächsten Morgen war sie vor den anderen wach, die noch immer wie erschlagen von ihrer Skitour in den Betten lagen. Sie ging in die Küche, schaltete die Kaffeemaschine ein und schrieb Moritz ein E-Mail. Das Netz war wieder stabil. Die Nachricht ging auf ihre Reise, und sie schaute aus dem Fenster, draußen die weiße Hölle. Der Schnee: Es schien ihr, als sei alles ausgelöscht, als habe der Schnee alles aufgesogen, die ganze Farbe aller Dinge, alles, was Leben bedeutet. Sie hatte geschrieben:

Lieber Moritz,
ich mochte unseren Chat. War irgendwie komisch (im Sinne von seltsam), aber gut. Irgendwie baute sich doch ein Bild auf vom Gegenüber (der gar kein wirklicher Gegenüber ist) und teilweise sogar etwas wie Vertrautheit. Ich fands irgendwie doch ziemlich aufregend, mich in diesen unsicheren Räumen aufzuhalten, Räumen die es gar nicht gibt, und dort diese undeutliche Konversation zu führen, bei der man keine Hilfe hat, was das Gegenüber gerade denkt, wie es empfindet, also Hilfen wie Augenblicke oder Gesten. Fällt mir eben auf: Augenblicke … ich meine natürlich Augenkontakt, Einblicke ins Seelenleben und so. Und wie fandest du das? Komisch (auch im Sinne von seltsam) fand ich das Ende. Weil das so schnell kam, abrupt oder aprubt, ich weiss jetzt nicht, wie man das richtig schreibt. Abrubt? Aprupt? Sieht alles falsch aus und klingt alles gleich, aber du weißt, was ich meine. So Computer halt. Logged off. 0 oder 1. Ich wünschte mir, andere Dinge wären so klar. Andere Dinge wären mehr 0 oder 1. Wir sind hier in den Bergen, hab ich dir ja schon geschrieben, in einem Haus von Freunden. Kann den Schnee nicht leiden. Ich muss präzisieren: Kann nichts leiden, was mit Skifahren zu tun hat. Als Kind musste ich in die Skischule. Ich fuhr immer

am Ende der Gruppe und fiel immer hin. Und einmal war ich in einem Bergrestaurant und wollte eine heiße Schokolade und es hatte keine Milch mehr und der Kellner dort sagte, es sei kein Problem, und er machte die heiße Schokolade statt mit Milch einfach mit Kaffeerahm. Ich sehe heute noch meinen braunen Mageninhalt, wie er sich in den Schnee der Piste frisst, wie Säure. Sorry. Das war jetzt etwas unappetittlich. Unapetitlich? Unappetitlich? Oh, diese Worte, wie kannst du dich mit diesen fiesen Typen den ganzen Tag abgeben? Wir sind noch drei Tage hier. Dann geht es zurück nach Berlin. Ich dachte, alles sei besser als der graue Himmel über Berlin, aber das stimmt nicht: Der blaue Himmel über einem Skiferienort ist viel schlimmer.
Meta.

Er schrieb ihr sofort zurück. Schrieb ihr, dass auch er die Berge nicht mochte, wenn Schnee auf ihnen lag. Schrieb, dass er die Begegnung in der nicht real existierenden Bar in ihrem Chat super fand, weil er sich alles vorstellen konnte, weil er die Bar nach seinem eigenen Gusto einrichten konnte. Schrieb ihr, wie die Bar ausgesehen hatte in seinen Gedanken (eine leuchtende Theke, die sich in der Unendlichkeit verlor). Schrieb ihr, dass sie sich das nächste Mal in einem Privatjet begegnen würden, einer Gulfstream V mit Ledersitzen und Champagner in eisgefüllten Kübeln. Schrieb ihr, dass er das Geräusch schon hören konnte, wenn die Champagnerflasche aus dem Kübel gehoben wurde. Und am Ende schrieb er zur Signatur ein schlichtes «M», obwohl er wohl fand, ein M sehe aus wie zwei Berge und ein Tal dazwischen. Aber: Egal.

Was er nicht wusste: Während er seine Antwort schrieb, war sie schon unterwegs. Kaum hatte sie das Mail an ihn geschrieben, steckte sie ihren Computer in die Tasche, packte ihre Dinge zusammen. Sie schrieb einen Zettel, legte ihn auf den Küchentisch. «Die Berge sind mir zu hoch. Meta. Ade». Dann ging sie. Der weiße Subaru vor dem Haus, sie sah ihn fast nicht im Schnee. «Weißer Subaru im Schnee», dachte sie, «ein guter Titel für eine Arbeit.» Als sie die Heckklappe öffnete und die angefrorenen Gummidichtungen sich nach einer Nacht voneinander lösten, klang es, als reiße sie Klebeband ab. Sie wischte nur wenig Schnee von der Scheibe, den Rest überließ sie dem Scheibenwischer, der erst gar nicht mochte, sie hörte den Scheibenwischermotor ächzen, als wolle er kapitulieren, als fehle ihm die Kraft, als wolle er aufgeben, aber sie dachte: «Ich gebe auch nicht auf, deswegen gebe ich auf. Deswegen fahre ich hier weg.» Dann bewegten sich die beiden Wischblätter, machten ihr die Sicht klar, aber trotzdem war es dunkel in dem Auto, weil sie die Seitenscheiben nicht vom Schnee befreit hatte. Wenn sie ihren Kopf etwas nach vorne neigte, dann sah sie das Fenster, hinter dem Paul schlief und noch immer von seinem doofen Berg träumte. Aus dem Auspuff des Subaru kam eine große weiße Wolke, als sie die schmale Straße hinunterfuhr, zu einer breiteren Straße, die in eine noch breitere Straße mündete, welche sich nach ein paar Kilometern in eine Autobahn ergoss, auf der man überallhin kam. Das war eine valable Option: Überallhin kommen. Ja, das war genau das, was sie jetzt brauchte. Noch immer kam der Atem weiß aus ihrem Mund, sie hatte vergessen, die Heizung einzuschalten, und als sie es tat, da sah sie, dass ein Lämpchen rot leuchtete im Armaturenbrett. Sie kannte sich mit Autos nicht aus. Sie konnte die Türe aufschließen und den Motor starten, und fahren konnte sie auch ganz passabel, aber alles andere interessierte sie nicht, und immer wieder kam es vor, dass ihr einfach nicht mehr einfallen wollte, wo der Knopf, die Taste, der Hebel war, um die Heckscheibe zu reinigen. Dieses kleine rote Licht aber, das kam ihr bekannt vor, sie wusste, was es ihr sagen wollte: Das Benzin ging zur Neige. Und genau, als sie es realisierte, sah sie, dass sie geradewegs auf eine Tunnelöffnung zufuhr. Zwischen ihr und der Tunnelöffnung gab es keine Abfahrt, keine Nothaltestelle, keine Autobahnraststätte. Ihr wurde etwas mulmig, ihr wurde etwas schlecht, ihr wurde etwas heiß, als das Loch im Berg sie verschluckte. Es waren kaum Autos unterwegs. Unnötigerweise stand noch ein Schild am Eingang des Tunnels, auf dem zu lesen war, wie lang der Tunnel sein würde: 9292 Meter. Auch wenn sie sich mit Tunneln nicht auskannte, so wusste sie doch, dass dies ein eher langer Tunnel war. Die Lichter an der Decke zuckten vorbei, und sie fuhr, so langsam sie konnte, fuhr knappe 80, die Hände krallten das Lenkrad. Ihr kam ein Zeitungsbericht in den Sinn, den sie nicht hätte lesen sollen, denn wenn sie ihn nicht gelesen hätte, dann käme er ihr jetzt auch nicht in den Sinn. In dem Zeitungsbericht ging es um einen Mann in den USA, den Bundesstaat hatte sie vergessen, und dieser Mann hatte die Angewohnheit oder die Marotte, die Luft anzuhalten, wenn er durch Tunnel fuhr. Nun ja, auf jeden Fall kam dann ein Tunnel, der länger war als die anderen, die der Mann jemals durchfahren hatte, und ihm ging die Luft aus. Er wurde ohnmächtig. Auf der Gegenfahrbahn kam ihm ein Kleinwagen entgegen mit einem älteren Ehepaar. Der Wagen des Ohnmächtigen geriet auf die andere Spur. Es kam zu einer Frontalkollision. Der junge Mann überlebte den Unfall, er trug nur leichte Verletzungen davon. Das ältere Ehepaar war auf der Stelle tot.

Gleich würden sicher die Scheiben beschlagen. Sie würde nichts mehr sehen. Sie hätte einen akuten Migräneanfall (obwohl sie nie Migräne hatte). Oder eine nie mehr enden wollende Niesattacke (obwohl sie keine Allergien hatte). Ein Reifen würde platzen. Der Motor würde bersten. Etwas würde passieren. Was waren die Gründe für Unfälle in Tunneln? War sie nicht wahnsinnig müde? Bald käme der Sekundenschlaf. Fuhr sie zu sehr links? Fuhr sie zu sehr rechts? Einfach nicht auf die Benzinanzeige schauen.

Sie zählte die Notausgänge, einerseits damit sie etwas zu tun hatte, was sie von der rot glühenden Tankanzeige ablenkte, andererseits interessierte sie sich wirklich dafür. Was wäre dahinter? Eine Treppe? Wie viele Stufen hätte diese Treppe? Ginge sie hoch zum Berg oder geradewegs eben hinaus? Wie hoch war der Berg über ihr? Wie schwer? Stürzten Tunnel ein, unter dem schieren Gewicht der Berge? Rächten sich die Berge dafür, dass man Löcher in sie gebohrt hatte? Taten sie das? Wäre da irgendwo auch eine Toilette? Gab es Notvorräte? Wenn sie mit 80 Stundenkilometern fuhr, wie lange hatte sie dann für die gut neun Kilometer Tunnel? Fing das rote Warnlicht der Tankanzeige nun wirklich an zu flackern?

Aber es sollte reichen, und kaum hatte sie den Berg hinter sich, war aus dem kleinen Loch gefahren, das einst viele, viele Arbeiter in mühsamer Arbeit und mit monströsen Maschinen hineingebohrt hatten, da sah sie das Schild einer Tankstelle. Sie musste auf der Innenseite des Tankdeckels nachlesen, was ihr Subaru gerne trinken wollte, was er brauchte. Denn ihr Subaru war gar nicht ihr Subaru, sie hatte ihn von ihren Eltern geliehen. Nun würde sie ihn zurückbringen, würde mit dem Bus zum Bahnhof fahren und dort in den nächsten Zug nach Berlin steigen. In Berlin gab es keine Berge. Es gab dort zwar einen Haufen Probleme, aber Berge gab es nicht. Immerhin.

Kapitel 8

Moritz saß am Gemeinschaftstisch. Es war um einiges einfacher, Kaffee zu trinken, als die Arbeit zu erledigen, die hätte erledigt werden müssen. Ein paar Rechnungen waren fällig. Für die Miete etwa. Er hatte das Mahnschreiben heute Morgen in die Gesäßtasche seiner Hose gesteckt, ob es aber noch dort war, das wusste er nicht, und er hatte auch keine Lust, das genau in diesem Moment herauszufinden, denn genau in diesem Moment sprach er mit Klumpen. Oder besser: Klumpen sprach mit ihm, er sagte: «Ich habe gestern nachts eine CD-Box bestellt. Am Fernseher. ‹Hits of the Eighties›. Hab einfach angerufen. Und bestellt. Mit Kreditkarte bezahlt. War sehr simpel. Sehr einfach. Ich mag die Musik der Eighties.» «Ich weiß», fuhr Klumpen fort, «dass niemand die Musik der 80er Jahre mag, ‹I'm Your Turbo Lover› ist aber ein echt cooler Song.» Er fing an, ihn zu singen, und machte mit den armen Armen Kreisbewegungen dazu. Moritz sagte schließlich: «Es gibt schlimmere Sachen als die Musik der 80er Jahre.» «Find ich auch», sagte Klumpen. «Ja», sagte Moritz, nahm einen Schluck Kaffee, «zum Beispiel die Vorstellung, wie jemand zu Hause sitzt, abends, und TV kuckt und auf diese geistesgestörten TV-Spots hereinfallt und bei ‹Time Life› oder sonst wo anruft und irgendeinen Schrott bestellt, zum Beispiel eine CD-Box mit dem

Titel ‹Hits of the Eighties›, die er mit Kreditkarte bezahlt. Das ist eine ziemlich traurige Vorstellung. Da kann man sich ja gleich in der Badewanne ertränken. Hast du auch den Abflex bestellt?»

«Was ist ein … wie heißt das?»

«Abflex, ein Trainingsgerät …»

«… oh ja, das extrem effiziente Ding, hab ich mir echt überlegt, weil: Wir kommen alle langsam in ein Alter, wo wir schauen müssen …»

«… und zwei 20-teilige Messersets mit gratis Schleifstein? Eine Videoreihe zum Thema ‹Die großen Katastrophen›?» Eine Box mit ‹Sounds of the Sixties›?»

«Ach komm, die Musik der 80er Jahre, die ist echt gut.» Und Klumpen fing wieder an zu singen mit übertrieben hoher Stimme: «I'm your turbo lover, better run for cover.»

Eine SMS kam rein. «Chat?» war die kurze Frage. «Klar» die schnelle Antwort. «Hör mal», sagte Moritz zu Klumpen, «war sehr interessant, ich muss jetzt aber was erledigen.» «Und wann spielen wir Mario Kart?», rief Klumpen, als Moritz in sein Büro ging. Moritz hörte ihn nicht, schaltete den Computer an, wählte sich ein.

Hallihallo. Bis du da?

Ich bin hier. Also da.

Wo bist du?

Im Atelier. Und du?

Ich bin im Büro.

Beschreib dein Büro.

Es sieht so aus, als hätte eine Bombe eingeschlagen. Sehr unordentlich. Kennst du Büchel?

Christoph?

Ja.

Den kenn ich.

Er wollte das Büro kaufen.

???

Das komplette Büro. Um es als Installation auszustellen.

Und hast du es verkauft.

Nö. War irgendwie nur so eine Idee. Bieridee.

Eine Weile kam keine Antwort. Moritz schrieb: «Hallo?» Keine Antwort. «Ist da jemand?» Keine Antwort. Dann plötzlich: «Ups! War kurz weg. Bin rausgeflogen.»

Du hast also zwei Freunde im Sinne von Lebensabschnittbegleiter?

Ich dachte, du interessierst dich nicht für meine Freunde, sondern nur für mich.

Ich dachte, es ist höflich, wenn ich frage?

Georg ist mein Freund. Und dann ist da noch Paul.

Was macht Georg?

Er ist Architekt.

Architekt? Echt? So mit schwarzem Rollkragenpullover?

Nein, er ist eher der Schlabbershirt-Typ.

Aber wenn er tanzt, sieht es dann auch so aus, als hätte man ihm die Kniegelenke entfernt? Als hätte er statt zwei Beine zwei Besenstiele?

Wie kommst du darauf?

Ich kenne Architekten, die sind so, wie die Häuser aussehen, die sie bauen.

Die Archis sind doch voll lieb.

Und Paul ist die Affäre?

Ja, ich habe einen Freund und irgendwann legte ich mir eine Affäre zu.

Ein Freund, eine Affäre, das klingt vernünftig. Wie heißt die Affäre nochmal?

Paul. Er ist Künstler. Mit ihm war ich in den Bergen. Hab ich dir doch geschrieben, oder?

Und ist Fritz auch Künstler?

Paul! Momentan ist er an einem Projekt, es heißt HimmelTalk.

???

Kunst und Windenergie.

Es wird immer besser!

Ein Millionenprojekt. Soll ich es dir erklären?

Nur zu.

An der Nordseeküste stehen Windräder. Und um die ein bisschen aufzupeppen, hatte der Stromanbieterunternehmerwasauchimmer die Idee, ans Windrad Kunst zu hängen. Also hat Paul ein Projekt eingegeben. Es war ein Wettbewerb. Er hat gewonnen.

Und die Idee?

Eine Leuchtschrift an einem Windrad, also nicht am Rad: Am Masten.

Die Idee ist gut, doch die Welt noch nicht bereit.

???

Bloss ein Zitat: Tocotronic. Ich will nur angeben. Bluffen. Aufschneiden. Liegt in meiner Natur. Erklär weiter.

Ist ja ziemlich gross, so ein Windrad, also hoch, und die Leuchtschrift läuft da von der Spitze runter bis zum Boden. An der Straße, in der Nähe, da gibt es eine Kabine und in der Kabine hat es ein Computerterminal mit Tastatur und dort kann man seine Botschaften eintippen. Man kann sie aber auch Online eintippen. Was immer du willst. Nun war die Idee eigentlich, dass die Leute dort schöne Sätze schreiben, die das Leuchtband herunterlaufen, schöne Worte, aber natürlich kam es anders.

Wie anders?

Zuerst waren die Nazis da und haben das Windrad instrumentalisiert und es lief eine ganze Nacht lang HEIL HITLER *und so Zeugs da runter. Ging lange, bis sie es merkten und abstellen konnten. Hatten total vergessen, das Ding irgendwie zu überwachen. Also haben sie ein Programm geschrieben, um alle bösen Wörter herauszufiltern. Wenn also eine Botschaft mit einem bösen Wort kam, dann wurde sie automatisch blockiert.*

Es gibt aber viele böse Wörter.

Das war das nächste Problem. Nachdem sie die Nazis draußen hatten, kamen die Nutten und die Zuhälter, die die Leuchtschrift für ihre Werbung verwendeten. RUF!! MICH!! AN!! und GEILE SUSI und die Sex-Telefonnummer dazu.

Irgendwie eine schöne Idee: Eine Datenbank mit allen bösen Wörtern. Die verbotenen Wörter. Das wäre doch eine Kunstidee!

Was ist das böseste Wort?

Das böseste Wort auf der Welt? Ich weiss nicht. Es gibt viele schlimme Wörter. Aber das böseste?

Lass mich nachdenken …

Steuererklärung finde ich ziemlich böse.

Steuererklärung: Sehr böse!

Noch böser: Steuerrechnung.

Und was wäre das schönste Wort?

Das schönste Wort, das mir spontan einfällt: Tohuwabohu.

Klingt nach einem Indianerfilm. Mir gefällt Gugelhupf.

Was machst du jetzt?

Nachher?

Ja. Was hast du vor? Isst du ein Stück Gugelhupf?

Wenn ich es mir überlege: Ich mag Gugelhupf gar nicht. Ich mag das Wort, den Klang, aber essen mag ich ihn nicht.

Ich denke Gugelhupf ist was für sehr, sehr alte Menschen. Beschreibst du mir dein Atelier?

Da gibt es nicht viel zu beschreiben.

Wie man sich ein Atelier vorstellt?

Genau.

Mit Staffelei und einem Modell mit nichts an als einem Hut auf einem Stuhl und du mit Palette in der Hand und Baskenmütze auf dem Kopf?

Genau.

Und was machst du jetzt?

Jetzt? Jetzt schreibe ich gerade einem Mann, den ich nicht kenne, was ich gerade mache: Einen Satz schreiben, der so geht: jetzt schreibe ich gerade einem Mann, den ich nicht kenne, was ich gerade mache, und so weiter und so fort, bis in alle Ewigkeit oder wenigstens morgen.

Ich stelle mir das Künstlerleben toll vor: Ausschlafen, nichts tun, viel Applaus.

Top Analyse!

Sag, also schreib: Was machst du nun?

Vielleicht gehe ich spazieren.

Wo spazierst du?

Durch die Stadt. Ohne Ziel. Absichtsloses Herumgehen. Gar nicht so einfach: Dinge zu tun ohne Ziele vor Augen. Muss man aushalten können.

Wenn du spazieren gehst, dann nimm mich mit.

:-)

Und trink irgendwo ein Bier. Ich lad dich ein. Ich schick dir das Geld.

Dann trink ich zwei.

Trink drei!

Bis gleich. Kuss.

Ich küsse dich auch. Einmal.

Kiss Kiss.

Zweimal. Dreimal. Viermal. Fünfmal.

Danke, Danke, ich häng jetzt auf.

Sechsmal. Siebenmal. Achtmal.

Bis gleich.

Neunmal. Zehnmal. Elfmal. Wolltest du nicht aufhängen.

Ich will, aber ich kann nicht.

Dann häng ich auf. Zwölfmal. Dreizehnmal. Vierzehnmal.

Ciao.

Byebye.

Als Moritz sich einen neuen Kaffee kochte, kam Klumpen. «Spielen wir 'ne Runde Mario Kart?» «Mario Kart? Na klar. Unter einer Bedingung: Kein ‹Turbo Lover› und auch kein anderer Song aus den 80ern aus deinem Mund.»

«Nicht mal ‹Tainted Love›?»

«Nicht mal ‹Tainted Love›!»

Kapitel 9

Der Sommer in Berlin, Meta liebte ihn, auch wenn sie es einigermaßen seltsam fand, dass er in Berlin schon im Frühling anfing oder im Winter gar, im Februar eigentlich, einfach dann, wenn nach der dunkelgrauen Zeit und den Minusgraden und dem fiesen Wind und dem Matsch die ersten Sonnenstrahlen durch den Deprodeckel von Wolkenhimmel brachen, nachdem man eben noch dachte, man werfe sich nun gleich vor die nächste U-Bahn, weil man es nicht mehr aushalte. Wenn die Sonnenkraft die wochendicke Schwermut weglaserte wie Luke Skywalker einen Imperialen Sternzerstörer, dann trugen alle plötzlich nicht mehr Bundeswehrparkas, sondern obenrum bloß noch T-Shirts, Zigarettenpackungen unter die kurzen Ärmel geschoben, Sonnenbrillen auf den Nasenrücken, und natürlich waren alle gleich ohne Socken unterwegs, so sehr begrüßte man den Sommer: Man empfing ihn, als sei ein Krieg zu Ende gegangen und die Truppen kämen siegreich heim. Mit Jubel. Mit Fanfaren. Mit Trompeten. Und wenn der Sommer richtig begann, wenn es wirklich warm wurde und dann heiß, dann war einfach alles nur noch wunderbar, und sie fuhr nachts durch die Straßen mit ihrem Fahrrad, durch die laue Luft, mit oder ohne Paul oder Georg im Schlepp, und das Leben der Stadt, das ihr überbordend vorkam, es lud auch sie auf, als wäre sie eine Handybatterie, die kurz vor der totalen Leere an den Strom gehängt würde. Sie liebte die Trauben von Leuten, die vor den Gebäuden standen, wo Partys stiegen, Treppenhäuser so voll gefüllt, dass sie mehr als einmal Angst hatte, sie stürzten ein, so wie die Balkone voller Trinkender und Rauchender, sie liebte das Geräusch von zwei Bierflaschen, die – «Cheers!» – mehr oder weniger sanft aneinandergeschlagen wurden und, da unterschiedlich voll oder leer, unterschiedlich klangen, sie liebte es, im Atelier bei offenem Fenster zu arbeiten (oder nicht zu arbeiten, sondern einfach rumzulungern und zu warten, dass eine Idee vorbeikäme wie ein guter alter Freund auf Überraschungsbesuch), sie liebte es, Naturjoghurt aus dem Tiefkühler mit Wassermelonenschnitzen aus dem Kühlschrank zu essen, nur in Unterhose und Trägershirt am Tisch in der Küche sitzend, und dabei das Feuilleton der FAZ zu lesen, nicht ohne auch in den anderen Teilen der Zeitung zu stöbern (sie fand etwa einen interessanten Artikel über die Europameisterschaft der Ponyreiter in Hagen, der den Titel «Starke Mädchen auf dem ‹Rasenmäher› vor dem Tor zur großen Pferdewelt» trug. Nachdem sie ihn gelesen hatte, dachte sie eine Weile darüber nach, was wohl der Grund dafür gewesen sein mochte, dass sie niemals das Verlangen gespürt hatte, auf dem Rücken eines Ponys durch die Welt zu traben. Ihr hatte deswegen nie etwas gefehlt. Sollte sie eine Arbeit daraus machen? Eine Pony-Serie?). Sie liebte es, auf der Wiese beim Alex zu liegen und Paul, der schlafend in ihrem Schoss lag, abgerupftes Gras ins Gesicht regnen zu lassen, sodass er einen Niesanfall bekam und «Jetzt hör doch auf» rief. Sie liebte es, den Punks zuzusehen, die mit ihren räudigen Hunden Frisbee spielten, und den wie moderne Ritter vom «Orden der Ungelenktheit» auf Inlineskates daherkommenden Freizeitmenschen, wie sie unsicher über den Asphalt rollten, um bald wild mit den Armen fuchtelnd hinzufallen. Sie liebte Fahrradausflüge, aus der Stadt herauszukommen, zu spüren, wie groß die Stadt wirklich war, wie riesengroß, wie sie ausfranste, die Häuser kleiner wurden, in die Agglomeration überging, in die Peripherie, die Grünflächen größer und größer wurden, und es kam ihr vor wie eine Zeitreise, je mehr sie aus der Stadt herausradelte, desto mehr fuhr sie in der Zeit zurück. Es kam ihr vor, ihr Fahrrad sei eine von Muskelkraft betriebene Zeitmaschine. Sie liebte es, in Freibädern Männer in Badehosen und Frauen in Badekleidern zu sehen, die aussahen wie von 1970, und sie fand, dass es immer schöner wurde, je weiter sie aus der Stadt herauskam, weil es einsamer wurde und ihr die Deutschen im Osten viel unauffälliger erschienen, viel ruhiger, gemütlicher. Es war, als ließe der Druck der Großstadt nach, als weiche dieser Druck von ihrem Körper, wie sie es auch beim Schwimmen empfand, im Wasser. Das mochte sie, und sie mochte die leerstehenden Fabriken und die Häuser mit den zerbrochenen Fensterscheiben, sie mochte, dass es dort nicht so viel Leben gab, dafür umso mehr Stimmung und eine Melancholie, die sie berührte. Sie liebte den einen kleinen Sandstrand an der Havel, um den sie so was wie ein Geheimnis machte, und die Buchten dort, wo es kaum andere Badegäste gab und ihr der Fluss so sauber vorkam, dass sie immer von neuem erstaunt darüber war. Sie liebte es, nach einem solchen Tag mit einem Sonnenkopf durch den kühlen Grunewald zurück in die Stadt zu fahren und noch zu glühen schien, wenn sie daheim unter der Dusche stand, lange. Sie liebte es, in der U-Bahn zu sitzen, herumzufahren und im neuen Murakami zu lesen, weil sie fand, die U-Bahn sei ein perfekter Ort, um dieses Buch zu lesen.

Sie liebte es, am Kiosk des Bahnhofs Zoo durch die Zeitschriften zu wühlen, von denen sie nicht wusste, dass es sie überhaupt gab, Zeitschriften, die sich an Berufssöldner richteten, an Modellflugzeugbauer, an Gebrauchtbaumaschineninteressierte, und sie kaufte dann immer die kleine Vogue Business, um darin bloß die Werbung anzusehen und Ideen für ihre Kunst zu klauen. Sie liebte es, am Gestell mit den ausländischen Zeitungen montags den Tages-Anzeiger zu kaufen, weil dann dort die Samstagsausgabe zu haben war, in der immer das Heftchen beilag, das sie so mochte, dazu noch eine Packung Werther's Original. Sie liebte es, auf der wie irden roten Tartanbahn im Leichtathletikstadion an der Lehrter Straße ein paar der langen Runden zu drehen in ihrer synthetischen silbergrauen Jogginghose mit den drei Streifen auf der Seite, um das Fußballfeld herum, von dem sie jugendlichen Jubel hörte und das Geräusch eines Balls, der in ein Netz rauschte oder scharf vom Metallgestänge des Tores abprallte. Sie liebte es, nach dem Laufen im Fritz-Schloss-Park im Schatten eines Baumes zu liegen und in den Himmel zu blicken und festzustellen, dass er nicht mehr taubengrau war, sondern lichtblau, jene Farbe, in der sie eine Vespa hätte, hätte sie eine Vespa.

Ja, sie war dann so etwas wie ganz und gar glücklich, und sie vermisste bloß noch den Geruch der Bäckereien von ihren diversen Daheims, die sie in der Schweiz gehabt hatte (die deutsche Brotleitkultur war ihr schon seit ihrer Ankunft suspekt), die Schokolade «Tourist» der Migros und ihre beste Freundin Ida, die in Zürich lebte und ihr immer wieder Pakete gegen das Heimweh sandte (mit zehn Tafeln «Tourist» drin, Fix-Fertig-Fondue von Gerber und Socken, denn Ida war eine große Freundin des – wie sie fand – absolut vernachlässigten Kleidungsstückes Socke, weshalb sie einen extrem guten Blick für Socken entwickelte und immer ein oder ein paar Paar kaufte, wenn sie welche sah, am liebsten solche aus Merino, um sie zu verschenken, sogar sommers). Und wie es sich für eine beste Freundin gehörte, kam Ida sie besuchen. Und dann, ja dann, wenn Ida da war, dann war Metas Glück ziemlich perfekt. Und so war es, als Ida aus dem Zug stieg und Meta doch tatsächlich Tränen in den Augen hatte, worauf sie bei Ida natürlich auch zu fließen anfingen.

Sie fuhr mit Ida zur Galopprennbahn Hoppegarten, und sie guckten nach, ob ein Rennen lief oder nicht, und es war so was von völlig egal, als natürlich tote Hose war. Sie saß mit Ida im Biergarten des Cafés am Neuen See und aß Pizza. Sie sagte, wenn Paul anrief: «Keine Zeit, Ida ist hier.» Wenn Georg anrief, sagte sie: «Kein Problem, du kannst so lange arbeiten, wie du willst, Ida ist ja hier.» Sie gingen nachmittags ins Kino International, auf den Wochenmarkt auf dem Karl-August-Platz, fuhren nach Caputh und sahen sich das Haus an, wo Einstein gelebt hatte, standen in Einsteins einstigem Arbeitszimmer mit seinen gemaserten Holzwänden und dem schlichten Tisch mit Blick in die Birken, und Meta fragte Ida: «Und?» «Und was?» «Hast du irgendeinen genialen Gedanken?» «Nein, und du?» «Nein, bloß Hunger.» Sie fuhren mit der Fähre nach Geltow und von dort wieder zurück nach Berlin. Sie ging mit Ida im Botanischen Garten die kurvigen Weglein entlang, studierte die seltsamen Namen der seltsamen Pflanzen mit den seltsamen Formen. Sie schlenderten durch den Zoo, untergehakt, Eis schleckend, und verweilten bei den Pandabären, die bekanntlich die langweiligsten Tiere überhaupt sind und Meta deswegen so spannend vorkamen. Sie beobachteten den Panda namens Bao Bao, wie er mit dem Rücken zu den Besuchern saß und an einem Bambusrohr kaute, und Ida sagte: «Der sieht aus wie Miles Davis, wenn er Trompete spielte.» «Sie haben extra ein Weibchen aus China eingeflogen, Yan Yan, Bao Bao soll mit ihr Kinder machen.» «Und?» «Klappt nicht.» «Warum nicht?» «Bao Bao interessiert sich bloß für Bambus.» «Vielleicht ist er schwul?» «Vielleicht.» «Vielleicht wurde er hier in Berlin schwul. Hier werden viele schwul. In China steht auf Homosexualität die Todesstrafe, hier kann er es ausleben.» «Mit wem?» «Weiß nicht, dem Wärter?»

Ida hieß mit Nachname Sommer. Das passte bestens zu ihrem Gemüt. Sie hatte mit Meta zusammen Kunst studiert, aber interessiert hatte sich Ida vor allem für das Kochen. Also fing sie an, für Freunde an deren Geburtstagen zu kochen, einer fragte, ob sie die Belegschaft seiner IT-Bude bekoche am Firmenjubiläum, und so entwickelte Ida einen heute prosperierenden Cateringbetrieb mit dem etwas geschmäcklerischen Namen ARTISTIC FOOD. Das Einzige, was Meta an Ida manchmal etwas nervte, war Idas Maßlosigkeit in Sachen Alkoholika: Sie trank gerne und gut und leider dann und wann so viel, dass sie lallte – und dann ging sie mit Typen nach Hause, die Meta einfach nur furchtbar fand.

Eine Woche war Ida in Berlin, dann saßen sie im Goldenen Hahn an der Pücklerstraße an einem Tisch nahe dem Tresen, und der Kellner öffnete eine Flasche Rotwein, die sie bestellt hatten, einen schweren Sizilianer, sie feierten ihren Abschied, am nächsten Tag würde Ida abreisen. Der Kellner tat es mit schnellen, äußerst präzisen Bewegungen. Er entfernte mit dem kleinen Messer an seinem Korkenzieher den Deckel der Zinnkapsel, setzte die Spindel in einem leichten Winkel in der Mitte des Korkens an und drehte sie – eins, zwei, drei – gekonnt hinein, richtete den Korkenzieher gerade und drehte die Spindel fast ganz hinein, hebelte den Korken mit zwei schnellen Bewegungen aus der Flasche, am Ende so sanft, dass kein Geräusch zu hören war. Er goss etwas Wein in ein bauchiges Glas, schwenkte dieses, bis die ganze Innenseite vom Wein benässt war, goss den Inhalt in Metas Glas, verfuhr mit diesem Kelch ebenso, goss den Inhalt dann in Idas Glas, schwenkte auch dieses mit schneller Hand. Dann goss er den Schluck zurück in das erste Glas. Erst dann schenkte er eine Probierportion in Idas Glas, nicht ohne zuvor gefragt zu haben, wer denn den Wein probieren möchte, worauf Meta schnell «Sie» sagte und auf Ida zeigte, die es mit einem einmaligen, aber tiefen Nicken bestätigte. Ida roch bloß am Glas, sagte «tipptopp», der Kellner schenkte ein, wünschte «Zum Wohl», ging, und Meta fragte: «Dieser affige Gläserzirkus, was war denn das? Das hab ich noch nie gesehen.» Ida sagte: «Das nennt man Avinierung, damit die Gläser ihre Spannung verlieren und Fremdgeruch. Das macht man in schicken Lokalen so, auch wenn man die Gläser von Hand spült und nicht in der Maschine, denn die Welt ist voller Gerüche.»

Es war ein dunkles Lokal, rohe rote Backsteinmauern, in einer Lücke in der Backsteinmauer stand ein flackerndes Teelicht, die Wand darüber vom Ruß ganz schwarz, eine alte, schwere Kommode stand neben dem Tresen, gefüllt mit Weinflaschen. Meta strich mit der Hand über das rotweiß karierte Tischtuch, und Meta untersuchte die Stoffserviette. «Stoffservietten», sagte Ida, «ein gutes Zeichen.» Sie hatten sich zugeprostet, sie hatten einen Schluck getrunken, sie hatten beide gesagt, es sei ein wirklich guter Wein, auch wenn Meta herausstrich, dass ihre Ahnung beim Wein nicht viel weiter als bis zur exakten Bestimmung der Farbe dessen reichte. Hinter dem Tresen befand sich gleich die Küche, wo auf engstem Raum zwei Weißgewandete am Arbeiten waren, der Kellner kam mit einem Körbchen Brot, selbstgebacken, wie er mit Nachdruck betonte, und den Vorspeisen, Spinatsalat mit Speck und Champignons für Meta, den sie ohne Speck und Champignons bestellt hatte, Tintenfischcarpaccio für Ida. Bald machten sie Geräusche, die Menschen machten, die etwas aßen, das ihnen schmeckte und die sich wohl fühlten wie die Schweine im Streichelzoo. Meta erzählte von den Dingen, die geschehen waren, seit sie in Berlin angekommen war, erzählte von Georg, von Paul und von Moritz, ohne Ida dessen Name zu sagen, erzählte, wie er ihr geschrieben habe, dass sie ihm geantwortet habe, dass daraus so etwas wie eine elektronische Brieffreundschaft entstanden sei, wie sie ihn immer besser kennengelernt habe, wie man angefangen habe, sich SMS zu senden, irgendwann mehrere am Tag, hin und her gingen sie wie der gelbe Filzball bei einem Tennismatch, sie erzählte, wie er ihr ein von einer Bretterwand gerissenes Konzertplakat von «Belle And Sebastian» zuschickte, welches sie in ihrem Atelier an die Wand nagelte und so gerne ansah, obwohl sie nicht wusste, ob sie das Plakat wegen des Sujets mochte oder weil sie das Plakat an ihn erinnerte. Sie erzählte, wie sie ihm Briefe schickte, Zeichnungen, dann Fotos auch, wie beide am Leben des anderen teilnahmen, ohne wirklich Teil davon zu sein. Ida fand das seltsam. «Warum möchtest du ihn nicht in echt treffen? Ist ja nicht so weit. Besuch ihn.» Meta zuckte die Schulter und sagte: «Es ist irgendwie, wie soll ich sagen ... aufregend, auf eine ganz und gar neue Art aufregend. Ich lerne ihn in kleinen Happen kennen, sagen wir: Es ist wie ein Bild, das sich langsam zusammensetzt, immer mehr Pixel kommen dazu, das Bild wird immer schärfer und schärfer, detailreicher, und je mehr ich sehe, desto mehr gefällt mir, was ich da sehe. Das ist ziemlich …» Meta suchte nach dem richtigen Wort, fand es nicht, sagte: «Hmmm.» «Ziemlich was?», fragte Ida. Meta wusste nicht, was sie sagen sollte, also sagte sie: «Romantisch.» «Und bist du sicher, dass er richtig im Kopf ist? Es gibt viele Spinner.» «Er kennt Julchen. Und Julchen hätte mir schon verraten, dass er spinne, wenn er spinnen würde.» «Er ist also richtig im Kopf?» «Soweit ich das beurteilen kann: Ja. Oder sagen wir: Er ist sicher nicht beknackter, als ich es bin.»

Nach dem Essen fuhren sie mit der U1 vom Görlitzer Bahnhof Richtung Westen, und eine halbe Stunde später traten sie durch die grüne Türe einer Bar am Winterfeldtplatz, und schon bald kamen zwei perfekt gemixte Mai Tais. Ida trank so schnell wie Meta. Und dann war da der Typ in der Bar, Meta kannte ihn nicht, er war zwei Meter groß, nicht dick, aber stämmig und hatte eine Glatze, und weil er aussah, wie Meta sich einen Schlachter vorstellte, sagte sie zu Ida: «Das ist sicher ein Schlachter», sie kamen ins Gespräch (er war dann doch nicht Schlachter von Beruf, sondern Pathologe), und zwei Mai Tais und zwei Stunden später wankte Ida am Arm des Schlachters aus der Green Door Bar. Am nächsten Tag rief Ida an, sie klang ziemlich zerstört. «Hattet ihr Sex?», wollte Meta wissen. «Ich weiß nicht mehr. Ich glaube nicht. Wir waren zu betrunken.» «Du erinnerst dich nicht mehr?» «Nicht wirklich, nein, ich weiß nur noch, dass ich mich erbrochen hab.» «Auf dem Weg?» «Auf dem Bett. Ich erinnere mich noch, wie Kurt das Laken ins Bad trug. Wie ein Bündel Frischkäse. Es hat getropft. Er hat es aber mit Humor genommen.» «Er heißt Kurt?» «Ja, netter Kerl, keine Schönheit, aber nett. Er hat heute auch Kopfschmerzen. Ich komm jetzt gleich vorbei, meine Güte, wann geht mein Zug?»

Und dann fuhr Ida Sommer wieder nach Hause, nicht ohne Meta fest zu drücken, lange, auf dem Bahnsteig, was nicht ohne die eine oder andere Träne vonstattenging, und sie bekräftigen sich gegenseitig, sich bald wieder sehen zu wollen und zu schreiben sowieso und anzurufen auch. Langsam zog die Lok die Wagen aus dem Bahnhof Zoo. Meta blieb alleine in Berlin zurück, alleine mit Georg und Paul und den Dingen, die dort noch geschehen würden.

Kapitel 10

«Wolf? Auch noch einen?» Wolf nickte, ohne seinen Vortrag zu unterbrechen, und während Wolf sprach, bestellte Moritz bei Albert Anker zwei Wodkas. Sie hockten in der Hafenbar am Tresen, es war nach Mitternacht, und Wolf sprach über den Unterschied der Schriften Helvetica und Akzidenz Grotesk und war gerade beim Buchstaben Q angelangt. «Beim Q ist der Schweif bei der Helvetica durchgängig, bei der Akzidenz Grotesk nur angehängt, und der Fuß beim R ist ebenfalls unterschiedlich, bei der Helvetica ist er konkav, bei der Akzidenz Grotesk ist er gerade.» «Was war das beim Q? Ein Schweif?» «Ja, ein Schweif, also: Der Schweif.» «Was ist der Schweif?» «Na, das Ding, das den Q zum Q macht und ihn vom O unterscheidet.» «Oh.» «Also, die Futura beispielsweise hat beim M spitze, gespreizte Schenkel mit Überhang und nahezu kreisförmige Punzen beim kleinen A, wobei ...» «Wolf», sagte Moritz scharf und sah seinen Freund an. Der hielt inne und sagte: «Was?» «Gespreizte Schenkel? Kreisförmige was?» «Punzen!» «Genau, kreisförmige Punzen beim ... wo schon wieder?» «Beim kleinen A.» «Bist du sicher, dass du von Typographie sprichst?» Wolf sah Moritz verärgert an, vor allem, weil er nun den Faden verloren hatte, fand ihn aber wieder und sprach weiter, aber Moritz' Aufmerksamkeit war schon eine Weile vor allem bei der Musik, die sein

Ohr flutete (ein kleiner nimmermüder Besserwisser in ihm drin streckte schnippend den Finger in die Luft und rief: «Ich weiß es: ‹Flim› von Aphex Twin! Das Album heißt ‹Come to Daddy›! Es erschien 1997 bei Warp!»): Musik und mit ihr der Lärm, den ein Dutzend Menschen in einer Bar veranstalten, wenn sie reden, irgendwann nach Mitternacht, mit Gläserklirren, und lachen und reden, reden, reden.

Aus dem Augenwinkel sah Moritz ein Mädchen. Sie hieß Mariza. Sie stand beim Eingang und sprach lächelnd mit dem größten Idioten der ganzen Stadt. Der Idiot war – natürlich – DJ und aber auch – natürlich – Künstler. Er hieß Dimitris, seine Eltern waren Griechen, und er machte immer ein Riesending daraus, dass er eben eigentlich nicht von hier sei, sondern andere Wurzeln habe, eine andere Kultur in der Hinterhand wie einen Superjoker, als sei er etwas Besseres, und deshalb nannte er sich DJ Vangelis, zu Ehren – wie er sagte – des großen griechischen Komponisten, der natürlich nicht schlicht als Vangelis auf die Welt gekommen war, aber Evangelos Odysseas Papathanassiou konnte man sich natürlich nicht so gut merken. DJ Vangelis legte Trance auf, und er ging allen auf die Nerven, weil er immer hinter den Plattentellern stand, als sei er eine griechische Statue aus der Zeit der Hochklassik, Poseidon mit dem Dreizack in der Hand, Apollon mit Pfeil und Bogen, Adonis unten ohne. Alle nannten ihn bloß DJ Feta. Oder DJ Feta featuring Tsatsiki. Oder DJ Metaxa. Oder DJ Costa Cordalis. Oder DJ Vagina. Und Klumpen sagte einfach «der Eselficker».

Mariza war – wie ihm heute schien – ein ganz und gar gewöhnliches Mädchen, das den fünfundzwanzigsten Geburtstag noch nicht lange hinter sich hatte und um alles in der Welt einfach nur eines nicht sein wollte: gewöhnlich. Abgesehen davon hatte das Mädchen keinen Schimmer, was es eigentlich wollte, wo seine Talente lagen, was seine besonderen Fähigkeiten waren. Nur ein Talent entdeckte Mariza früh: dass sie eine gewisse Macht über Männer hatte. Was einerseits mit ihrer Schönheit zu tun hatte, andererseits mit einer unzimperlichen Art. Das Schönste an Mariza war ihr Lächeln, das stets in ihrem Gesicht daheim war, und Haare lang und rabenschwarz, und die Sommersprossen, die sich über die – nüchtern betrachtet eigentlich etwas zu große – Nase zogen, die waren eine besondere Zutat, wie Smarties auf einem Frozen Yogurt. Moritz bekam mal mit, dass jemand Mariza als «das Groupie» bezeichnet hatte, was ihn damals ein wenig verletzte, aber auch ihm war aufgefallen, dass auf der Liste ihrer Exliebhaber und Exfreunde – soweit ihm bekannt – auffallend viele Sänger von lokalen Rockbands waren, die in einem räumlich sowie auch zeitlich etwas weiter betrachteten Kontext zwar komplett unbedeutend waren, im Moment vor Ort aber über eine gewisse Strahlkraft verfügten. Und schon saß sie dann nach einem Konzert mit der Band im Auto, hinten neben dem Sänger, es war natürlich ein ganz normales Auto, kein Bandbus mit Ledersitzgruppe und Riesenfernseher und eingebautem Aquarium, sondern einfach ein alter Opel Vectra Kombi, aber sie saß hinten, der Drummer steuerte, der Keyboarder hing auf dem Beifahrersitz, und es war für den Sänger ganz einfach gewesen, den Bassisten in das andere Auto zu befördern, das mit dem Rest des Equipments die Heimreise antrat, sodass er mit Mariza hinten sitzen konnte, und noch bevor es in den ersten Tunnel ging, hatte Mariza seinen Hosenknopf geöffnet, den Reißverschluss runtergezogen und so lange sanft an seiner Hose genestelt, bis sie seinen Schwanz in der Hand hatte. Laut brummte der Opel im fünften Gang. Er hatte wohl was am Auspuff.

Vor einer Weile war er in Mariza verliebt gewesen. Vor einer Weile hatte er Mariza geküsst. Vor einer Weile war er mit Mariza zusammen gewesen. Nun ja, er meinte, sie seien zusammen. Aber je mehr er fand, sie seien zusammen, desto sicherer er sich war, desto mehr gab sie ihm zu verstehen, dass dem nicht so sei. Das war alles vor einer Weile. Vor einer Weile kam ihm verdammt lang vor. Mariza hieß Mariza wegen eines Flusses, der durch eine Landschaft fließt, die Thrakien heißt. Er hatte von Thrakien noch nie gehört und auch von einem Fluss namens Mariza nicht, fuhr aber in die Stadtbücherei und schlug dort im Brockhaus nach, Band 14, MAG-MOD, wurde beim Begriff «Mariza» zum Begriff «Maritza» weitergeleitet und erfuhr dann dort, dass es ein Fluss war, der so hieß, ein Fluss, der in Bulgarien entsprang, sich der Grenze zu Griechenland entlangschlängelte, dann durch die Türkei floss, um sich nach 525 Kilometern ins Meer zu ergießen.

Er beeindruckte sie doch etwas, als er zu ihr sagte: «Warum heißt du wie ein Fluss, der ins Ägäische Meer fließt?» Sie lächelte, und er lächelte, weil er sie zum Lächeln gebracht hatte. «Woher weißt du denn das?» «Grundwissen.»

Moritz sah Mariza und fragte sich, ob er vielleicht nicht doch noch ein bisschen in sie verliebt sein könnte. Er war sich nicht recht im Klaren darüber. Er war darüber hinweg, aber vielleicht auch nicht. Moritz hatte die seltsame Erfahrung gemacht, dass es schön war, daran zu denken, dass sie nichts mehr von ihm wollte und er deswegen ein bisschen traurig sein durfte. Ihre Ablehnung und ihre Kälte erzeugten eine leise Traurigkeit in ihm, die ihn auf seltsame Art wärmte, so wie der eiskalte Wodka ihn wärmte, wenn er in seinen Magen floss. Wegen Mariza hatte er auch schon geweint. Es war im letzten Winter gewesen, er kam am Haus vorbei, in dem Mariza wohnte, hinter Fenstern im ersten Stock, es brannte Licht, er blieb stehen, als hielten ihn Kräfte im Inneren der Erde an Ort und Stelle. Er stand einfach dort, im Schatten eines Baumes, etwas entfernt auf der anderen Straßenseite, und schaute auf das Haus, in dem sie wohnte. Und dann sagte er zu sich: «Voll psycho», und ging nach Hause und trank eine Flasche Wein und hörte laut Musik und weinte leise die eine oder andere Träne, auch wenn sie vielleicht ein bisschen theatermäßig herausgedrückt war, weil er einfach weinen wollte, als sichtbarer Beweis für die Tiefe seines Fühlens. Ein schlechtes Gefühl, sagte er sich, ist immerhin ein Gefühl. Das war schon mal was. Egal wie echt die Tränen waren: Salzig schmeckten sie. Ja, sie schmeckten ihm gut. Und wenn sie mal flossen, dann konnte er nicht genug davon bekommen. Aber eben: Das war lange her. Er war drüber hinweg. Hatte schon lange nicht mehr geweint. Denn es gab keinen Grund mehr dazu. Es gab keinen Grund mehr, weil er in der Folge beschlossen hatte, sich einfach nie mehr zu verlieben. Dann wäre alles viel einfacher. Er wollte bloß Spaß haben. Sorglosen Spaß. Und er hatte dieses Mädchen in Berlin, das er nicht wirklich kannte, aber immer ein wenig besser kennenlernte. Dieses Mädchen, mit dem er noch nie gesprochen hatte. Mit dem er nur schriftlich verkehrte, noch. Mit ihr würde er noch viel Spaß haben, da war er sich sicher. Die Zeit, sie würde kommen. Bis dahin war ihr Name wie der Name eines gelobten Landes, einer verheißungsvollen Insel, von der man nicht wusste, ob es sie wirklich gab, tatsächlich, wahrhaftig: Meta.

Moritz zückte sein Handy, wählte eine Nummer. Er legte das Handy auf den Tresen, noch während es die Nummer mit der 0049er-Vorwahl wählte. Ließ es einfach dort liegen, als am anderen Ende jemand abnahm. Er wusste, wer es war.

Die Zeit lief, Sekunde für Sekunde. Die Verbindung stand. Sie war unsichtbar, aber sie war da.

Eine Stunde später – Albert Anker hatte gerade mit seiner erprobten Mischung aus gutem Zureden und sanfter Gewalt die letzten Gäste aus der Bar bugsiert – standen er, Moritz, Wolf und Klumpen vor Ankers Auto. Er öffnete die Beifahrertüre und holte eine kleine Plastiktüte aus dem Handschuhfach, hielt sie triumphierend hoch. Wenn einer Pulver hatte, dann war es Albert Anker. Er hatte Beziehungen, von denen er zwar nicht viel erzählte, außer dass er sich sicher war, dass das Pulver in der kleinen Stadt hergestellt wurde, irgendwo in einem Keller. Das hatte ein gewisses Vertrauen in die Ware zur Folge – auch wenn wohl allen irgendwie klar sein musste, dass die Worte «Vertrauen» und «Drogenhandel» zwei Dinge waren, die sich zueinander verhielten wie Rotkäppchen zum bösen Wolf. «Direkt vom Hof», sagte Alber Anker gerne. Das gehörte zu den Vorzügen der kleinen Stadt, dass die Wirtschaft zu einem großen Teil von der chemischen Industrie bestritten wurde und manche dieser fleißigen Arbeiter dieses kreativen Industriezweiges ihren Geist nicht nur dafür verwendeten, Medikamente gegen Herzinsuffizienz, Flatulenz oder phobischen Schwankschwindel zu entwickeln, sondern auch um für sich und Freunde pfundweise 1-Phenylpropan-2-amin zu synthetisieren.

Sie nahmen eine Nase von der Motorhaube von Albert Ankers Toyota Corolla, der gar nicht sein Toyota war, sondern der Toyota seiner Mutter, den er sich geliehen hatte, ohne dass er sie danach gefragt hätte. Als Hackbrett nahmen sie eine CD-Hülle, ein nackter Mann auf dem Booklet, schmächtig, aber mit Brusthaar, es war Prince, und als Moritz das Pulver in sich hineinzog, fragte er sich, ob Albert wohl Prince hörte oder Alberts Mutter. Er dachte auch, dass es ein furchtbares Cover war, vielleicht das furchtbarste CD-Cover, das er je gesehen hatte, aber sie war praktisch, die CD, jetzt. Und dann stiegen sie ins Auto, und Albert klemmte sich hinter das Lenkrad, und Moritz dachte noch, dass dies nicht die Art zu sterben wäre, die er zu sterben bereit wäre: in einem Auto zu verbrennen, das von einem Drogenkonsumenten gegen einen Baum gefahren wurde, aber er konnte diese sicherlich vernünftigen, ihm aber in jenem Moment eher paranoid vorkommenden Gedanken unterdrücken, als Albert das Autoradio anstellte.

Moritz sah aus dem Fenster des Toyotas in die Dunkelheit und dann und wann ein Licht, und am Ende musste er sich am Türgriff festhalten, es ging arg um die Ecken. Ziemlich wach stiegen sie wieder aus dem Auto, glücklicherweise alle lebendig, sie waren gegen keinen Baum geprallt, der Wagen ging nicht in Flammen auf, keiner verbrannte bei lebendigem Leib eingeklemmt im zerquetschten dünnen Blech des senfgelben Toyotas. Es schien keine Zeit vergangen zu sein, seit sie losgefahren waren, aber sie waren nun weit von der Stadt weg, parkierten an einer Forststraße, sie waren in einem Wald, mitten in einem Wald, es war stockfinster, er sah nichts, nachdem die Scheinwerfer des Toyotas erstarben, aber plötzlich war da ein Licht, das sich schnell bewegte, ein Strahl: Albert hatte eine Taschenlampe.

Moritz wusste nicht, wo sie waren, also fragte er: «Wo sind wir?» «Im Wald», sagte Klumpen. «In welchem Wald?» Aber Klumpen zuckte bloß mit der Schulter, und Wolf folgte schon Albert, der zu wissen schien, wo es hinging, aber plötzlich waren alle verschwunden, wie vom Wald verschluckt, und Moritz sah keinen Lichtstrahl einer Taschenlampe und hörte keinen Laut, und er rief: «He, ihr Idioten, wartet auf mich.» Er ging in die Richtung, in die er vermutete, dass die anderen gegangen waren, dachte, er höre dann schon irgendwann die Musik dieser Party. Er dachte, er sähe dann schon irgendwann Lichter. Bald wäre er bei seinen Freunden und brüllte in die von einem Benzingenerator betriebene Musik hinein. Die Dunkelheit überraschte ihn. Er erkannte nicht mehr die Umrisse der Bäume, noch sah er den Boden unter seinen Füßen. Ging er eben noch forsch voran, so tapste er nun zögerlich und voller Furcht, über Wurzelwerk zu stolpern und hinzuschlagen, sicherlich kopfvoran auf einen spitzen Ast, der ihm mindestens ein Auge ausstechen würde.

Irgendwo musste diese verdammte Party doch sein, so illegal sie auch sein mochte. Er hielt einen Moment inne, horchte, aber er hörte keine Musik, kein Knattern eines Dieselgenerators, keine johlende Stimme, er hörte nichts, nichts außer seinem eigenen Atem und bald wieder seine Turnschuhe auf blattbedecktem Grund, gedämpft. Er ging durch Gehölz, stolperte, schlug hin. Er rappelte sich auf, ging weiter, mit der Hand vor seinem Gesicht das abwehrend, was er nicht sehen konnte. Nichts. Keine Freunde. Kein Licht. Keine Party. Bloß Dunkelheit und Äste, die ihm ins Gesicht peitschten, als er sich durch das knackende Unterholz schleppte. Wilde Tiere bestimmt, die umherschlichen, tollwütige Bestien, vielleicht ein schlafender Jäger auf einem Hochsitz, der hochschrak von seinem Gestolper und eben noch von einem Wildschwein träumend – klick, klick – zwei Schrotladungen in seine Richtung abfeuerte. Verdammte Scheiße, dachte er, von einem Jäger im Wald am Rand der Stadt erschossen zu werden, während man nach einer illegalen Party suchte, das wäre ein verdammt mieser Abgang. Und, das wusste er: Das Schlimmste waren die

Dinge, von denen man nichts wusste. All die Waldgeister und der Bullshit: Elfen, Eschennymphen, lebende Bäume. Er bekam es mit der Angst zu tun. Es kamen ihm Filme in den Sinn. Filme, die er gesehen hatte. Und noch schlimmer: Filme, die er nie gesehen hatte. Es wurde nun merklich kühler. Er fröstelte. Dann wurde ihm kalt. Er fluchte. Er jammerte. Und dann hörte er dumpfe Musik, sah dann Lichter mitten im Wald, die Musik wurde lauter, man konnte auch einen rasselnden Benzingenerator hören, neonfarben leuchteten Laken im dunklen Geäst. Es waren wohl fünfzig Leute, die auf einer Waldlichtung tanzten zu einer Musik, die ihm irrsinnig schnell vorkam, um plötzlich abrupt zu stoppen, sphärische Klänge schoben sich die Tonleiter hoch, dann kam ein wabbernder Synthesizer hinzu, und dann setzte der Beat wieder ein. Ein Feuer brannte, Funken stoben. Ein paar Zelte waren aufgebaut.

Vor einem Zelt wurde Bier verkauft, Moritz holte sich eins, es war warm wie Suppe. Das Mädchen, das ihm das Bier verkauft hatte, lächelte, und als er ihr das Geld gegeben hatte, sah er ihre Augen, die Pupillen groß und dunkel wie die Chitinpanzer der heiligen Pillendreher, Scarabeus sacer, schwarz, aber mit grünlichem Schimmer, und das Mädchen beugte sich zu ihm und fragte, ob er sonst noch was wolle, und er fragte, was es sonst noch so gebe, und das Mädchen lächelte weiter ihr breites Lächeln und sagte, sie habe noch ein paar Es, zwanzig das Stück, worauf er sagte, ja, er nehme eines. Sie griff in eine kleine grünrotgelbschwarz gestreifte Umhängetasche und holte eine Filmdose hervor, nahm die Kappe weg, schüttete sich einen Teil des Inhalts in die Hand, hielt ihm diese hin und bedeutete ihm, eine Pille zu nehmen, was er auch tat. Er schob sie sich in den Mund, schmeckte die bittere Säure der Pille, spülte sie mit dem warmen Bier herunter und gab dem Mädchen den Geldschein, den er aus seiner Hosentasche gezogen hatte. Das Mädchen strich den Geldschein glatt, hielt ihn gegen die Lampe, die vom Zeltgestänge hing, nickte ihm zu und schob das Geld in die kleine Umhängetasche, wo sie auch die Filmdose wieder verstaut hatte. Moritz trank das Bier und sah den Tanzenden zu, die Musik hatte sich in der Zeit, in der er hier war, nicht verändert.

Er versuchte, ob es mit dem Tanzen klappte. Manchmal war das so. Man konnte zu jeder Musik tanzen, wenn man betrunken genug war. Er war mal versehentlich in eine Speedmetaldisko geraten, und anfänglich wollte er gleich wieder gehen, aber nach vier Jägermeistern on the rocks und drei «Freddy Kruegers» mit Sambuca und Wodka entwickelte sich das Tanzen zu Speedmetal zu einer ziemlich kathartischen Angelegenheit. Also hüpfte er nun auf dem Waldboden rum, aber es wollte sich kein gutes Gefühl einstellen. Es fühlte sich beschissen an. Schlagartig wurde ihm schlecht. Und er erbrach sich über die Schuhe der Tanzenden, die es aber nicht zu bemerken schienen. Er torkelte vom niedergetrampelten Waldboden an den Rand der Lichtung und setzte sich auf einen Baumstumpf, dann sah er einen verlassenen Klappstuhl, den er sich schnappte und den er ein paar hundert Meter weit trug, weg vom Trubel, vom Licht, vom Lärm und von den Menschen, ihn auf die Forststraße stellte, sich auf den knarzenden Stuhl setzte und einfach in den Wald blickte, in dem nichts geschah, nichts, nichts, nichts, bis etwas geschah, als das Sonnenlicht durch die Stämme brach. Es kam der Morgen. Er sah den Morgennebel. Im Hintergrund hörte er noch fein den Benzingenerator rumpeln, ab und an ein freudiger Schrei, die Musik unverändert schnell, aber er hörte nun die Vögel, die wach geworden waren, sie kamen ihm verdammt laut vor, als hätte hier jemand eine Vogelstimmen-CD eingelegt und voll aufgedreht. Ein «Ziht» hörte er, ein «Klü-klü-klü-klü-klü-klü-klü», ein «Krrrrääh» und etwas, das wie eine Okarina klang, das «Uuü» eines Kauzes oder einer Eule, zehnmal in kurzer Folge, fast unhörbar beginnend, am Ende kräftig, deutlich, unheimlich. Moritz stellte es die Haare auf den Unterarmen auf. Er bekam eine Gänsehaut. Moritz dachte, noch immer im Echo des Rausches: Wahnsinn, dieser Lärm, den die Vögel veranstalten. Sie müssen verrückt sein.

Klumpen kam über den groben Kies der Straße auf Moritz zu, und Moritz fand, dass Klumpen in seinem dunkelbraunen Carhartt-Hoodie mit übergezogener Kapuze irgendwie aussah wie ein Mönch. Klumpen sagte: «Mensch, ich hab dich überall gesucht, ich dachte schon, irgendein Tier hätte dich gefressen. Ich bin müde, ich möchte nach Hause.» «Okay», sagte Moritz, «wo ist Wolf?» «Der ist schon lange gegangen, mit Dings gefahren, ich weiß nicht mehr, mit wem.» «Und Albert?» «Albert kannst du vergessen, der hat vor einer halben Stunde nochmals einen Zuckerwürfel gespickt.» «Oh Mann. Okay, was schlägst du vor?» «Weiß nicht, wir gehen zu Fuß?» «Zu Fuß bis nach Hause?» «Sicher nicht zu Fuß bis nach Hause, weißt du, wie viele Kilometer das sind?» «Weiß ich nicht. Ich weiß noch nicht einmal, wo wir sind.» «Wir gehen zu Fuß bis runter ins Dorf, und dort nehmen wir am Bahnhof den Zug.» «Es gibt einen Zug hier?» «Irgendwo fährt immer ein Zug.»

Und so gingen sie die Straße hinunter, die sie hinaufgegangen waren, in der Nacht, kamen an Alberts Toyota vorbei, sahen, dass die Räder tief im morastigen Grund versunken waren.

«Der kommt da nie raus», sagte Klumpen.

«Niemals kommt der da raus», sagte Moritz.

«Steckt total im Sumpf.»

«Voll im Dreck.»

Moritz kickte gegen den Pneu, dann kickte auch Klumpen gegen den Reifen. «Klingt wie eine satte Bassdrum», sagte er. In den Staub und den Dreck auf den Scheiben von Alberts Auto schrieb Klumpen mit dem Finger: «Stephen Hawking hat diesen Wagen geputzt.» Als sie weitergingen, sagte er: «Nietzsche hat mal geschrieben, wie ging das noch gleich, ich glaube es ging so in der Art, äh, dass wir Menschen gerne in der Natur seien, weil die Natur nichts über uns denkt. Sie lässt uns in Ruhe mit ihrer Meinung.» Und Moritz sagte: «Nietzsche nahm wohl keine Pillen, sonst wüsste er, dass die Bäume arrogante, auf uns herabblickende Riesen sind.» Sie gingen, bis sie aus dem Wald kamen und das helle Licht des Tages ihre Pupillen schrumpfen ließ. Die Straße war nun geteert, breiter, dann hörten sie Kirchenglocken, sahen das Dorf, bald den Bahnhof, dort studierten sie den Fahrplan und setzten sich auf eine Bank, der nächste Zug würde in fünfundzwanzig Minuten fahren.

Beide schwiegen. Dann sagte Moritz: «Was denkst du gerade?»

Klumpen schob mit den Füßen einen Kieselstein hin und her und sagte: «Nichts. Und du?»

«Ich fragte mich eben, wie die Cartwright-Brüder heißen.»

«Wer?»

«Die Gebrüder Cartwright, aus Bonanza.»

«Ah, die! Muss ich jetzt echt überlegen.»

«Der Vater heißt Ben.»

«Ich mag mich nur an den Dicken erinnern. Hoss.»

«Ja, genau, Hoss. Du bist ein Genie.»

«Na ja, das bezweifle ich, dass man jemand ein Genie

nennen kann, bloß weil ihm der Name von Hoss Cartwright einfällt.»

«Er hatte zwei Brüder.»

Moritz tat so, als wolle er noch etwas sagen, aber es kam nur ein Krächzen aus seinem Mund.

«Ich weiß nur noch, wie der Koch heißt.»

«Welcher Koch?»

«Die Cartwrights haben einen chinesischen Koch.»

«Echt? Mag ich mich gar nicht mehr dran erinnern.»

«Er heißt Hop Sing.»

Klumpen kickte den Kieselstein weg und sagte: «Wie heißt die Hauptstadt von Brasilien?»

«Brasilia. Das ist ja total einfach.»

«Rumänien?»

«Bukarest.»

«Gut. Uruguay?»

«Montevideo.»

«Zypern?»

Klumpen überlegte. Er kramte in der Tasche seiner Hose, holte eine zerknüllte Packung Zigaretten hervor, aus der er tatsächlich eine zog, die noch ganz war, triumphierend hielt er sie hoch, sagte: «Es gibt noch Wunder!», und steckte sie an. «Scheiße. Zypern. So einfach.» «Sag es.» «Fuck. Warte, ich hab's gleich.» Er fing an, schnell mit den Füßen zu trampeln wie Rumpelstilzchen. «Ahhhhh. Ich hab's gleich, ich hab's gleich. Zypern, Zypern, die Hauptstadt von Zypern ist ...»

«... komm ... das musst du wissen, das ist einfach, denk an ...»

«... nein, nicht helfen, nicht helfen, ich weiß es, die Hauptstadt von Zypern ist, ist, ist Valetta.»

Moritz schüttelte den Kopf, schürzte die Lippen und schaute mitleidig drein. Klumpen verlor das Interesse am

Spiel und schnippte die halbgerauchte Zigarette auf die Gleise. Zwei Rennradfahrer in Vollmontur gingen vorbei, ihre Räder schiebend, die harten Schuhsohlen klackten über den Boden.

Die Radfahrer nickten, einer der beiden sagte etwas zu laut «Guten Morgen», es klang in Moritz' Ohren eher wie eine Drohung denn wie eine freundliche Begrüßung. Moritz und Klumpen nickten zurück. Die Sportler setzten sich auf eine Bank in der Nähe.

«Voll pervers», flüsterte Klumpen, «warum zwängen sich Männer in so enge Kleider? Hast du die Hose gesehen von dem einen? Ich glaub, der hat seinen Proviant da vorne in der Hose. Ich meine, das sieht einfach grässlich aus. Das ist totale Selbstentwürdigung. Gibt es das Wort überhaupt?»

«Welches Wort?»

«Na eben: Selbstentwürdigung. Du bist doch der Fachmann.»

«Klingt dudenkonform. Ist bewilligt.»

«Und dann noch die ganzen Sponsorenaufdrucke auf den engen Trikots, als wären es Profis. Schau dir die Typen mal an. Volle Loser. Total dick. Rennsportteam Wurst. Rennsportteam Wanst & Co., Rennsportteam Vollfett. Und überhaupt: Rennradfahrer, die den Zug nehmen. Was soll das denn?»

«Na ja, vielleicht fahren sie mit dem Zug in die Berge und dort dann auf einen hohen Pass.»

«Ohne Pass kein Spaß.»

«Aber ich gebe dir recht: Es sieht voll selbstentwürdigend aus. Solltest du mich je so sehen in einer solchen Montur, dann erschieß mich bitte.»

«Mach ich.»

«Versprochen?»

«Versprochen.»

Klumpen hielt ihm die Hand hin, und Moritz nahm sie und schüttelte sie förmlich. «Das Versprechen und sein Kind», sagte Klumpen.

Als Moritz zu Hause ankam, war er froh, niemandem im Treppenhaus zu begegnen, schnell schloss er seine Wohnung auf. Er ging direkt ins Schlafzimmer und ließ die Rollläden runter. Zeit, schlafen zu gehen. Als er sich hinlegte, da hörte er ein Rauschen im Ohr, das einmal Musik gewesen war. Es klang ganz so, als wäre in ihm drin ein Modem, das sich gerade ins Netz einzuwählen versuchte. Dann merkte er, dass er noch immer seine Kleider trug. «Ich muss noch meine Kleider ausziehen», dachte er, aber dann war er schon eingeschlafen.

Kapitel 11

Meta saß im Atelier und blätterte in der Vogue, auf der Suche nach einem Bild, einer Idee, einer Inspiration für eine Zeichnung, die sie im Sinn hatte: die Zeichnung einer Frau mit Haaren am ganzen Körper. Die Frau sollte aussehen wie ein Tier aus der Eiszeit, als die Haare am Körper nötig für das Überleben waren, nicht bloß gestylte Frisuren auf dem Kopf.

Sie hatte etwas Mühe, die Arbeit wieder in Gang zu bekommen. Seit Idas Besuch hatte sie kaum mehr etwas zu Papier gebracht, und auch ihr Notizbuch – ihr wichtigstes Arbeitsinstrument überhaupt – trug sie zwar immer mit sich rum, aufgeschlagen aber hatte sie es in den letzten Tagen kaum einmal. Meta wusste, dass die Faulheit für eine Künstlerin ein wichtiges Instrument war, denn die Faulheit, das Nichtstun, das Herumhocken, es war die Zeit, in der alles entstand. Ida hatte ihr einmal erzählt, warum sie es nicht mehr ausgehalten habe, Kunst zu machen, weshalb sie den Pinsel gegen den Kochlöffel getauscht hatte. Ida malte Bilder, die sie perfekt malen wollte. Fotorealistisch. Sie malte und malte, immer gab es etwas zu verbessern, und nach einem halben Jahr war das Bild immer noch nicht fertig, immer noch nicht so, wie sie es sich vorgestellt hatte. Aber Ida kam mit dem Bild nicht deshalb zu keinem

Ende, weil es ihr nicht passte, sondern weil sie Angst davor hatte, dass das Bild zu Ende gemalt wäre. Denn: Was käme danach? Ida sagte ihr: «Deshalb ist der Beruf der Künstlerin ein so schwieriger: Man muss das weiße Blatt aushalten, die leere Leinwand, die schreckliche Flaute, bis wieder Wind aufkommt und die Segel bläht. Walter Benjamin hat mal gesagt, wenn der Schlaf so was wie das Maximum der körperlichen Entspannung sei, so sei die Langeweile das Maximum der geistigen Entspannung. Er sagte, die Langeweile sei der Traumvogel, der das Ei der Erfahrung ausbrütet. Nicht schlecht, oder? Das Ei der Erfahrung! Nun ja, ich hab diese Schwangerschaften einfach nicht mehr ertragen. Das Kochen ist eine ganz und gar befriedigende Arbeit: Du legst los, die hackst und schneidest, schnetzelst und schälst, schmeißt das Zeugs in die Pfanne, den Bräter, den Ofen, ja, und dann riecht es bald gut, und bald schöpfst du, richtest an, bald dampft es von den Tellern, Menschen mit glücklichen Gesichtern sehen dich an und machen dir Komplimente. Und dann ist die Sache gegessen.»

Meta war ziemlich gut darin, die Langeweile auszuhalten, nie verlor sie die dafür nötige Zuversicht, den Mut, die Nervenstärke. Ein Tag lang keine Idee? Kein Problem. Eine Woche lang keine Idee? Kein Grund zur Beunruhigung. Ein Monat lang keine Idee? Ach, easy. Denn sie wusste: Sie brauchte bloß wachsam zu sein, geduldig wie eine Jägerin, irgendwann würde sich schon eine Idee zeigen, die sie dann erlegen konnte.

Zurzeit war sie also mit Haaren beschäftigt. Nun ja, eigentlich war sie schon ziemlich lange mit Haaren beschäftigt, eigentlich schon seit der Pubertät, als sie merkte, wie exponiert ein Mensch plötzlich sein konnte, damals, als die Pickel sprossen wie Schneeglöckchen im Februar, plötzlich

Haare wuchsen an Stellen, wo vorher keine Haare gewesen waren, die Brüste den Pulli wölbten und sie Launen an den Tag legte, die sie türeschletzend im Zimmer verschwinden ließ. Sie merkte, wie toll Haare sein konnten, um sich, sein sich veränderndes Gemüt und sein pickliches Gesicht vor der Außenwelt zu verstecken. Sie konnte sich noch gut daran erinnern, wie sie eine Weile mit einer aus einer Zeitschrift herausgerissenen Abbildung in der Gesäßtasche ihrer Jeans herumging, mit ihren Freundinnen auf dem Pausenhof diskutierte, bis sie den Mut fasste, zum Coiffeur zu gehen damit, ihm das Bild zu zeigen und zu sagen: «Die Frisur hätte ich gerne!» Auf dem Bild war ein fröhliches Mädchen mit einem wilden Wuschelkopf zu sehen. Der Coiffeur – wohl nicht vertraut mit den neusten Techniken der angesagtesten Frisurentrends – verpasste Meta jedoch einen Minipli, eine Dauerwelle mit kleinsten Locken, die sich auf ihrem Kopf türmten, sie sah aus wie ein frisch frisierter Pudel. Meta wusste schon im Frisiersalon, dass etwas schieflief, glaubte aber, der Coiffeur verstünde sein Handwerk, es käme schon gut, doch, doch, aber je länger sie dasaß, desto mehr schwand die Zuversicht und je flauer wurde ihr im Bauch. Auf dem Heimweg schon liefen ihr die Tränen über die Backen. Ihre Mutter tröstete sie lange. Es sei doch gar nicht so schlimm, sagte ihre Mutter, die es aber unterließ, Meta über die frisch frisierten Haare zu streicheln: Sie hätte sich mit ihren Fingern sicherlich in den feinen Locken verfangen. Die tröstenden Worte ihrer Mutter blieben wirkungslos, und später stand Meta mit roten Augen und noch immer schluchzend oben vor ihrem Zimmer und hörte ihre Mutter unten im Flur mit dem Coiffeur telefonieren. Sie sagte ihm alle Schande: Einem Mädchen solch einen Schnitt zu verpassen, er solle sich was schämen und den Beruf wechseln, einen Hundesalon eröffnen. Lange dauerte es, bis die Dauerwelle wieder herausgewachsen war. Meta rächte sich, indem sie mit verstellter Stimme wiederholt beim Coiffeur anrief und Termine vereinbarte für Dauerwellen, Termine, an denen der Stuhl bei diesem Idioten leer bleiben würde. Seltsam, dachte sie, wie einfach es war für ein junges Mädchen, am Telefon wie eine alte Frau zu klingen.

Meta also hatte kein Problem damit, nicht produktiv zu sein. Ihr Professor an der Kunstschule war auch nie müde geworden, ihr den Ratschlag zu erteilen, nicht einfach alles zu tun, bloß weil man es tun konnte. Er meinte (aus eigener Erfahrung, wie er betonte), dass für einen Künstler vor allem die Arbeiten wichtig seien, die er nicht realisiert habe, die Arbeiten, die er hat vermeiden, denen er hat widerstehen können. Etwa weil sie zu naheliegend gewesen wären, zu einfach oder zu … ja: schlecht schlussendlich. Er hatte gesagt: «Etwas richtig tun zu können, das heißt, vieles zuvor nicht falsch getan zu haben.»

Meta vermied es, an diesem Tag etwas falsch zu tun. Meta ging spazieren. Sie nahm ihre hellblaue Nylonjacke vom Haken, schloss das Atelier hinter sich ab, winkte der Concierge, die wie immer übel gelaunt in ihrem Büro beim Eingang saß und das späte Kommen und das frühe Gehen wortlos und kopfschüttelnd kommentierte, um dann weiter in der Blitz-Illu zu blättern. Als Meta aus dem Haus trat, dachte sie: Wenn sie nun immer in die eine Richtung gehen würde. Immerzu. Wie lange würde es dauern, bis sie einmal um die Erde gegangen wäre? Wann wäre sie wieder daheim? Meta trat in die Klosterstraße und ließ den Palais Podewil hinter sich, der so hieß wegen eines Grafen namens Podewil, eine Kulturpolitikerin hatte ihr das mal alles ganz genau erklärt, bei einem Empfang, und sie hatte zugehört und gelächelt und alles sofort wieder vergessen, außer dass es ein Graf gewesen war. Sie überquerte die Stralauer Straße, musste die Straßenseite wechseln, weil ein LKW auf dem Gehweg stand, ein großer weißer LKW der Spedition «Haberling – Umzug Inland Ausland Übersee». Sie las «Umzug im Dialog» und musste wegen des seltsamen Slogans lächeln. Sie hätte keinen solchen Zügelwagen gebraucht, als sie nach Berlin kam, sie hatte nur einen Koffer mitgenommen, kein einziges Möbel, nichts, was schwerer war als ihr Laptop. Bald war sie am Rolandufer, ging die Spree entlang. Sie fragte sich, ob all diese Schilder nötig waren: «Gehwegschaden», «Straßenschaden», waren ja eh alle total kaputt, diese Straßen, man würde gescheiter Schilder aufstellen, die auf nicht kaputte Abschnitte hinwiesen: «Achtung! Hier folgen fünf Meter intakter Gehweg!» Kurz vor der Jannowitzbrücke setzte sie sich auf eine Bank und steckte sich eine NIL an. Aber die Zigarette war viel zu stark, jetzt, am helllichten Tag, auf nüchternen Magen, also ließ sie sie zwischen ihre Füße fallen und trat sie aus. Sie nahm ihr Handy aus der Tasche, schaute nach, ob eine SMS reingekommen war, aber da war keine. Sie schrieb Moritz: «Danke für die kleine Nachtmusik». Letzte Nacht, als sie schon eingeschlafen war, da klingelte ihr Handy. Sie brauchte einen Moment, bis sie es in der Dunkelheit tastend neben dem Bett fand, das Display leuchtete unglaublich hell. Sie kannte die Nummer, schnell nahm sie den Anruf an. Sie hörte nur Musik. Laute Musik und Lärm. Meta kroch mit dem Handy unter die Bettdecke und hörte der Musik zu. Ihr Herz pochte. Er war wohl an einer Party und ließ sie ein bisschen mithören. Georg wurde wach, er stützte sich auf und sagte: «Was ist los?» «Nichts», sagte sie, drückte den Anruf weg und kam unter der Decke hervor, «hat sich jemand wohl verwählt.» «Verwählt? Was? Mitten in der Nacht.» «Vielleicht jemand aus Australien. Vielleicht ein Känguru auf dem Weg zur Arbeit.» Georg sagte bloß: «Hm», dann war er wieder eingeschlafen. Meta lag noch lange wach.

Daran dachte Meta, steckte ihr Handy wieder in die Tasche und blickte auf das Wasser. Ein Schiff schob sich vorbei, leise sagte sie den Namen, den sie auf der Seite des Schiffes las: «Spree Lady». Auf dem oberen Deck saßen Touristen in der Sonne, viele waren es nicht, und einer sah sie und winkte träge. Sie erhob sich von der Bank, streckte sich, führte ihre rechte Hand zur Stirn, stand stramm und grüßte militärisch, die Backen aufgeblasen, fing sie an zu trompeten. Schade, dachte sie, war er nicht hier. Sie hätte gerne sein Gesicht gesehen. Der Tourist auf dem Boot senkte schnell den Arm. Es blubberte am Heck. Als ob das Boot furzt, dachte sie. Eine Fahne hing am Hintern der «Spree Lady», schwarz und rot und gold und schlaff.

Kapitel 12

Es war bereits wieder dunkel, als Moritz in der alten Wurstfabrik ankam, um dort darüber nachzudenken, ob eine Arbeit zu erledigen war, ob er einen Artikel abliefern musste. Klumpen saß auf dem alten Ledersofa und spielte Mario Kart. Moritz ließ sich neben ihn auf das Sofa plumpsen, er nahm einen Schluck aus Klumpens Bierdose, die auf dem Boden stand. «Wie läuft das Rennen?», wollte Moritz wissen. «Ich gewinne», sagte Klumpen, «wie immer. Musst du noch arbeiten?» «Keine Ahnung. Muss ich mir erst überlegen. Und du?» «Ich mach heut gar nichts mehr. Mal abgesehen von Mario Kart natürlich.» Eine Weile schwiegen sie, blickten in den Fernseher, sahen Yoshi auf den von Mario gestreuten Bananen sich im Kreise drehen, Klumpen fluchte. Sie sprachen von dem gestrigen Abend, der Nacht, dem Morgen und wie zerstört sie noch waren. Sie spielten, und irgendwann sagte Moritz: «Erinnerst du dich noch an diesen Maler, ich weiß nicht mehr, wie er heißt, diesen affigen Typen, der auch mal bei uns in der alten Wurstfabrik einziehen wollte.»

«Ratzenberger?»

«Hieß er so?»

«Weiß nicht mehr, kam mir nur eben in den Sinn. Was ist mit ihm?»

«Ich war ja mal bei ihm im Atelier. Shit. Er malt abstrakte

Bilder, in Öl, mit Spachteln schmiert er dann die Bilder zu Flächen und gibt den Arbeiten dann hochtrabende Titel.»

«Wie denn?»

«Was?»

«Die Titel! Wie hießen die Titel?»

«Oh, das weiß ich doch nicht mehr. Aber ich weiß noch, wie er in seinem Atelier stand und mir seine Arbeiten zeigte, er hatte echt noch eine Staffelei und so eine Palette, die man hält, indem man den Daumen durch so ein Loch steckt, er gab voll den Künstler durch, er machte voll einen auf, ich weiß nicht, Picasso oder so.»

«Er malte wie Picasso?»

«Nein, ich meine, er malte total schlecht, aber er machte einen auf Maler, vom Style her. Und die Titel, es waren immer französische Titel, das weiß ich noch, weil er sagte, dass heute alle englische Titel für die Arbeiten nähmen, er mache das anders, englisch sei ihm zu Mainstream, und dann stand ich vor so einem Bild, und er hatte gelbe Farbe mit dem Spachtel in rote Farbe gestrichen, dann noch etwas Blattgold drauf, meine Güte, es sah genau so aus, wie wenn man sich abstrakte Kunst vorstellen würde, würde man sich abstrakte Kunst vorstellen, und dann sagte er den Titel des Werkes, ich weiß nicht mehr, ‹La nuit et le rêve de Madame Camembert› oder so was Gespreiztes. Aber seinetwegen hatte ich eine seltsame Affäre. Oder nein, es war keine Affäre, es war ja ein einmaliges Vergnügen. Ich hatte einen One-Night-Stand, der aber kein One-Night-Stand war, denn es war Tag.»

«Ein One-Day-Stand!»

«Genau. Es war ein One-Afternoon-Stand. Ich hab den Malermeister da beim Italiener getroffen, wo wir auch schon waren, gleich hinter dem Bahnhof.»

«Ah, wo der Chef nach dem Essen immer mit der Schnapsflasche auf dem Stuhl steht, um einzuschenken?» «Ja, genau. Picasso winkte mich zu sich an den Tisch, zwei Frauen saßen bei ihm, die eine war seine Freundin, die andere eine Freundin der Freundin. Ich fand, sie sah gut aus. Als sie zur Toilette ging, wartete ich einen Moment, dann sagte ich, ich müsse am Automaten Zigaretten holen. Der Automat stand natürlich beim Eingang zu den Toiletten, und als sie aus der Toilette kam, da steckte ich ihr einen Zettel zu mit meiner Adresse, und ich sagte ihr, dass ich gerne mit ihr schlafen würde. Du musst dir vorstellen, da gab es noch keine Handys. Also Handys gab es schon, aber niemand hatte eines, und sie waren noch groß wie Reisekoffer.»

«Ich erinnere mich.»

«Ich schrieb ihr also meine Adresse auf ein Stück Papier. Zwei Tage später erhielt ich eine Postkarte. Auf der Postkarte stand ihre Adresse und ich solle dann und dann vorbeikommen. An besagtem Tag um besagte Zeit klingelte ich frisch geduscht an ihrer Tür. Ich wusste, dass sie verheiratet war. Ihr Mann aber war mit Freunden segeln. Das ganze Wochenende über. Ich küsste sie sofort, aber sie machte sich los und ging in die Küche, holte eine Flasche Champagner oder Prosecco, ich weiß nicht mehr, aber ich mag mich an die Gläser erinnern, es waren blaue Kelche, ich dachte erst, sie komme da mit Blumenvasen, dabei hatte ich gar keine Blumen mitgebracht.»

«Was hast du ihr mitgebracht?»

«Nichts, nur mich selbst. Sie sagte dann, so ein Gläschen Sekt zum Lockerwerden, das sei doch eine tolle Idee. Also tranken wir, dann knutschten wir, und wir zogen uns aus, und dann trieben wir es im Ehebett, und ich hatte total Schiss, dass irgendwo weit weg kein Wind aufgekommen war, dass das Segelboot leck war, dass ihr Mann seinen Urlaub mit den Kumpels abbrechen musste, weil ihm schlecht war, eine Magenverstimmung, was weiß ich, dass er früher heimkäme, zur Tür herein, einfach so, man kennt das ja aus dem Fernsehen, aus dem Kino, und dann würde der Typ mich aus dem Fenster schmeißen. Wir waren sicher im vierten Stock oder so. Ich wäre tot. Hm. Aber es kam kein gehörnter Ehemann ins Zimmer. Ja, und dann fing ein Kind an zu schreien. Ich dachte: Wow, die haben aber dünne Wände hier. Dann stand sie auf.»

«Wie hieß sie?»

«Keine Ahnung. Sie stand also auf und sagte irgendwas, sie müsse mal kurz schauen, zog den Bademantel über, ging aus dem Zimmer, und ich folge ihr, das Kindergeschrei wurde immer lauter, sie öffnete eine Türe zu einem Zimmer, und in dem Zimmer stand ein Babybett, und in dem Babybett lag ein schreiendes Kind. Es schrie wie am Spieß. Wahnsinn, wie laut Babys schreien können. Sie sagte dann, sie müsse dem Kleinen mal das Fläschchen geben, ich solle im Schlafzimmer warten. Ich hatte echt einen Schock. Darauf war ich nicht vorbereitet, davon wusste ich nichts, dass sie ein Baby hat. Also ging ich zurück ins Schlafzimmer und blätterte in einer Ausgabe von ‹auto, motor und sport›, die auf dem Nachttisch lag, trank den Prosecco leer, und nach einer Weile kam sie zurück ins Schlafzimmer, zog den Bademantel wieder aus, sagte: ‹So, jetzt kümmere ich mich wieder um dich.› Ich kann dir sagen, das war sehr, sehr seltsam.»

«Wie lange ist das her?»

«Lange.»

«Und hast du sie je wiedergesehen?»

«Nie mehr.»

«Krass. Hab ich dir mal die Geschichte erzählt, wie ich Railwayferien gemacht hab?»

Moritz schüttelte leicht den Kopf.

«Ich weiß gar nicht, ob es das noch gibt: Railway. Wir fuhren kreuz und quer durch Europa, mit Harry hab ich das gemacht, der ist dann irgendwann nach Barcelona, arbeitet für eine Bank, ziemlich heftig unterwegs, Koks und so, nun ja, wir fuhren in Europa rum, und in Paris nahmen wir den Zug nach Avignon, weil wir nach Nizza wollten.»

«Okay.»

«Und wir in einem Sechserabteil mit zwei Norwegerinnen. Wir tranken Bier, französisches Bier, Heineken?»

«Heineken ist kein französisches Bier, das ist aus Holland. Kronenbourg ist französisch.»

«Egal. Wir alle ein bisschen blau. Und die Mädchen waren nicht wirklich schön, noch nicht mal hübsch, aber wir waren damals jung und nicht wählerisch. Und sie haben auch kräftig mitgetrunken. Sie waren lustig.»

«Bist du heute wählerisch?»

«Nein, aber damals noch weniger. Jetzt bin ich wählerischer. Kann man das sagen?»

«Wählerischer?»

«Ja.»

«Man kann alles sagen, was man sagen kann.»

«Wählerischer. Gut. Die eine war ein bisschen weniger hässlich als die andere und irgendwie sympathisch, und sie lachte über alle doofen Witze, und irgendwann gingen wir vors Abteil, um auf dem Gang zu rauchen, und sie sah mich so an und sagte dann: ‹Ride me.› Mich durchschießt es heiß. Verdammt, denke ich, so direkt sind die Norwegerinnen. Meine wildesten Phantasien wurden wirklich Wirklichkeit. ‹Ride me.› Ich dachte noch: Wo? Auf der Zugtoilette? Und ich sehe sie so an und fasse ihr an den Busen, und sie haut mir eine runter.»

«Und was war, äh, das Problem?»

«Na ja, sie hat nicht ‹Ride me› gesagt, sondern ‹Write me›. Ich hab natürlich verstanden, was ich verstehen wollte. Sie wollte eine beschissene Brieffreundschaft.»

«Und hast du ihr dann mal geschrieben?»

«Nein, natürlich nicht. Vor allem war der Rest der Zugfahrt irgendwie peinlich.»

«Ja, das kann ich verstehen.»

«Das Verstehen und sein Kind.»

Moritz holte zwei Dosen Bier aus dem Kühlschrank. «Danke», sagte Klumpen, «noch ein Rennen?» «Wie lange spielen wir eigentlich schon Mario Kart?» «Seit du gekommen bist.» «Nein, ich meine: Wie viele Jahre spielen wir es schon?» «Keine Ahnung. Lange schon. Mag mich nicht mehr erinnern. Tausend Jahre könnten es schon sein.» «Wir haben unsere Pubertät ausgedehnt, bis jetzt, und so langsam finde ich, dass sie zu Ende gehen sollte.» «Und was soll danach kommen?», fragte Klumpen, nahm noch einen Schluck Bier und rülpste. Moritz sagte: «Ich will nicht noch mit 50 in der Hafenbar hocken, am selben Platz, denselben Schrott erzählen und den Mädchen nachgaffen. Schau dir Rainer Zufall an: Sieht so unsere Zukunft aus?» «Und was wäre die Alternative?» «Ich weiß nicht.» «Willst du so voll den Biederkeitstraum verwirklichen? Frau heiraten? Familie gründen? Kinder machen? Sonntags in den Zoo? Wandern in den Bergen? Mal einen Segelausflug mit Kumpels an der Ostsee machen und Frau und Kind allein zu Hause lassen, damit ein dahergelaufener Idiot sich um sie kümmert, weil sie sich langweilt? Ein Häuschen bauen? Katze oder Hund zulegen oder beides?» «Wenn, dann nur den Hund, keine Katze. Katzen sind dumm. Und niemals wandern in den Bergen.» «Ganz schön große Fragen, die wir hier wälzen.» «Ganz schön große Dinger, absolut.» Klumpen wedelte mit dem Nintendo-Controller vor Moritz' Gesicht. «Lass uns lieber ein bisschen Mario Kart spielen. Kleines Rennen gefällig? ‹Special Cup›?»

Kapitel 13

Vor ihrem Haus, gleich an der Ecke, dort stand ein Baum, sie hatte keine Ahnung, was für ein Baum das war, und es war ihr auch egal. Es war eben ein Baum. Im Baum hing ein Ballon, noch immer. Sie entdeckte ihn vor zwei Wochen wohl. Es war ein ganz gewöhnlicher Ballon, nicht groß, nicht klein und nicht ganz rund. Er war rot wie Erdbeerlollipop mit einer weißen Schnur daran, fein hing sie herunter. Als sie ihn das erste Mal bemerkte, da dachte sie, er habe etwas von einem verängstigten Wesen, der Ballon, der immer stumm sein muss, außer wenn er platzt. Sie sah ihn jedes Mal, wenn sie aus dem Haus ging. Irgendwann fing sie an, ihn zu begrüßen. «Hallo, mein lieber Ballon!»

Doch nach und nach ging er ein, wurde kleiner, schrumpeliger, als würde er altern. Das Helium entwich, langsam, langsam. Er schaukelte nicht mehr lustig im Wind, wie er es anfangs getan hatte, wenn denn ein Wind blies, sondern hing bald schlaff runter, das Rot mehr und mehr abgeschossen. «Der arme Ballon», dachte sie, «ein paar Wochen, und er ist schon tot, ohne dorthin geflogen zu sein, wohin er hatte fliegen wollen, an einen Ort, den er nicht kannte, den niemand kannte, nur der Zufall.» Und dann dachte sie: «Oh Mann, ich bin ja irgendwie recht weichgekocht, dass ein schlaffer Ballon im Baum mich fast zu Tränen rührt.» Und sie dachte nicht daran, die Feuerwehr zu rufen, um endlich diesen Ballon zu retten oder selbst auf den Baum zu klettern, sondern sie ging einfach weiter. Niemals mehr sollte sie fortan den Ballon bemerken, und als sie wieder einmal hochblickte in den Baum, war nichts mehr von ihm zu sehen.

Seit sie Paul schlafend in den Bergen zurückgelassen hatte, abgereist war, ohne ihm etwas zu sagen, nur den Zettel mit der launigen Botschaft auf dem Küchentisch, hatten sie sich selten gesehen. Es ging drei Wochen, bis Paul sich überhaupt wieder gemeldet hatte. Jetzt surrte ihr Silberfisch. Sie hatte Pauls Nummer unter «Treuhandbüro Muster» abgespeichert.

«Heute Abend schon was vor?» «Heute Abend geht nicht, ich geh mit Georg ins Kino.» Das war natürlich gelogen, denn Georg arbeitete heute wieder etwas länger. Sie hatte überhaupt nichts vor, aber sie wollte es Paul nicht zu einfach machen. Paul sagte: «Gut, sag du, wann es dir geht. Ich koch was.» Sie dachte nach, sagte: «Okay, morgen.» «Gut, morgen. Um sechs?»

Am nächsten Tag war sie zu früh aus dem Haus gegangen, und weil sie nicht vor sechs bei Paul ankommen wollte, weil sie dachte, das mache einen seltsamen Eindruck, so als könne sie es gar nicht erwarten, ihn zu sehen, ging sie langsam den Weg, schlenderte. Sie machte kleine Umwege. Ging bei den Hackeschen Höfen vorbei, um zu sehen, was im Kino so lief, schaute in ein Dutzend Schaufenster, um halb sieben klingelte sie bei Paul.

Paul kochte meist dasselbe. Einen Eintopf: Gemüse mit Pouletfleisch. Dazu Pasta. Sein Herd stand in der Küche, als wäre er nur ausgeliehen. Paul küsste sie, und sie küsste Paul, er drückte sie sanft gegen den Küchenschrank, die Gläser darin erzitterten, klirrten, als würden sie leise applaudieren. Sie mochte Pauls forsche Art, die irgendwie grob war und so ganz anders als Georgs, sie mochte sie aber nicht immer, jetzt war sie noch unentschieden. «Ich konnte noch nicht einkaufen», sagte er dann. «Kein Problem», sagte sie, löste sich von ihm los und ging die Treppe runter, die sie eben hochgekommen war. An der Ecke trat sie in den Bioladen, der nicht aussah wie ein Ladengeschäft, sondern eher wie eine Parterrewohnung einer Freak-WG: Die Auslage war sehr desperat, wie in einem russischen Supermarkt, als der Eiserne Vorhang noch zugezogen war, von jedem Ding gab es nur ein Stück, mal abgesehen von einem Stapel Sardinenbüchsen und ungewaschenen Karotten, die so schrumpelig aussahen, dass sie wohl nicht mal der härteste Biofreak noch kaufen wollte. Sie griff den letzten Fenchel und eine Büchse Tomaten, auf das Huhn verzichtete sie, das einsam in einer kleinen Kühlvitrine lag, die vor sich hin summte. Milch. Wein. Pasta. Mineralwasser. Nach dem Einkauf rauchte sie vor dem Laden noch eine Zigarette, um den Bioladenmief zu vergessen. Sie zog das Handy aus der Tasche, aber es war keine Nachricht eingegangen. Sie wollte Moritz eine senden, aber sie ließ es bleiben, sie zügelte sich, steckte das Handy wieder in die Tasche, bloß um es eine Sekunde später wieder hervorzuziehen und Moritz einen einzigen Buchstaben zu senden: «K».

Paul wohnte im vierten Stock, natürlich gab es keinen Lift, und sie dachte, vielleicht sollte sie doch auf eine andere Zigarettenmarke umsteigen, die NIL waren vielleicht doch zu stark. Im zweiten Stock musste sie kurz innehalten und durchatmen. NIL rauchte sie bloß der Packung wegen. Sie mochte die schlichte weiße Schrift auf dem blauen Grund. Sie hatte sich schon überlegt, leichtere Zigaretten zu kaufen und in das leergerauchte NIL-Päckchen umzufüllen, ließ es aber dann doch bleiben. Als Paul sie mal fragte, ob sie eigentlich gerne rauche, sagte sie: «Ich rauche nur, damit meine Hände was zu tun haben. Ich weiß sonst nicht, wohin mit ihnen. Ich kann ja nicht ständig in der Nase bohren.» Und er sagte: «Du solltest lieber trinken, das ist gesünder. Übrigens coole Turnschuhe, die du anhast. Hab ich noch nie gesehen.» «Neu», sagte sie unbestimmt, und sie wusste, dass es bloß drei Buchstaben waren und dass diese drei Buchstaben viel bedeuten konnten.

Sie kochten, sie aßen, und als die Teller noch halb voll auf dem Tisch standen – denn der Eintopf war nicht wirklich gelungen, Paul hatte ihn versalzen –, da sprach Paul über Kunst. Er sagte gerade: «Wenn ein Gegenstand in der Welt der bildenden Kunst und also in Nachbarschaft von Wörtern wie idiosynkratrisch oder Kontext in gehäuftem Maße erscheint, dann muss diesem Gegenstand eine ausgeweitete Bedeutung zugeschrieben werden. Der Gegenstand besitzt dann ein Gewicht, welches weit über sein rein physisches hinausreicht. Die Kunstgeschichte hat schon viele solcher Gegenstände gesehen. Die Schale mit Obst. Die Pfeife. Den Hirschen.» Meta sagte nichts, öffnete das Tiefkühlfach, fand einen Kübel Schokoeis, holte sich einen Löffel und setzte sich wieder an den Tisch. Paul sagte: «In letzter Zeit ist die Diskokugel ein häufig gesehenes Objekt. Armleder hat sie benutzt, Altenburger und viele andere haben die Diskokugel in ihrer Arbeit eingesetzt. Das Zitat ist ironisch, aber auch kritisch. Eine Diskokugel riecht immer nach Kitsch, Glamour, Dekadenz – bleibt jedoch als solche Anspielung immer klar lesbar brüchig. Wo Licht ist, da ist auch Schatten. Zudem besitzt der Spiegel als Objekt eine große mystische Kraft, horizontal bedeutet er Eitelkeit, vertikal: Kokaingenuss. Und kann geschichtlich gesehen als Zeichen für den Übergang in eine hedonistische Phase betrachtet werden.» Meta dachte: «Er redet, aber nicht mit mir. Er ist wie ein Radio.» Sie sagte: «Eine Diskokugel ist eine Diskokugel ist eine Diskokugel. Wir könnten übrigens wieder mal Tanzen gehen, anstatt zu quatschen. Ich würde gerne eine Diskokugel in Aktion sehen. Eine echte, sich drehende Diskokugel.» Paul sagte: «Die Diskokugel ist wie der Mond: Sie reflektiert das Licht lediglich, das Licht, das auf sie geworfen wird. Die Diskokugel selbst, sie existiert gar nicht.» Meta sagte: «Lass uns tanzen gehen. Oder in den Roten Salon. Dort spielt heut der Sänger von Giant Sand.» Paul aber wollte lieber noch über Kunst reden, bis Meta sagte: «Gut, dann gehen wir wenigstens zusammen ins Bett.»

Als Paul eingeschlafen war und postkoital mondbeschienen mit einem zufriedenen Grinsen halb unter dem Duvet auf der Seite lag, da betrachtete Meta ihn. Er warf einen Schatten an die Wand, sie fand, der Schatten sah aus wie ein Gebirgskamm. Sie dachte: Seltsam, wo sie doch die Berge nicht mochte, warum kommen ihr dann Berge in den Sinn, wenn sie Paul ansah? Paul wollte immer, dass sie über Nacht blieb und mit ihm am nächsten Morgen frühstückte, egal um welche Zeit. Er war sehr stolz auf die Berliner Rund-um-die-Uhr-Frühstückskultur, und im Café Schwarze Pumpe türmte er auf seinem Teller Melone und Weichkäse und Rührei und Schinkenspeck und Brötchen mit Flocken drauf plus Weißbrot plus Schwarzbrot plus natürlich noch Nutella. Sie aß zum Frühstück nur Honigbrote. Aber der Honig im Café Schwarze Pumpe schmeckte ihr nicht, außerdem kam er in kleinen Portionsschalen mit Aludeckel, den man abziehen musste, was für einen frühen Morgen (denn jeder Morgen war früh, egal wie spät er war) eine taktil viel zu schwierige Sache war. Der Gebirgskamm hob und senkte sich, hob und senkte sich, und er schnarchte. Ohne ein Geräusch zu machen, suchte Meta ihre Kleider zusammen, schlüpfte hinein, nur ein feines Geräusch war zu hören, als sie den Reißverschluss der Hose hochzog, und schon war sie aus dem Zimmer, schloss die Wohnungstüre sanft, laut knacksten die Dielen der hölzernen Treppe, als sie hinunterging. Der Mond war voll. Und sie dachte, als sie durch die Straßen ging: «Armer Mond. Er macht gar nichts, er ist bloß da oben und reflektiert das Licht eines anderen, größeren, viel, viel größeren Dings. Man bewundert ihn für etwas, für das er nichts kann. Armer Mond.»

Kapitel 14

Der Sommer war noch nicht zu Ende, der Herbst hatte noch nicht begonnen. Moritz schrieb Meta, er wolle ihr ein Projekt vorschlagen. Sie würden sich in einem Hotel treffen. Beide wären zur selben Zeit im selben Hotel, aber in verschiedenen Zimmern, man würde sich nicht sehen. Sie und er. Jeder würde für sich tun, was er tun wollte.

Sie schrieb ihm, dass sie die Idee mochte. Es sollte aber, so regte sie an, ein großes Hotel sein, ein möglichst großes Hotel, und sie müssten aufpassen, dass sie sich nicht begegneten, in der Lobby, auf dem Flur. Sich so nahezukommen, ohne sich zu treffen. Es kam ihr vor wie eine superromantische Idee.

Und dann fügte sie eine andere Idee hinzu. Sie schrieb: «Wir gehen ins Kino. Du in der kleinen Stadt, ich in Berlin. Wir müssen einen Film suchen, der zur selben Zeit in beiden Städten läuft. Lass uns einen Film finden. Und Popcorn essen.»

Er schrieb zurück, dass sie dies unbedingt machen sollten. Und so taten sie es, eine Woche später. Meta mailte ihm einen Scan des Berliner Kinoprogramms, und Moritz glich es mit jenem der kleinen Stadt ab. Es fand sich kein Film, der exakt um dieselbe Zeit in beiden Städten anfing. Aber er fand einen Film, der in Berlin bloß fünf Minuten früher begann.

Er schlug ihr den Film vor, und sie befand ihn für gut, denn es war ja völlig egal, was für ein Film es wäre, und an jenem Tag war er so früh wie noch nie vor Vorstellungsbeginn in einem Kino und sie ebenfalls. Er schrieb ihr eine SMS.

«Habe Ticket gekauft. Hole jetzt Popcorn. Mit Salz oder Zucker?»

Sie schrieb: «Mit beidem.»

«Gibt es nicht. Kaufe einmal süß, einmal salzig. Dann misch ich es.»

«Hier nur alte Säcke im Kino. Ich glaube, die versprechen sich zu viel vom Titel.»

Der Zufall wollte es, dass der einzige Film, der zur selben Zeit – beinahe wenigstens – in beiden Städten lief «Une Liaison Pornographique» war. Er hatte deswegen Bedenken. Ja, er dachte tatsächlich, das Wort «Porno» im Titel könnte die eigentlich ultraromantische Idee des Kinogangs an zwei Orten zur selben Zeit irgendwie beschmutzen, aber es war ihm auch schnell klar, dass es sich – entgegen der klaren Ansage des Titels – nicht um einen Pornofilm handelte, so gar nicht.

Im Kinosaal in der kleinen Stadt war er fast alleine. Ein junges Paar saß noch im Saal, weiter hinten, die Platzwahl war frei, und er mochte es, vorne zu sitzen, denn er war gerne nahe am Bild, er verstand nie, warum die hinteren Plätze begehrter waren. Die Leute hinter sich, die konnte er während der Vorführung vergessen, die vor ihm nie. Am schlimmsten waren die neben ihm. Und immer, immer hatte er Angst, jemand setze sich direkt nebenan. Auch wenn der Saal dunkel wurde, die Dia-Werbung schon lief, die Filmwerbung, die Vorfilme, so blieb er angespannt, dass doch noch jemand kommen könnte, im allerletzten

Moment. Er wartete nur darauf, dass die Türe wieder aufging, einen Spaltbreit, Gestalten hereinhuschten, Tickets in den Lichtstrahl der Taschenlampe des Platzanweisers hielten, um ihm die Platznummer zu zeigen, der Kinoangestellte genau bis zu seiner Reihe ging, den Zuspätkommenden den Weg leuchtete und der Lichtstrahl auf dem Sitz neben ihm zum Ruhen kam. Immer hatte er diese Angst. Auch dieses Mal. Die Türe jedoch ging nicht auf. Niemand kam mehr. Er holte sein Mobiltelefon hervor und schrieb. «Vorfilm.» Ihre Antwort kam prompt. «Ups. Habe vergessen auf lautlos zu stellen. Peino.» Er schrieb: «Zum Glück sieht niemand, wenn du rot wirst.»

Sie schrieben sich im Minutentakt Nachrichten. Es war auch nicht so, dass der Film übermäßig fesselnd war. Das Schreiben von SMS war für beide eine gute Art, sich die Zeit zu vertreiben. Im Film ging es um eine Frau und einen Mann, die sich via Inserat kennenlernen, um miteinander in einem Hotelzimmer Sex zu haben. Treffen sich in einem Café, gehen dann ins Hotel und dort durch einen gänzlich roten Flur auf ihr Zimmer Nummer 118. Es geht um eine spezielle Sache. Um welche sexuelle Phantasie es aber ging, das sollte auch am Ende des Filmes ein Geheimnis bleiben.

«Franzosen lieben das Quatschen mehr als Uga Uga machen», schrieb er ihr. Sie schrieb zurück: «Wir hätten den James Bond sehen gehen sollen.»

«Schöner Satz: Sehen gehen sollen.»

«Oder Mission Impossible 2.»

«Vielleicht finden wir heraus, in welchem Hotel der Film gedreht wurde.»

«Machbar für Privatdetektivin Meta.»

«Vielleicht treffen wir uns dann dort, in Paris.»

«Und dann reden wir die ganze Zeit?»

«Ich glaub mir fällt grad ein: ich war noch nie in Paris.»

«Ich hab dort gelebt. Eine Weile. Achtung!»

«Was Achtung?»

«Gleich stirbt einer.»

«Wer?»

«Wart.»

«Du verarschst mich doch.»

Die beiden Protagonisten im Film treffen sich im Café bloß, um dann im Hotelzimmer ihren Spaß zu haben. Aber dann geschieht das Unvermeidbare, das Unausweichliche: Als sie ihm gesteht, dass sie ihn liebe, so liebe, wie sie zuvor noch nie jemanden geliebt hatte, und er zu weinen beginnt, weil sie sagte, dass sie mit ihm alt werden wolle, und er sagt, sie werde ihn am Ende hassen, weil sie nach und nach mehr Dinge an ihm entdecken werde, die sie stören, da sagt er nach einem tiefen Blick in ihre Augen: «Wir kennen uns doch kaum.» Und sie: «Man kennt sich ja nie wirklich. Man kennt nicht mal sich selbst. Warum also sollte man den anderen kennen.»

Moritz notierte sich den Dialog in Gedanken, weil er fand, dass seien nun mal ein paar gute Sätze gewesen, die könnte er irgendwann später in seinem Leben gebrauchen. Ein super Anmachspruch für alle Fälle: Einfach eine Frau ansprechen, die sagt: Wir kennen uns doch gar nicht. Antwort: Man kennt sich ja selbst nicht. Warum also sollte man den anderen kennen? Topspruch. Spruch der Sprüche. Das würde klappen. Dann sah er, dass ein Mann mit einem Trenchcoat das Kino verließ, etwas murmelnd. Er schrieb ihr: «Ein Trenchcoat-Perverso ist gegangen. Und ich nicke bald ein.»

Sie schrieb zurück: «Schlaf gut. Im Kino schlafen heißt, dem Film zu vertrauen. Wer hat das gesagt?»

«Keine Ahnung.»

«Godard.»

«Wow. Du hast aber aufgepasst in der Schule!»

«Willst du noch ein Deleuze Zitat?»

«Wart. Ich hab dir auch ein Zitat.»

Und dann schrieb er ihr einen Satz aus dem Film, etwas, was die weibliche Hauptdarstellerin eben gesagt hatte, als sie über Sex sprach mit ihrem Geliebten. «Im Film ist Sex entweder Katastrophe oder Paradies. Nie etwas dazwischen. Im Leben aber ist es immer etwas dazwischen.»

«Ich bin da nicht ihrer Meinung.»

«Nein?»

«Nein mit drei Ausrufezeichen. Aber wir weichen ab.»

«Schade habe ich kein Buch mitgebracht. Ich könnte gut etwas lesen.»

«Wäre es nicht zu dunkel um zu lesen?»

«Man sollte nie ohne Taschenlampe aus dem Haus.»

«Das nächste Mal doch James Bond.»

«James Bond würde niemals ohne Taschenlampe ins Kino gehen!»

«Bei James Bond weiß man nie, wer am Ende gewinnt.»

Als die Schauspieler gegen Ende des Filmes im Bett lagen, postkoital unter weißen Laken, sie den Kopf auf seiner Brust, da sagte sie mit einem Lächeln im Gesicht:

«Ich habe Angst.»

Worauf er antwortete: «Ich habe auch Angst.»

«Was geschieht mit uns?»

«Ich weiß es nicht.»

«Ich muss nachdenken.»

«Ich auch.»

Bald darauf war der Film vorbei. Sie ging, noch während

der Abspann lief. Sie ging immer sofort, weil sie nicht einsah, warum sie den Abspann lesen sollte, wenn sie sofort wieder alle Namen vergaß. Als sie aus dem Kino kam, da war es draußen noch hell. Aus dem Kino zu kommen und der Tag war noch Tag und nicht Abend und schon gar nicht Nacht, das war immer ein Erfolgserlebnis. Sie kam von der Dunkelheit des Saales in die helle Stadt, die im Normalbetrieb funktionierte, und es würde eine Weile dauern, bis sich ihre Augen an das Tageslicht gewöhnt hätten, ja, sie war noch wie benommen, etwas taub, als wäre ein Teil von ihr noch im dunklen Saal und in einem anderen Zustand. Deshalb mochte sie Kino: der Dunkelheit wegen, es ging ihr gar nicht so sehr um die Filme. Die Filme waren nur ein Grund, aus dem Alltag heraus in die Dunkelheit zu schlüpfen, für neunzig Minuten. Tagsüber ins Kino zu gehen war für sie eine Bestätigung ihrer Freiheit, der Freiheit, tun zu können, was sie wollte. Ja, sie fand, wer tagsüber ins Kino gehen kann, der muss ein freier Mensch sein. Sie war eine Weile in Paris gewesen, ebenfalls ein Atelierstipendium, es war zwei Jahre her wohl, und in Paris ging sie jeden Tag ins Kino. Das war das Allerbeste an Paris: dass die Kinos schon morgens geöffnet waren. Einmal schaffte sie sechs Filme hintereinander. Morgens um zehn nach neun ein Ozon, um Punkt zwölf ein Angelopoulos (bei dem sie tatsächlich einschlief, was irgendwie gut zum Titel des Filmes passte: «Die Ewigkeit und ein Tag»), um drei ein Rohmer, um sieben ein Assayas und danach noch zwei andere.

Sie ging noch eine Weile durchs Quartier und trug das Geheimnis mit sich herum, dass sie mit einem Mann im Kino gewesen war, den sie noch nie gesehen und noch nie getroffen hatte, noch nicht einmal gesprochen hatte sie mit ihm, sie wusste nicht, wie seine Stimme klang. Sie mochte das Geheimnis. Sie hatte mehrere Leben. Aber sie hatte auch Mühe, jetzt wieder einfach so in ihren Berliner Alltag zurückzukehren. Sie hatte, je länger es mit ihnen beiden ging, immer mehr Mühe, den Schalter einfach wieder umzulegen. Georg wäre sicher noch bei der Arbeit und weder telefonisch noch per Mail noch per SMS noch sonst wie erreichbar. Er baute sicher aus grauem Karton ein Modell eines Hauses, das niemals gebaut würde, baute an einer Zukunft, die nicht sein würde, die niemals stattfinden würde. Und Paul wollte sie nicht sehen. Ihr Nokia piepste. Es waren acht helle Piepstöne: drei kurz, zwei lang, drei kurz. Im Morsealphabet heißt das SMS. «War schön mit dir im Kino. Lass es uns wieder tun.» Sie schrieb zurück: «Ja. Gerne. Immer. Überall. Alles.» Das Geheimnis, das sie durch die Stadt trug, jetzt nach dem Kino, das sie lächeln ließ, es war ein Gefühl wie damals, als sie mit ihrer besten Freundin Annemarie in den Estrich des Schulhauses einbrach, fünfte Klasse, Primarschule. Sie war Blutsschwester mit Annemarie, unter einem Haselbaum wurde die Blutsschwesternschaft feierlich beschworen. Mit einer Nähnadel stupften sie sich gegenseitig in die Zeigefingerspitzen, drückten Blutstropfen heraus, hielten die blutenden Spitzen ihrer Finger aneinandergepresst, sahen sich in die Augen, platzten fast vor Stolz, und noch viel später spürte Meta ein dumpfes Pochen im Finger und betrachtete den dunklen Fleck, wo das Blut aus ihrem Körper gekommen war, Tropfen bloß, aber doch ihr Blut. Annemarie und sie, sie und Annemarie, sie waren eins. Irgendwann aber wurde Annemarie Fan des lokalen Fußballclubs, dies sehr plötzlich, aber nicht grundlos, sondern eines Nachbarsjungen wegen, der Fußball-Fan war und sie in ihn verknallt. Dann war es vorbei mit der Blutsschwesternschaft, weil sie nur noch den Fußballtrottel im Kopf hatte. Damals aber waren sie dickste Freundinnen, jede hatte den Blutsschwesternausweis in der Hosentasche stecken, einen selbstgebastelten Ausweis mit je zwei Tropfen Blut darauf, und als sie das Treppenhaus der Schule hochschlichen, da war nicht mehr klar, ob es Metas Idee gewesen war oder Annemaries. Die Estrichtüre war nicht abgeschlossen. Sie war sonst immer abgeschlossen. Der Abwart musste es vergessen haben. Oder Lehrer Handschuh, der nicht wirklich Handschuh hieß, schon lange im pädagogischen Business war und aber seit ein paar Jahren nicht mehr das praktizierte, was er lange praktiziert hatte, nämlich Linkshänder auf Rechtshänder umzuprogrammieren. Das Licht im Estrich, es war gedämpft. Ein hoher Raum. Dachbalken. Es roch, wie es nur auf einem Estrich riecht, nach Staub und Harz und Dingen, von denen sie nichts wussten. Sie hielten sich an der Hand, und ein Schauer ging über beider Rücken, als sie vor dem Regal mit den Präparaten standen. Sie blickten in tote Augen, in denen niemals Leben gewesen war, der Mäusebussard hob seine Schwingen, seine krummen Krallen hielten eine Maus, den Kopf hatte er leicht zur Seite gewendet, so als störe ihn gerade etwas beim Schlagen seiner Beute. Sie sahen den Staub im Licht tanzen, das durch die Dachluke hineinfloss wie Melasse. Dann hörten sie ein Geräusch, schnell versteckten sie sich hinter einem Stapel alter Schulbänke, kauerten sich so tief, wie sie nur konnten, spürten schon nach Sekunden den Krampf in den Muskeln, und Meta wusste nicht, ob das ihr Herz war, das sie so rasen hörte, oder Annemaries. Sie sahen Handschuh, er kam herein, ging auf einen Schrank zu, schloss ihn auf. Sie konnten nicht sehen, was er tat. Nahm er etwas heraus? Sie sahen nur, wie er den Schrank wieder schloss, sich umdrehte und in ihre Richtung blickte, als ob er etwas gehört hätte. Aber er hatte nichts hören können, denn sie machten kein Geräusch, und ihr Herz konnte er nicht schlagen hören, das wusste Meta, sosehr es auch schlug. Bloß wenn jetzt eine Maus daherkäme, dann konnte sie für nichts garantieren, dann würde sie losschreien und kreischen und brüllen und … aber es kam keine Maus. Handschuh drehte sich wieder um, ging zur Türe und zog sie hinter sich zu. Sie hörten, wie er die Türe mit dem Schlüssel abschloss. Annemarie fing zu weinen an, und Meta suchte eine Lösung, und sie fand sie, wenn sie auch in einem kleinen Fenster bestand, durch das sie auf das Flachdach der angebauten Turnhalle gelangen konnten. Annemarie weigerte sich, durch das Fenster zu klettern. Sie weigerte sich so lange, bis sie das Gemälde genug koloriert hatte, das in ihr entstand und zeigte, wie sie ihren Eltern erklären musste, was sie an einem schulfreien Nachmittag in einem verschlossenen Estrich der Schule zu suchen hatte, wie sie in Gottes Namen verdammt noch mal überhaupt dort reingekommen war, wo die Türe doch verschlossen war, und was es dann als Strafe setzte. Und so schaffte sie den Sprung auf das Dach der Turnhalle, geduckt gingen die beiden zum Rand des Daches. Leider war es dann gar nicht so einfach, von der Turnhalle herunterzukommen, auch nicht über das Dach des Häuschens, wo die Velos eingestellt waren und die frisierten Mofas. Und beim Herunterspringen verknackste sich Meta den Knöchel, und noch Tage später erinnerte sie der Schmerz an das Gefühl der Gefahr auf dem Estrich der Schule. Sie mochte dieses Gefühl. Ja, sie hatte Blut geleckt. Und: Sie wollte mehr davon.

Kapitel 15

Er wachte auf, und er schaute auf die Uhr, es war kurz nach elf Uhr. Hatte er heute eine Deadline? Musste er etwas Dringliches erledigen? Da war doch so eine Ahnung. Aber es war eher die Ahnung einer Ahnung. Dann kam es ihm in den Sinn: Er musste heute einen Text liefern, bis Mittag, es ging um – ja, jetzt fiel ihm tatsächlich alles wieder ein – die Oldie Night, ein Konzert von ehemals mehr oder weniger großen Bands, die nun immer noch oder wieder durch die Länder tingelten, Smokie, Suzi Quatro und wer war noch dabei gewesen? Er hatte es vergessen. Stand alles im Notizbuch. Aber wo war das Notizbuch gleich noch?

Er stand auf, ging zum Fenster und zog den Rollladen hoch, fühlte sich schrecklich, fühlte sich durstig, fühlte sich müde, aber auch als er den Rollladen schon halb oben hatte, da kam kaum Licht durch das Fenster. Er schaute nochmals auf die Uhr, schaute, ob sie funktionierte. Sie funktionierte. Er sah die Anzeige mit den digitalen Sekunden. 49. 50. 51. 52. 53. Mit der Uhr schien alles in Ordnung, und es dauerte eine Weile, bis ihm bewusst wurde, dass es nicht kurz nach elf Uhr morgens war, sondern kurz nach elf Uhr abends. Er hatte nicht durchgeschlafen. Also stand er auf, ging ins Bad, drehte den Wasserhahn des Lavabos bis zum Anschlag auf, ließ das Wasser laufen, bis der Hahn beschlug und das Wasser richtig kalt herauskam, dann schwang er seinen Kopf herunter, trank, musste rülpsen, trank noch mehr, bis sich sein Bauch gefüllt wie eine Blase anfühlte, öffnete die Spiegeltür des Schrankes über dem Lavabo, nahm die Packung Benocten-Schlaftabletten, die ihm Albert Anker mal gegeben hatte. Er hatte sie ihm wegen des Trips gegeben, auf den man gehen konnte, wenn man gleich die ganze Schachtel fraß.

Moritz nahm die blaue Packung aus dem Schrank, öffnete sie, drückte eine Pille aus dem Blister und nahm sie in den Mund, spülte sie herunter und ging zurück ins Bett, stellte den Wecker auf acht Uhr. Bald schlief er wieder ein und hörte nicht, wie das Handy kurz nach Mitternacht surrte, einmal, zweimal, das Display im dunklen Zimmer leuchtete und Buchstaben zeigte. Sie hatte ihm eine Nachricht gesendet. Sie schrieb: «Ding Dong». Das war alles. «Ding Dong».

Am nächsten Morgen saß er um zehn im Büro und schrieb den Artikel über das Oldies-Treffen. Er schrieb: «‹Smokie› sind eine Band, in der jeder schon viel durchgemacht hat. Im vergangenen Jahr hatte die Band einen Autounfall, bei dem der Nachfolger von Leadsänger Chris Norman, Geoff Barton, ums Leben kam. Aber das Feuer raucht weiter, der neue Mann am Mikro heißt Mike Craft. Heute lassen die fünf Herren von ‹Smokie› keine Teenieherzen mehr schmelzen, dafür sind sie ein paar Jahrzehnte zu alt. Aber die Frisuren sind immer noch nett, und dank der ‹Alice›-Verarschung von ‹Gompie› (‹Who the Fuck is Alice?›) verkaufen sich die Scheiben auch wieder. Aber an ‹Smokie› nagt der Zahn der Zeit – und einiges andere mehr.» Er fand das schon mal sehr gut, nun musste er noch ein bisschen was über die «Rubettes» schreiben und «Hot Chocolate» und Suzi Quatro und über «The Manfreds», die einmal Teil der «Manfred Mann's Earth Band» gewesen waren und bei denen mächtig mitgesungen wurde von den gut tausend Konzertbesuchern, als sie «Do Wah Diddy Diddy» spielten. «Hm», dachte Moritz, «am Ende vielleicht ein Schopenhauerzitat?» Er suchte im Bücherregal das Reclambüchlein mit Schopenhauers «Aphorismen zur Lebensweisheit», das er gerne benutzte, um seine Artikel ein bisschen aufzupeppen, ja, das schmale gelbe Büchlein war seine Pfeffermühle. Er fand einen gedruckten Gedanken, den er sogleich abtippte: «Statt uns der Sehnsucht nach der Vergangenheit hinzugeben, sollten wir nie vergessen, dass die Gegenwart allein real und allein gewiss ist.» Ja, das wäre doch ein Hammergedanke für den Artikel über die Oldies-Nacht. Obwohl: War Schopenhauer nicht selber ein bisschen Oldies-Nacht? War Schopenhauer nicht die Suzi Quatro der Philosophie? Und würde Seichter das Zitat so stehenlassen oder es überkandidelt finden und rausstreichen? Sehr wahrscheinlich würde Seichter den Artikel gar nicht lesen, sondern einfach ins Blatt hängen, so wie er reinkam. Sehr wahrscheinlich würde überhaupt niemand diesen Artikel im Käseblatt lesen, außer vielleicht der Konzertveranstalter, aber auch dem wäre komplett egal, was da stünde, ihm ginge es nur darum, ob der Name des Konzertveranstalters erwähnt war, wie groß der Artikel in Quadratzentimetern war, ob es ein Bild dazu gab, und wenn ja, ob es farbig war oder bloß schwarzweiß.

Moritz machte eine Pause und ging in die Gemeinschaftsküche, um sich einen Kaffee zu kochen auf der Herdplatte, mit einem «Puff!» ging die Flamme an. Bald hörte Moritz das feuchtspotzende Fauchen des Kaffeekochers, stellte die Herdplatte ab, stellte die Kanne auf den Untersatz, und vom Duft angelockt, kam Klumpen herein, setzte sich an den Tisch, und sie bedienten sich aus einer Tüte mit Croissants, obwohl sie beide nicht wussten, wer sie dorthin gelegt hatte, mitten auf den Tisch, aber sie verstanden es als Einladung.

Eine Weile saßen sie kauend da, tranken Kaffee, keiner sagte etwas, dann plötzlich schien Klumpen etwas Wichtiges eingefallen zu sein, er sagte «Oh!» und schluckte schnell den halb zu Brei gekauten Gipfel herunter. «Hast du gelesen, dass nur drei Prozent der deutschen Frauen einen Vollbart attraktiv finden?»

«Hochinteressant. Wo stand das?»

«Na in der Zeitung.»

«In welcher Zeitung?»

«In irgendeiner Zeitung. Drei Prozent. Das heißt, 97 Prozent finden Haare im Gesicht abstoßend, ekelerregend, widerlich, vor allem während und nach dem Essen.»

«Tja, die deutschen Frauen.»

«Ich sag dir jetzt mal was», sagte Klumpen, und er klang plötzlich ernst, beugte sich vor, «ohne deutsche Frauen herrschte bei uns in urbanen Gebieten libidotechnisch Flaute. Ohne deutsche Frauen hätte ich beispielsweise überhaupt kein Sexualleben. Schreib du mal ein Loblied auf die deutsche Frau anstatt deine langweiligen Artikel über … über was schreibst du gerade?»

«Ein Oldie-Treffen.»

«Ein Oldie-Treffen? So mit alten Autos und so?»

«Nein, alte Bands, Suzi Quatro. Smokie …»

«Ah, Smokie ist geil!» Klumpen griff in die imaginären Saiten einer imaginären Gitarre auf seinem Schoß und sang: «Oh Carol, you got me eating my heart, la la la». Er summte noch etwas, murmelte: «Weiter weiß ich nicht», und zerschmetterte die imaginäre Gitarre mit fünf pantomimischen Hieben am echten Stuhl. Er sagte: «Und was die Bärte betrifft: Hierzulande wird es wohl nicht groß anders aussehen mit der Akzeptanz von Gesichtsfotzen.»

«Ich mag das nicht», sagte Moritz etwas gereizt.

«Was magst du nicht.»

«Dieses Wort.»

«Welches Wort?»

«Nun, ich werde es sicher nicht wiederholen, wenn ich es nicht gerne höre.»

«Oh, der Herr ist empfindlich! Meinte der Herr Gesichtsfotze?»

Moritz sagte nichts, und Klumpen wiederholte das Wort zehnmal hintereinander schnell.

Moritz verdrehte die Augen. «Hast du dich beruhigt? Also: drei Prozent von allen Frauen, das sind doch ein paar. Das sind, lass mich rechnen, ich weiß nicht, Zehntausende sind das. Und ich stand ja schon immer eher auf Minderheiten. Minderheiten haben immer recht, darum sind sie ja in der Minderheit.»

«Hast du gewusst, dass Schnäuzer bei immerhin zwölf Prozent der Frauen auf positive Resonanz stoßen?»

«Zwölf Prozent, das ist eine mir schon zu große Minderheit. Ich möchte Teil von einprozentigen Minderheiten sein.»

«Ich weiß, warum Frauen keine Haare im Gesicht mögen. Sie ekeln sich vor den Viechern, die dort leben, den Milben, die sich von den Essensresten ernähren. Aber lass uns doch eine Runde Mario Kart spielen.»

«Aber sicher. Aber nur ein Rennen. Nur fünf Minuten. Ich muss arbeiten, ich muss Geld verdienen, damit ich mir einen Barbier leisten kann.»

«Ich verstehe, dass die Frauen keine Männer mit Bärten mögen, ich möcht ja auch keine Frau mit Bart im Bett.»

Also spielten sie eine Stunde Mario Kart, und Klumpen war Yoshi und Moritz war Toad. Als Moritz wieder an seinem Schreibtisch saß, griff er nach dem Handy und sah, dass sie ihm eine Nachricht geschickt hatte. «CYM». Er schrieb: «ASAP». Und dann wandte er sich wieder seinem Artikel zu und schrieb weiter: «In ihrer schwarzen Lederkluft machte Suzi Quatro in den 70er Jahren die Jungs heiß. An der Oldie Night trat sie am Samstag aber mit ihren 46 Jahren eher rüstig als rüde auf.» Er nickte zufrieden, als sein Telefon klingelte, Seichter war am anderen Ende, und noch bevor der etwas sagen konnte, sagte Moritz: «Hab nur Probleme mit dem Modem, mach gleich einen Neustart, kommt sofort, subito, versprochen! Was? Natürlich ist der Artikel fertig, längst schon ist er fertig!»

Kapitel 16

Lieber Moritz,
ich habe dir eine schöne Geschichte zu erzählen! Heute Morgen stehe ich auf, müde und verknittert wie ein Müllsack, weil wir gestern so spät von einem Essen bei einem Galeristen heim kamen und ich eh angeschlagen, ein Essen, wo Kreti und Pleti war. Am Morgen nach zu wenig Schlaf habe ich andere Augen als tagsüber, so ein bisschen – hm – wie soll ich sagen: geschlitzt. Das mag ich. Ich mag es, anders auszusehen, ein bisschen fernöstlich. Ich stelle mir dann vor, ich sei eine andere. Habe dann meine liebsten Sachen waschen wollen, meine Kleider, weil ich meine Kleider sehr gerne habe, aber beim Essen rauchten alle und die Kleider, sie stanken fürchterlich, und wenn es um nach Rauch stinkende Kleider geht, dann fällt mir immer ein Song von den Fehlfarben ein, er heißt «Agenten in Raucherkinos», er geht so: «Ich bin ein schwieriger Charakter / ich werf Papier auf die Straße / Ich mag Agenten in Raucherkinos / und krieg im Auto schnell kalte Füße». Und der Refrain, hinten dudeln die Synthesizer: «Ich bin in guter Laune / in einer üblen Gegend». Das wär doch ein gutes Tattoo, oder? Auf einem Handrücken «Ich bin in guter Laune». Auf dem anderen: «In einer üblen Gegend». Nicht, dass ich mir ein Tattoo stechen lassen möchte, nie im Leben, aber wenn schon? Heute Mor-

gen also überlegte ich nicht lange, was ich anziehen sollte, nahm die verrauchten Kleider und ging in die Waschküche runter, dann schau ich nach der Post, und was sehe ich da? Ein Paket. Ich bekomme gerne Pakete. Erfreut hob ich es hoch. Und dann sah ich, dass das Paket von dir ist. Schnell riss ich es auf. Ich hatte Tränen in den Augen. Wirklich. Ein Mann schickt mir ein paar Schuhe und die Schuhe passen. Es sind die schönsten Schuhe, die ich jemals trug. Ich werde sie nie mehr ausziehen, ich werde mit ihnen zu Bett gehen, und wenn sie mich beerdigen, dann werde ich sie immer noch tragen. Moritz, es ist an der Zeit, dass wir uns treffen, dass wir uns sehen. Ich habe keine Angst. Ein Mann, der einer Frau Schuhe schickt und die Schuhe passen, einem solchen Mann muss man vertrauen. Gru, gru – kein Blut ist im Schuh.
Meta

Liebe Meta.
Gru, gru. Ich bin sehr froh, musstest du dir nicht ein paar Zehen abschneiden, damit die Schuhe passen! Weisst du, was für Schuhe es sind? Ich habe sie gekauft, weil sie kein Logo haben. Keinen Aufdruck, einfach bloß blaue Lederturnschuhe mit Noppensohle. Ich dachte: Das muss ein verdammt selbstbewusster Designer sein, der solche Schuhe entwirft, ohne seinen Namen draufzuschreiben. Im Laden, in dem ich sie gekauft hab, da hatten sie auch keine Ahnung, was das für Schuhe waren, war so ein Laden für Vintage-Zeugs, wo ich immer meine Trainerjacken kaufe. Nun, wenn du die Schuhe umdrehst, dann siehst du auf der schwarzen Sohle die Bezeichnung «BW 265». Für was 265 steht, das weiß ich nicht. Aber ich weiß, für was BW steht. BW steht für Bundeswehr. Es sind die

Sportschuhe der Bundeswehr. Aber egal, Hauptsache ist, dass dir die Schuhe gefallen und dass sie dir passen und eben: Dass kein Blut im Schuh ist. Gru, gru. Du bist mein Aschenputtel. Hast du je Linsen verlesen müssen?
kiss kiss
Moritz

PS
Ich habe ein hart gekochtes Ei gegessen und jetzt liegt das in dem Bauch auf dem das Powerbook liegt weil ich im Bett liege – und das Ei sagt, es liege sehr gut und schwer in meinem Magen, noch schwerer und besser als ich im Bett, also auf der Matratze.
Ich habe einen Supermarkt vor der Türe, der hat jeden Abend bis zehn Uhr offen und da kann ich bequem immer was einkaufen, obwohl der Ort mich etwas bedrückt, denn er wird fast nur von Problemkundschaft frequentiert. Die kaufen dort ihre Grundnahrungsmittel: Eierlikör und Zigaretten und Dosenbier.
Im TV redet eben Zlatkos Bruder. Und sie bringen ein paar bemerkenswerte Zitate von Zlatko:
«Shakespeare? Kenn ich nich.»
Oder einer sagt: «Hey zlatko, du bist total hetero.»
Er: «Was? ich bin nich schwul.»
Ich bin glaubs krank. Ich nehm ne Panadol. Gute Nacht. Träum süß.
Nochmals: Moritz

Lieber Moritz,
du bist wirklich krank? Was hast du denn? Panadol ist gegen Husten oder Grippe, oder? Naja – etwas scheint dich ins Bett zu zwingen. Habe heute auch einen schwachen Tag – das

heißt, schon gestern hatte ich einen Schwächeanfall. Hab mich im Kaffee Einstein getroffen mit einem Grossmaulkurator, der mich für eine Gruppenausstellung haben möchte, aber ehrlich gesagt bekam ich, je länger das Gespräch dauerte, den Eindruck, er wollte mich eher für Gruppensex als für eine Gruppenausstellung, oder: Wenn ich ihn ran ließe, dann ließe er mich in die Ausstellung. Er hat das natürlich nicht direkt gesagt, aber ich bekam diesen Eindruck. Ich hasse sowieso Cafés, ich hasse dieses Rumsitzen in verrauchten Räumen, das Zeitungspapiergeraschel und am Schlimmsten sind die Typen, die einen anstarren, während sie sich nicht gerade Notizen in ein Notizbuch machen, am liebsten noch mit Füller. Ich frage mich, warum die dort nicht sitzen mit Gänsefedern und mit denen schreiben. Poeten in Rauchercafés. Nun ja, ich hörte dem Grossmaulkurator zu und fühlte mich immer schlechter, ich fing an zu frieren und alles, was ich mir noch vorstellen wollte, das war eine dampfende Badewanne. Und dann ging ich, sagte ich sei krank, dann schlief ich zwölf Stunden und jetzt geht es mir wieder bestens. Soll ich dir einen Tee bringen?
kiss M

Liebe Meta.
Ja, ein Tee wäre fein. Gerne Fenchel. Ich bin noch immer krank. Es ist 13 Uhr. Ein Telefon hat mich geweckt. Und ich werde noch ein bisschen schlafen müssen heute Nachmittag. Zu schwach. Gestern besuchte mich jemand. Nicht du, aber irgendwie schon auch. Ein Mädchen. Es blieb über Nacht. Ich erzähle dir gerne alle Details, wenn du willst. Mein Kopf ist mit Watte gefüllt oder besser: Mit Tumbleweed, diesen Dingern, die in den Filmen immer durch die Prärie rollen, frag mich nicht, wie die heißen

auf Deutsch, muss das morgen gleich im Brockhaus nachschlagen. Hab ich dir davon schon erzählt? Dass ich den ganzen Brockhaus lesen und der klügste Mensch der Welt werden möchte? Ich bin schon auf Seite 54 oder so, von 3000 oder so. Ich leg mich hin. ich warte auf ein SMS von dir. Ich finde alles ziemlich aufregend. Wie damals auf dem Pausenhof, in der Primarschule, als man sich Zettelchen zukommen ließ (und wehe die Zettelchen fielen in Feindeshand, dann war man einer Schmachlawine sicher). Heute sind Mails diese Zettelchen, aber vom Inhalt her ist es das Selbe: Es sind Liebesbotschaften. Liebe: Was für ein Wort. Was hat dieses Wort nicht alles schon erdulden müssen. Armes Wort. Eigentlich seltsam, dass es das Wort überhaupt noch gibt. Wenn ich das Wort Liebe wäre, ich glaub, ich wär schon längst von einer Klippe gesprungen.
kiss
m

Lieber Moritz
Ich glaube, ich habe einen Ausschlag am Arm, wegen zu viel Alkohol. Gibt es das? Paul hat heute gesagt, ich könne alles von und mit ihm haben, was ich haben wolle: Ehe, Kinder, ich solle es nur sagen, aber ich sagte nichts. Jetzt geht er für zwei Wochen nach Toronto, er hat dort eine Ausstellung, ich hätte mit gekonnt, aber ich hab hier dies und das zu erledigen und außerdem: ich wollte einfach nicht. Toronto schon, aber nicht mit Paul
Georg ist natürlich auch hier, aber Georg ist mit seinen Häusern beschäftigt, den Häusern, die nie gebaut werden. Architektur ist auch nur Träumerei, Stahlbetonträumerei. Ich sehe ihn kaum, und das ist mir ganz recht. Schlimm, oder?

Ich sollte einfach mit ihm Schluss machen und nicht warten, bis er mit mir Schluss macht. Das könnte noch eine Weile dauern.
Ich geh auf eine Pizza raus. Kommst du mit? Willst du auch ein Stück? Weißt du was? Ich bestell zwei Stück Pizza und tue so, als wärst du da. Pizza Margherita? Napoli? Napalm? Ich schick dir eine SMS, wenn ich im Restaurant bin.
Kiss Meta

PS: «You go to my head / And you linger like a haunting refrain / And I find you spinning round in my brain / Like the bubbles in a glass of champagne.»

Liebe Meta.
halb 1 Uhr.
Ich bin sehr müde. War an einer Party im Theater, mit Julchen, aber die Party war lahm und schon kurz nach Mitternacht war die Luft raus. Aber ich hab mit meiner Lieblingsschauspielerin geredet und sie ließ sich dazu überreden, mit mir essen zu gehen. Ich versuche schon seit zwei Jahren, sie ins Bett zu kriegen, aber es hat nicht mal zu einem Essen gereicht bisher. Nun sieht alles anders aus, aber wie immer, wenn alles plötzlich anders aussieht, sieht alles nochmals ganz anders aus: ich will sie nun nämlich gar nicht mehr ins Bett kriegen. Ich möchte lieber dich sehen. In einem Hotel irgendwo.
Nächste Woche fahre ich weg. Ab Dienstag bin ich in Gent an einem Theaterfestival. Julchen ist da mit einer freien Truppe eingeladen. Ich reise mit. Quasi als Groupie. Aber mehr wegen Belgien als des Theaters wegen. Ich denke, wir sollten wieder mal chatten. Haben lange nicht mehr gechattet.

Ich küsse dich und wünsche dir eine Nacht mit einem Traum.
M

Lieber Moritz
Kaffee in meiner Tasse, die ein ganz hässliches Schachbrettmuster hat. Ich habe sie damals gekauft, als ich bei einem Warenhaus gejobbt hab, da gab es in der Haushaltsabteilung Musterverkäufe, alles total billig, alle wurden zu Hamstern, und ich hab diese Tasse gekauft, weil alles andere noch viel schlimmer war und ich aber das Gefühl hatte, ich müsste etwas kaufen, weil doch alle anderen etwas kauften. Ich glaub, so geht es auch im Leben zu, mit Partnern: Man meint, man müsse einen Freund haben, weil alle anderen einen kriegen und man sonst am Ende ohne einen da steht, und dann schaut man nicht genau hin und kriegt einen ab, den man später bei genauerer Betrachtung als Schachbrettmusterkaffeetassentypen erkennt. Aber das Schachbrett erinnert mich an Alice im Wunderland, das Buch, das ich gerade lese. Ich weiß nicht, ob ich es mag. Das Buch zu lesen zerstört meine schöne Vorstellung und meine Erinnerung an die Geschichte. In meiner Erinnerung war die Geschichte viel schöner. Ich weiß nicht, ob ich das Buch zu Ende lesen soll. Ich mag mir von der Wirklichkeit nicht meine Erinnerungen nehmen lassen. Die Wirklichkeit ist ja auch nur eine Erfindung.
Apropos Erfindungen: Ja, lass uns wieder chatten.

Liebe Meta.
Esse Landjäger. Das gibt es nicht, in Berlin, oder? Landjäger. Habe fettige Finger. Sollte schreiben, aber das Wetter ist zu gut.

Spiele Mario Kart. Videospiel. Habe zweimal gewonnen. Bin unschlagbar. Dass wir nicht chatten, das ist wirklich zu schade. Seltsam: Wir sind frei und haben doch nie Zeit.

Heute Abend bin ich zum Essen eingeladen bei Klumpen. Er will einen Süßkartoffelgratin machen. Du kennst Klumpen nicht, aber ich sage dir: Falls es je einen Wettbewerb gäbe für den «Schlechtesten Koch Europas», ich würde ihn anmelden. Aber er ist ambitioniert, er kauft sich immer neue Küchenutensilien und hat eine beeindruckende Sammlung von Pfannen und in Anbetracht dessen sind die Ergebnisse himmeltraurig. Und wir hocken dann am Tisch und er serviert, ich weiß nicht was, zum Beispiel Paella, genau, das gab es beim letzten Mal, als mir keine Ausrede einfiel. Natürlich war die Paella total angekokelt und schmeckte irrsinnig bitter und alle probierten eine Gabel und mussten sich dann wahnsinnig anstrengen, die Augen nicht zu verdrehen und höflich zu bleiben und er macht so «Hmmmmmm, ich glaub da fehlt noch Salz». Und alle so: «Nein, ist doch prima, ist doch, äh, tiptop.» Und er: «Nicht zu sehr angebrannt? Paella muss ein bisschen angebrannt sein, das macht die Paella einfach zur Paella, ich hab mir extra eine Paellapfanne gekauft beim Spanier.» Er ist wie ein Behindertensportler: Total drauf versessen, aber irgendwie fehlt was. Zum Glück gehen wir dann alle noch in die Hafenbar, weil Albert Geburtstag hat und eine Runde für alle versprochen hat, dort können wir nachspülen. Du kennst Albert nicht, oder? Das ist der Barkeeper der Hafenbar. Hey, vielleicht kommst du auch? Vielleicht bist du ja da? Sonst nehme ich eine andere mit nach Hause. Nein, das geht ja gar nicht, habe

ja nicht aufgeräumt, absichtlich nicht aufgeräumt: damit ich immer alleine Heim gehe. Das ist meine Strategie zur Vermeidung von Problemen: Durch heimisches Chaos bedingte Scham als ultimativer Hemmer gegen Schwächeanfälle in Form von Abschleppversuchen.
Heute hat jemand versucht, in das Haus einzubrechen. Die Türe ist ganz kaputt von einem Brecheisen. Mein Nachbar von unten will jetzt nachts auf Patrouille durchs Quartier und er fragte mich, ob ich mit käme. Ich sagte ihm, dass das nicht gehe, da ich Schicht arbeite. Stimmt ja auch, irgendwie. Schicht, statt Bürgerpflicht. Ich glaube mein Nachbar ist ein Nazi, obwohl er gar nicht aussieht wie einer.
M

Lieber Moritz
Auf die erste CD, die du mir geschickt hast, habe ich eine plumpe «1» vorne drauf gemalt, in der Annahme oder Hoffnung, dass noch mehr kämen. Dann hab ich die «1» durchgestrichen und «EINS» drauf geschrieben. Ich mag Zahlen nämlich nicht, weil sie mich nicht interessieren. Ich mag Buchstaben mehr. Mein Vater hat Mathematik studiert und mein Bruder hat auch Mathematik studiert und vielleicht habe ich dann gedacht, ich könne ruhig auf die Zahlen verzichten, die Herren kümmern sich ja darum. Ich denke, das ist eine ganz normale Familiengeschichte, Klischee natürlich, aber wie es Klischees so an sich haben: Real und vorkommend und nicht zu selten. Ich bin diesbezüglich also ganz normal. Und eigentlich auch sonst, und das ist gut so. Georg hält es ja nicht aus, normal zu sein, dabei ist er gerade in seinem nicht-normal-sein-wollen total normal. Niemand will mehr normal sein, vor allem nicht bei uns Künstlern.

Hauptsache nicht normal. Das ist die Norm. Ja, also auf die erste CD hab ich «EINS» geschrieben und gestern kam wieder ein Brief von dir mit einer CD und ich hab sie mir gleich angehört und bin geschmolzen wie eine Kerze im Zeitraffer und dann merkte ich, das ich «DREIZEHN» draufschreiben musste, aber das ist ein zu langes Wort. EINS. ZWEI. DREI und so weiter: alles kurz und bündig. Bis «ZWÖLF», das geht auch noch. Aber «DREIZEHN»? Also schrieb ich «13» und dachte: Vielleicht macht das doch Sinn, das mit den Zahlen, irgendwie. Auf jeden Fall: Ich warte auf mehr von dir, mehr Musik, Cassetten, CDs, alles, alles.
Meta.

Liebe Meta
3.30 Uhr. Kam eben heim.
Ich vermisse dich, aber ich habe immer das Foto von dir dabei, das du mir geschickt hast.
und
und
und
manchmal gucke ich es an
und
und
und
denke, dass ich sehr verliebt bin in dich
aber
aber
aber
ich kenne dich gar nicht
aber auch
aber auch
aber auch

Ich kenne die Schauspielerin gut, mit der ich heute ausging. Du weißt schon, die Lieblingsschauspielerin. Und sie interessierte mich plötzlich überhaupt nicht mehr, nicht mehr so wie auch schon (als ich sie noch nicht so gut kannte).
was ich möchte ist
ist
ist
ist
mich mit dir treffen in einem Hotel, an einem neutralen Ort, irgendwo.
Ich war mit der Schauspielerin in der Hafenbar und sie redete über das Stück, in dem sie spielen soll, irgendwas von Shakespeare, und ich hör sie reden und reden aber auch nicht und dann entschuldigte ich mich, ich müsse mal für kleine Jungs, und ging aufs Klo, aber ich musste gar nicht, sondern ich hab das Foto angeschaut, das du mir geschickt hast, und da bin ich fast zusammen gebrochen
und
und
und
ich dachte
dachte
dachte
ich weiss nicht, was ich gedacht habe. Alles und nichts im selben Moment.
kiss kiss
Moritz

Lieber Moritz
Du schreibst: «Ich kenne die Schauspielerin gut, mit der ich heute ausging. Und sie interessierte mich plötzlich überhaupt nicht mehr, nicht mehr so wie auch schon (als ich sie noch nicht so gut kannte).»
Und das macht mir ein bisschen ... nicht Angst ... nicht Kummer ... aber ich muss daran denken, dass auch du mich immer besser kennen lernen wirst und mich dann vielleicht, ganz so wie die Schauspielerin, nicht mehr so interessant finden wirst. Das ist ein Problem, das auf uns zukommen wird. Ist die Insel entdeckt, wird sie erkundet, ist sie erkundet, wird sie kartographier, ist sie kartographiert und vermessen und ihrem letzten Geheimnis beraubt, dann wird sie uninteressant und wird das, was sie vielleicht immer war: Ein ödes Eiland.
Ich hüpfe von einer Beziehung zur nächsten. Ich denke, ich sei verliebt. Ich denke, das sei es nun, das passe nun, das klappe nun. Aber mit dir ist es anders, weil wir uns nicht kennen. Manchmal habe ich eine Idee, oder eine Angst, dass es dich gar nicht gibt. Dass ich mir nur alles ausgedacht habe. Dass du nur in meiner Fantasie existierst, dass ich mich spiegle. Ja, manchmal habe ich – obwohl ich dich nicht kenne – ein so vertrautes Gefühl, wenn ich mit dir kommuniziere (was für ein Wort ...), dass ich denke, ich spreche mit mir selber. Aber das kann nicht sein, denn immer wieder erfahre ich Dinge, von denen ich nichts wusste: Indizien, dass es dich gibt, in Wirklichkeit.
Goodnight M

Liebe Meta
Als ich nicht schlafen konnte, kürzlich, sah ich im Fernsehen Rocky II. Da gibt es eine Szene, in der Rockys Trainer (ein alter dürrer Mann) ihn hinter das Haus führt.

Hinter dem Haus hat es ein Gehege, darin ein Huhn. Rocky schaut den Trainer an und sagt: «Hey, Trainer, was soll denn das hier?»
Der Trainer sagt: Fang das Huhn!
Rocky: Was soll ich?
Trainer: Das Huhn fangen. Kriegst du dieses Hühnchen, dann kannst du auch 'nen Blitz einholen.
Rocky ziert sich, weil er denkt: Verdammt, ich bin doch der Rocky! Das Huhn ist bloß ein Huhn! Aber der Trainer lässt nicht locker. Rocky versucht es dann, und das Huhn flitzt davon. Er schafft es nicht, das Huhn zu fangen und der Trainer ruft, er sehe aus wie eine «olle Oma» und Rocky kann es einfach nicht glauben, dass er das nicht schafft, dieses kleine Huhn zu fangen.
So ist es wohl auch mit der Liebe. Man denkt: Ist ja nur ein kleines Huhn. Und dann rennt man hinter her und erwischt es nicht.
Ich glaube nicht, dass unsere Beziehung so ist, wie andere Beziehungen sind. Oder: Ich möchte es nicht glauben. Oder: Wir können uns den Luxus leisten, es nicht glauben zu müssen, denn wir können alles tun, was wir tun wollen. Ich möchte, dass unsere Beziehung wie ein Film ist, in dem alles glänzt und funkelt und alle Menschen immer gut drauf sind und blendend aussehen und auf den die Musik von Ennio Morricone komponiert wurde. Ja, es wird der Moment kommen, in dem wir uns real treffen werden, wir steuern darauf zu. Ich mache mir auch schon Gedanken, schon jetzt, zum Beispiel denke ich, dass eine kleine Diät zum richtigen Zeitpunkt eine gute Sache wäre, denn ich kann ja nicht ein ganzes Leben lang oder länger gar den Bauch einziehen. Ich mache mir Gedanken, ob mein Bart dich kratzt und stört, das Fehlen einer imposanten

Oberkörpermuskulatur. Meine Senkfüße, wirst du sie bemerken? Dann aber wieder habe ich Vertrauen in die Zukunft, denn bis anhin lief es so gut mit uns, dass es einfach weiter so gut laufen muss. Und ich möchte wissen, wie es sich anfühlt, dich zu sehen, in Fleisch und Blut, mit Haut und Haaren, ganz.

PUT-IT-ON-THE-Moritz

Kapitel 17

Er begleitete Julchen nach Gent, die mit einer Theaterproduktion an ein Festival eingeladen war, mit dem Zug fuhren sie hin. Er fand es eine gute Idee, nach Belgien zu kommen. Er mochte Belgien, auch wenn er Belgien nicht gut kannte, aber er mochte den Schriftzug des Jupiler-Bieres, er mochte die Ortschaft namens Knokke (auch wenn er noch niemals dort gewesen war, er mochte den Klang von Knokke) und er mochte das Atomium in Brüssel, das er nur von Abbildungen her kannte. Er blieb fünf Tage in Gent, sah sich Theaterstücke von Jérôme Bel und Wayne Traub und Astrid Vereecken an. Was für ein Name, dachte er: Astrid Vereecken.

Er aß Pommes mit Majo und Bitterballen mit Majo, trank Bier um Bier um Bier, probierte sie alle durch, Chimay, Orval, Leffe, bis er für sich beschloss, dass ihm die Marke Primus am besten schmeckte, was vielleicht auch dran lag, dass er beim Betrachten eines immer leerer werdenden Glases herausfand, dass man aus Primus auch Sirup machen konnte, wenn man die Buchstaben vertauschte (und man hatte dann noch einen M frei – das M für und von Meta).

Er fand die Belgier seltsam und ihre verbeulten Autos auch (obwohl die Genter behaupteten, die Brüsseler seien schlechte Autofahrer, nicht sie), gab sich Mühe, alles charmant zu finden, was nüchtern betrachtet einfach bloß deprimierend gewesen wäre, abgesehen von den wirklich alten Häusern, Kirchen, Türmen, die ihm schienen wie aus einem Faller-Katalog. So richtige Zweifel kamen ihm an den Belgiern aber, als er in einer Bar namens Dulle Griet saß, einen 200-Francs-Schein in den Händen hielt und diesen näher betrachtete. 200 Francs, das klingt nach viel Geld, als könne man sich dafür richtig was leisten, es reichte aber gerade mal für zwei Bier. Er sah einen Mann mit Bart auf dem Schein. War es ein Philosoph? War es ein bedeutender Erfinder? Hatte dieser Erfinder womöglich etwas in die Welt gebracht, das Tausenden von Menschen das Leben retten konnte oder Millionen gar? War es …? Er las auf dem Geldschein, klein gedruckt stand der Name des Bärtigen da. Adolphe Sax. Der Erfinder des Saxophons. Er machte sich eine Notiz im Geist: Zu Hause dringend im Brockhaus bei Sax Adolphe nachschlagen. Schnell wandelte er den Geldschein um in ein Getränk, von der 100-Francs-Note, die er herausbekam, lächelte verschmitzt James Ensor. Das gefiel ihm schon viel besser.

Wenn er etwas nachgedacht hätte, dann wäre ihm in den Sinn gekommen, dass der ganze Belgienfimmel bloß deshalb entstanden war, weil er es auf ein Mädchen abgesehen hatte, das sich sehr für Mode interessierte. Er hatte mal mit ihr geknutscht, nach einer Theaterpremiere, Julchen hatte sie angeschleppt, immer Julchen. Und als das Mädchen ihm sagte, sie müsse nun heim, schlafen, weil sie am nächsten Tag früh rausmüsse, in ein paar Stunden schon, genauer gesagt, weil sie einen Zug erwischen müsse, nach Antwerpen, da sagte er, er komme mit, aber sicher. Und so verbrachten sie die Nacht zusammen und fuhren am Morgen mit dem Zug nach Antwerpen. Dort dann fand er es das Großartigste überhaupt, den Fußgängertunnel unter der Schelde zu durchschreiten und am Fluss zu stehen und zu ihr zu sagen: «In der Lohengrin-Sage käme jetzt der Schwan die Schelde hinaufgeschwommen, der einen Kahn zieht mit Lohengrin, auf Schilf gebettet schlafend.» Aber es waren keine Schwäne da. Nur Schiffe, Boote, Jachten. Sie gingen den Fluss entlang zum St.-Anna-Strand, und unter ihren Schuhen knirschten die Muscheln, die von der Flut den ganzen Fluss heraufgetragen worden waren. Sie sahen den Hafen, die Kräne, die Lagerhäuser, die bizarren Bauten aus Stahl und die Rohre und Tanks der Fina-Raffinerie, am Ende eines hohen Turms loderte ein Feuer wie eine gewaltige Fackel. Es roch nach großer weiter Welt hier, aber auch ein bisschen nach Vergangenheit. Güterzug-Lokomotiven fuhren vorbei, die Namen trugen: «Lima». «Nebraska». «Caracas». Und auch die Straßen und Weglein im Hafen, die von einer Vielzahl von pittoresken weißen Zugbrücken unterbrochen waren, klangen nach entfernten Winkeln dieser Welt, in denen die Seemänner einst durch die Kneipen zogen, trunken, hurend, prügelnd: Bombaystraße. Kambalastraße. Narvikstraße. Er konnte sich keinen romantischeren Ort vorstellen als den Hafen von Antwerpen.

Er griff nach ihrer Hand. Die Hand fühlte sich an wie die Hand einer Toten. Er ließ sie wieder los. Er suchte ihren Blick, aber sie wich aus. «Ich möchte jetzt in den Laden von Walter van Beirendonck», sagte sie, «und dann zu Ann Demeulemeester.» Also gingen sie zurück, und ihm kam plötzlich alles nur noch trist vor, die Möwen verhöhnten ihn, und das stete Quietschen der alten Rolltreppe aus Holz, die zum nach Urin stinkenden Tunnel unter der Schelde hinabführte, es kam ihm vor wie zynisches Gekicher. Er war ein Trottel. Selbstverständlich bezahlte er das Hotel für beide.

«Warum bloß muss immer alles so kompliziert sein? Warum muss der Umgang mit Frauen immer so umständlich sein wie das Programmieren eines Videorekorders?»

Julchen sah ihn an und sagte: «Umgang mit Frauen? Das klingt ja, als seist du ein Rentner.» Sie standen vor einer Frittenbude am Sint-Pietersplein und stocherten mit kleinen goldenen Gäbelchen in einem unter Majo begrabenen Frittenberg. «Bin ich auch. Irgendwie. Innendrin. Im Umgang mit Frauen und Beziehungszeugs.»

Julchen sagte: «Thomas und ich, wir werden uns trennen.»

«Was?» «Er hat Schluss gemacht.» «Das wusste ich nicht.» «Ja, hab ich dir ja auch grad erst erzählt.» «Ich mein, ihr ward doch ein Traumpaar. Es gab keine, wie sagt man, Indizien dafür, dass ihr euch trennt, dass ihr überhaupt eine Krise habt.» «Indizien, wie das klingt, wie bei der Kripo.» «Und darf man fragen, warum?» «Er hat mich betrogen.» «Mit wem?» «Mit Mariza.» Moritz fühlte einen feinen Stich, er wusste aber nicht, ob im Herzen oder im Magen. Er sagte: «Ach du Scheiße.» «Ja, dachte ich auch. Gerade die. Gerade das Groupie.» «Und du kannst nicht drüber hinwegblicken?» «Nein, er glaubt, er sei in sie verliebt.» «Tut mir leid.» «Nicht so schlimm. Geht vorbei.» Julchen lächelte, aber war das eine Träne, die sich da auf ihre Reise machte, die Wange herunter? Schnell fragte sie: «Und du und Meta?» «Ich schulde dir ja noch ein Bier.» «Warum?» «Wegen dir habe ich Meta kennengelernt.» «Aber nicht wirklich, ich war ja gar nicht da, damals.» «Trotzdem. Ich hol dir jetzt ein Bier.» «Aber ich hab doch schon ein Bier.» «Na, zwei Bier sind doch besser als eines. Du hast ja auch zwei Beine, oder? Außerdem kannst du es vertragen. Mariza … ich glaub es einfach nicht.» Moritz ging an den Tresen und bestellte noch ein Bier, brachte es an den Stehtisch. Julchen sagte nichts, Moritz sagte nichts, beide tranken stumm, dann sagte Moritz: «Ein Regisseur, ich weiß nicht mehr, ob es Bogdanovich oder Friedkin war, ein Regisseur also sagte einmal, dass das Wichtigste an einem Film die ersten fünf sowie die letzten zwanzig Minuten seien, alles andere, alles dazwischen, sei von geringer Bedeutung. Bei Beziehungen ist das gleich, aber leider auch ganz anders.»

«Gleich, aber anders?», fragte sie ein bisschen abwesend, sie schaute über Moritz Schulter in ein TV-Gerät, das in der Frittenbude hing, es lief eine Talkshow. «Ja», fuhr Moritz fort, «es ist gleich, aber auch anders: Die ersten fünf Minuten einer Beziehung sind immer super und die letzten zwanzig todbeschissen – und alles andere so so lala.» «So so lala?» «Ja, so so lala! Der Unterschied zwischen Film und Leben ist nicht nur, dass es im Film viel mehr Explosionen und Schießereien gibt, sondern auch, dass die Filme auch immer besser enden als die Dinge im Leben.» «Hier», sagte sie und schob Moritz den Pappteller mit den Pommes hin. «Iss lieber noch ein paar Pommes. Liebe ist nichts anderes, als eine größere Menge Pommes zu essen oder Schokolade. Liebe ist hormoneller Hokuspokus. Und es war übrigens Friedkin – und nicht Bogdanovich.» «Aha. Friedkin. Und was hat der für Filme gemacht?» «The Exorcist zum Beispiel.» Julchen holte ein Taschentuch hervor, nun weinte sie. Moritz sagte nichts mehr und ließ seinen Blick wie einen schönen Kameraschwenk in einem Altman-Film über den Sint-Pietersplein gleiten, auf dem kaum etwas zu sehen war, es war bloß ein großer, leerer Platz, und er dachte, dass er ja noch ein paar Jahre Zeit habe. Zeit, sich Filme anzusehen. Zeit, an Happy Ends zu arbeiten. Zeit, hinter das Wunder der Videorekorderprogrammierung zu kommen. Zeit, Pommes und Schokolade zu essen. Davon würde man zwar dick, aber auch glücklich, wenigstens für ein paar Sekunden. Er nahm Julchen in den Arm und sagte: «Hormoneller Hokuspokus, du hast ganz recht, nichts als hormoneller Hokuspokus.»

Julchen blieb noch mit der Theatertruppe in Gent, und er fuhr mit dem Zug nach Brüssel, um dort eine halbe Stunde später einen anderen Zug zu besteigen, der ihn nach Hause bringen würde. Als er in dem Zug saß, schrieb er Meta einen langen Brief, das Laptop auf seinem Schoß, die Oberschenkel wärmend, als wäre der aufgeklappte Computer ein schlafender Hund und er würde nicht die Tasten drücken, sondern den weichen Rücken streicheln.

Im Zug. Wieder im Zug. Trinke Wasser der Marke Bru und habe ein Sandwich gegessen. Gent war okay. Gent ist nett, aber ein bisschen langweilig. Antwerpen ist viel viel toller. Das Theaterfestival war seltsam. Kaum Publikum. In der Vorstellung von Julchens Truppe gerade mal 16 Nasen. Das ist natürlich ganz schön frustrierend für die. Sind ja zehn Schauspieler auf der Bühne. Plus Techniker. Plus Tonmann. Plus Julchen. Dreizehn Leute also fahren 600 Kilometer und dann kommen 16 Zuschauer. Dann hab ich noch ein Stück gesehen: Ein Kurztheater, Hamlet auf Flämisch, Hamlet wird von einem geistig Behinderten gespielt. Seine Mutter von einer alkoholkranken Schauspielerin. Habe nichts verstanden.
Und ich habe bloß vier Schallplatten gekauft. Das ist ein Indiz dafür, dass die Stadt nicht viel taugt.
Ich versuche, dir SMS zu schicken, aber hier gibt es kein Netz. Draußen noch immer Belgien, Wald und Wiese und ab und zu ein Haus und der Fluss, der manchmal unter

dem Bahngeleise durchfließt, verschwindet, um auf der anderen Seite wieder aufzutauchen, auch dort wieder zu verschwinden, als wolle er Verstecken spielen mit den Zugspassagieren.

Ein Dorf fliegt vorbei. Kein Ortsschild. Hat nicht mal einen Bahnhof. Wie kann man eine Zugslinie mitten durch ein Dorf bauen, aber keinen Bahnhof? Ein Fußballfeld. Die weißen Linien sind breit, aber schmutzig weiß. Auf der anderen Seite ein Teich, ein Fels, eine kleine Hütte.

In der Hütte sitzen wir. Es ist dunkel. Ein Feuer brennt im Ofen. Wir sitzen an einem Tisch aus rohem Holz und sagen nichts. Draußen hören wir den nächtlichen Wald. Ein Kauz. Eine Eule. Knackendes Holz und das Feuer im Ofen macht Lärm, den wir nicht wahrnehmen.

Woher kommt dieser Wald? Überall Wald. Ich war schon lange nicht mehr im Wald, obwohl ich es sehr gerne bin. Ein Wald ist eine andere Welt.

Ah! Verdammt. Habe eben mein Knie am Tischchen gestoßen. Es tut furchtbar weh. Warum bist du nicht hier und streichelst mir über das Knie und sagst, dass alles gut wird, dass ich nicht zu heulen brauche?

Der Himmel wird grau. Die Wolken legen an Gewicht zu. Bald wird es regnen. Ich weiß es. Wieder eine Stromverteilerstation, und zwar die exakt gleiche wie zuvor. Dieselbe Architektur, die identische Farbe, alles gleich. Zuerst bin ich ein bisschen erschrocken, weil ich dachte, dass jetzt mit der Matrix was nicht stimmt. Dass wir am selben Ort vorbei fahren, an dem wir schon vorbei gefahren sind. Dass ich in einen Sprung in der Zeit geraten bin. Dass ich in eine Schlaufe geschlüpft bin. Dass nun der Rest meines Lebens nur noch darin bestünde, an dieser Stromverteilerstation vorbei zu fahren.

Vorhin machte ich eine Schreibpause und ging zum letzten Wagen des Zuges, wo hinten nichts mehr kommt, nur noch das, was man hinter sich hat: Belgien, soweit man sieht. Ich sagte nichts, sondern schwieg bloß, nachdem ich deine Stimme hörte, die auf Deutsch und Englisch sagte, man solle eine Nachricht nach dem «Piep» hinterlassen. Du wirst es hören, auf der Combox: Ein Ächzen, ein Rattern, ein Klacken, rhythmisch schlenkerndes Stöhnen von Eisen auf Eisen, ein Summen, ein Rauschen.
Als ich nichts sagte, hielt ich meinen Kopf an die Scheibe, hinter der sich die Gleise schnurgerade wie glänzende Kabel in die Ewigkeit zogen, und ich wusste, dass diese Schienen auch, wenn eventuell über Umwege, nach Berlin gingen, eine Verbindung darstellten zwischen uns, zwischen zwei sich immerzu bewegenden Objekten. Ja, wir sind wie zwei Züge, unterwegs an verschiedenen Orten in verschiedene Richtungen in verschiedenen Tempi, aber doch verbunden. Die Scheibe war kalt. Ich war nervös. Die Scheibe beschlug. Ich schrieb in die beschlagene Scheibe deinen Namen. Vielleicht steht er noch immer dort. Vielleicht ist er schon verschwunden, aber ich habe ihn geschrieben mit meinem Finger: «META».
Draußen ein Citroen CX. Ein Renault Scenic. Ein BMW 323. Als Kind wusste ich alles über Autos. Autos waren meine Religion. Heute ist das anders. Heute sind mir Autos nicht mehr wichtig. Heute habe ich Durst. Ich mache mich auf die Suche nach einem Kaffee oder einem anderen flüssigen Wecker.

Ich sitze jetzt wieder in Fahrtrichtung, der Zug änderte seine Fahrtrichtung. Nicht, dass mir übel würde, würde ich nicht in Fahrtrichtung sitzen, aber momentan sehe ich lieber das, was auf mich zukommt, als das, was war. Die Zukunft erscheint mir um einiges verheißungsvoller als die Vergangenheit.

Der Wald sieht hier unheimlich aus, als wäre er gar nicht echt, sondern aus dem Modelleisenbahnladen, dort gibt es Sets, Säcke mit hundert Bäumen. Frauen, die Modelleisenbahnen als ihr Hobby angeben, die wären mir auch suspekt. Hast du eine Modelleisenbahn? Es gibt so viel, was ich nicht über dich weiß, eigentlich weiß ich noch gar nichts über dich. Es gibt viele Dinge, von denen man nichts weiß, viele Begierden und Liebesgeschichten. Kennst du die Schwedin namens Eija-Riitta Wallis Winther Arja Nikki Lee Eklöf? Das ist ein ziemlich komplizierter Name, oder? Es wird aber noch etwas komplizierter, denn Eija-Riitta Wallis Winther Arja Nikki Lee Eklöf nennt sich selber Eija-Riitta Eklöf-Berliner-Mauer und sie behauptet, mit der Berliner Mauer verheiratet zu sein. Sie war es, die den Begriff der Objektsexualität geprägt hat: Menschen verlieben sich in Gegenstände. Es gibt auch eine US-Amerikanerin namens Erika Eiffel, die – der Name verrät es – eine Beziehung mit dem Eiffelturm eingegangen ist. Zuvor war sie mit einem japanischen Schwert und dann mit einem F-15-Kampfjet liiert. Dann aber verliebte auch sie sich in die Berliner Mauer und zog ihretwegen von Kalifornien nach Berlin. Ich weiß nicht, ob es zwischen ihr und Eija-Riitta zu Streitigkeiten der Mauer wegen kam. Schließlich war die Mauer ja in festen Händen. Und dann kam der 9. November des Jahre 1989. Seither ist Eija-Riitta Witwe. Ich bin irgendwie sehr froh, dass ich mich nicht für Lokomotiven interessiere, sondern für dich. Ich muss immer wieder daran denken, mit dir zu schlafen. Immer wieder. Immer wieder sehe ich Bilder davon. Immer wieder sitzt du hier neben mir im Zug und streichelst mein schmerzendes Knie und ich gebe dir ein Stück von meinem Snickers ab, das ich nicht habe. Und nun sitzt du hier neben mir und wir blicken aus dem Fenster des Zuges und sehen einen Kinderspielplatz. Kinderspielplätze sind Orte größtmöglicher Traurigkeit. Dieses industriell hergestellten Gestelle aus dreckigem Plastik zum Klettern und Schaukeln, die Kinder, die sich langweilen und die Mütter, die auf der Bank sitzen und vor sich hin starren und Zigaretten rauchen, der Rauch von den Zigaretten steigt in den Himmel wie Rauchzeichen, die sagen: Willkommen in der postnatalen Depression. Eine Sammelstelle für Gasflaschen. Dann: ein Stapel frisch geschälter Baumstämme.

Der Computer gibt mir die erste Warnung, dass die Batterie auf Reserve arbeitet. Ich speichere ab. Zuhause werde ich dir diesen Brief ausdrucken und den Brief werde ich falten, einmal, zweimal, in ein Couvert stecken und deine Adresse drauf schreiben, das Couvert zur Post bringen, dort werde ich eine Marke kaufen, und auf die Marke werde ich einen Kuss drücken, nachdem ich sie oben rechts aufs Couvert geklebt hatte, noch eine Weile später werde ich den seltsamen Geschmack des Leimes der Briefmarke auf er Zunge haben. Dann lasse ich den Brief in den dunklen Schlitz des gelben Kastens fallen.

Noch für zwei 2 Minuten Strom.

Ein bracher Acker. Lang. Eine Straße mit einem weißen Kastenwagen. Irgendwo kommt jetzt ein Mädchen namens Meta nach Hause, wirft ihre Jacke über die Stuhllehne und checkt ihre Mails und irgendwo in einem Zug denkt ein junger Mann namens Moritz an das Mädchen namens Meta. Gleich wird der Bildschirm dunkel. Ich speichere schnell.

Kapitel 18

Der Sommer, er war längst vorbei, als Georg mit der Idee kam, Ferien zu machen, Meta wusste nicht, weshalb. «Musst du nicht arbeiten?», fragte sie. «Doch, aber ich muss Ferien machen, sonst verfallen sie Ende Jahr, hat mein Chef gesagt, hab dieses Jahr ja noch gar keine Ferienzeit genommen. Nicht einen Tag. Und die Ferien, die schenk ich ihm nicht.» Sie saßen beim billigsten Vietnamesen, denn Georg wollte immer in den billigsten Vietnamesen, er sah nicht ein, warum man für Essen viel Geld ausgeben sollte. Man aß. Man wurde satt. Alles andere war Tamtam. Sie biss in ihre Frühlingsrolle, tupfte dann etwas süßsaure Soße ab, die ihr an der Unterlippe klebte, sie dachte: «Warum küsst er mir die Soße nicht weg? Wann haben wir uns überhaupt das letzte Mal geküsst? Liebe ich ihn noch?» Sie sagte, einem spontanen Einfall folgend: «Können wir nicht nach San Remo?» «San Remo? Wie kommst du auf San Remo? Das ist völlig heruntergekommen. Und vor allem hat es dort im Herbst nur Schweizer und Deutsche. Können wir ja gleich hierbleiben. Da will ich nicht hin. Wir könnten mit dem Schiff nach Sizilien.» «Mit dem Schiff? Mir wird gleich schlecht!» Sie ließ die angeknabberte Frühlingsrolle in den Teller fallen. Sie konnte sich unter Sizilien nicht viel vorstellen, ihr kam die Mafia in den Sinn und sonst nicht viel, außer noch, dass es sich um eine Insel handelte. Sie mochte keine Inseln. Inseln kamen ihr vor wie Gefängnisse. Es musste Straßen geben, dort, wo sie hinfuhr, damit sie jederzeit wieder wegfahren konnte. «Ich flieg nicht gerne», sagte sie zu Georg. Der sagte: «Dann fahren wir mit dem Zug.» «Wie lange dauert das?» «Ich weiß nicht. 24 Stunden?» «Du willst, dass ich 24 Stunden in einem Zug hocke? Sind das deine Vorstellungen von romantischen Ferien?» «Das wird toll. Wir steigen um in, ich weiß nicht, Milano, in Rom, wir werden viel sehen, schauen uns ein paar Häuser an unterwegs, den Torre Velasca von BBPR.» «Sagt mir nichts.» «Das Pirelli-Hochhaus von Ponti.» «Sagt mir nichts.» «Den Palazzo dello Sport von Nervi.» «Sagt mir nichts.» «Und was sagt dir was?» «Ein Strand, an dem ein Tuch liegt, auf dem ich liege und schlafe unter der Sonne. Das sagt mir was.» «Es gibt schöne Strände in Sizilien.» «Sagt man in Sizilien oder auf Sizilien?» «Was?» «Sagt man in Sizilien oder auf Sizilien? Es ist doch eine Insel.» Georg wurde langsam etwas sauer, ihre Ignoranz der bedeutenden Architektur gegenüber nervte ihn mehr und mehr. Sie schien nicht zu verstehen, dass es für ihn wichtig war, die Gebäude seiner Helden zu sehen. Wie sollte er einmal Wichtiges schaffen, wenn er nicht ganz und gar das bestehende Wichtige selbst erfahren hatte. Wie oft kam es vor, dass er sie zu einem Haus schleppte oder sogar in eines hinein und sie, weil sie sich langweilte, ihn zu nerven begann, sodass er die herausragende Architektur, das besondere Gefühl eines Raumes, die Genialität dieses oder jenes Details nicht aufsaugen und genießen konnte, sondern der Moment sauer wurde wie abgelaufene Milch in einer Tüte. Er lieh sich einst von Freunden ein Auto, einen alten Lancia Delta, und nach langem Hin und Her willigte sie ein, ihn zu begleiten nach Le Havre, um dort die Bauten von Auguste Perret zu besichtigen. «Der hat dort eine Kirche gebaut», sagte Georg, «nach dem Krieg, weil im Krieg war da ja alles platt. Diese Kirche, ich sag es dir: Da gehst du in die Knie.» Sie sagte lakonisch: «Dafür ist da ja der richtige Ort.» Also fuhren sie nach Le Havre, morgens fuhren sie los, abends kamen sie an, es war schon dunkel. «Niemeyer», sagte Georg bedeutungsvoll, als sie in eine Tiefgarage fuhren, die für sie aussah wie das, was sie war: eine Tiefgarage.

Die Kirche, sie war imposant, und ja, sie war schön. Und gerne wäre sie dort gesessen, aber es war kalt, und sie hatte nasse Füße, und sie war müde von all den Dingen, die zu besichtigen waren, hätte lieber auf das Meer hinausgeblickt, das immer wunderbar anzusehen war, sogar nachts, wenn man es gar nicht sah, sondern nur hörte, aber jetzt hörte sie Georg, er klang wie ein Buch. 1926. Neoklassizismus. Brutalismus. 107 Meter. Oktogon. Sensualistischer Minimalismus. Die Absenz jeder figürlichen Dekoration.

Sie hörte nicht zu, sondern bohrte ihren Finger in das noch weiche Wachs einer heruntergebrannten Kerze, die kürzlich noch lang war und weiß und mit einer Flamme, tausend Grad heiß. Als er merkte, dass sie ihm nicht zuhörte, hielt er mit seinem Exkurs inne, sagte: «Du hörst mir gar nicht zu, oder?» Sie sagte nichts, betrachtete ihren Zeigefinger, der überzogen war mit einer feinen Schicht Wachs, es sah aus, als häutete sie sich.

Sie nahmen sich ein Zimmer in einem Zweisternehotel mit weißen Segelschiffen auf der blauen Decke über dem Doppelbett. Der Regen peitschte heftig, schnell gingen sie in ein Restaurant in der Nähe. Sie bestellte Seezunge. Georg meinte, die sei ganz schön teuer, was seltsam sei, so nah am Meer. Er sah nicht ein, warum man Seezunge essen musste, wenn es auch Pangasius gab. Als sie später mit Georg schlief, unter der blauen Decke mit den weißen Segelbooten, fragte sie sich, ob er an die Kirche aus Eisenbeton dachte, als er schwer schnaufend kam.

Auf dem Rückweg hatten sie kurz vor der Grenze eine Panne, einen platten Reifen, auf der Autobahn. Sie weigerte sich auszusteigen, als er sich daranmachte, den Wagenheber zu suchen und das Pannendreieck und das Reserverad, und es dauerte eine Ewigkeit, bis er den Motor wieder startete und sie langsam nach Hause fuhren. Sie sprachen dabei kein Wort. Wenn sie daran zurückdachte, dann fragte sie sich, ob das Ende von den Dingen nicht schon immer in deren Anfang zu spüren war.

«Sizilien, okay», sagte sie zu Georg, und dachte: Hauptsache, noch etwas Sonne und sich nicht fragen müssen, in welchem Grau der Himmel über Berlin gestrichen war. Georg kaufte die billigsten Tickets, die er finden konnte, sie flogen nach Rom, dort stiegen sie in ein anderes Flugzeug, und weil sie Angst vor dem Fliegen hatte, hielt sie seine Hand, als sie rumpelnd abhoben und rumpelnd flogen und rumpelnd landeten. In diesem Moment fühlte sich seine Hand richtig an. Zu Fuß gingen sie vom Flugzeug in die Ankunftshalle des Flughafens von Palermo. Dort warteten sie mit den anderen Fluggästen auf das Gepäck, aber ihre Reisetaschen, die kamen nicht. Die Halle leerte sich, das Band lief nun leer. Sie waren die letzten. Dann stellte das Band ab. Das Quietschen erstarb, das Ächzen, das Surren. Sie standen nun ganz alleine in der stillen Halle. «Was jetzt?», fragte sie. «Keine Ahnung. Wir suchen mal so was wie einen Schalter.» «Einen Schalter?» «Für vermisstes Gepäck.» Er zuckte mit der Schulter. Sie tat es ihm gleich. Dann suchten sie den Schalter, den sie nicht fanden, aber sie fanden einen Polizisten, er trug eine ziemlich schicke Uniform, eine weniger schicke kugelsichere Weste und eine Maschinenpistole vor der Brust. Er klärte sie auf. Wenig später standen sie in einer anderen Halle, in der ein Gepäckband stillstand, auf dem Gepäckband ein blauer Samsonite-Rollkoffer und eine große schwarze Reisetasche. «Wenn man es nicht weiß, dann weiß man es eben nicht», sagte er, gereizt. Sie waren die einzigen Nichtitaliener auf dem Flug gewesen. Deshalb landete ihr Gepäck in der vom Zoll kontrollierten Ankunftshalle. Der Mietwagen war ein blauer Ford Ka mit heulendem Motor, es war der günstigste im Angebot der günstigsten Mietwagenfirma. Sie erzählte ihm auf den ersten 50 Kilometern von einer Sendung über Crashtests, die sie im Fernsehen gesehen hatte, und sie sei sich ziemlich sicher, dass der Peugeot am schlechtesten abgeschnitten hatte. «Das ist ein Ford», sagte er ernst, als er den Wagen auf der E29 bis Gallitello lenkte, sich ein bisschen verfuhr, um dann aber den rechten Weg zu finden. «Ein Ford Ka!» «Sagte ich doch», sagte sie, «der Ford Ka schnitt am schlechtesten ab. Bei einer Frontalkollision hat man keine Chance, und wenn man überlebte, dann mit schwersten inneren Verletzungen, behindert.» Eine Stunde später kamen sie in Porto Palo an, fanden das Hotel auf Anhieb. Das Hotel: ein einzelnes Haus am Strand, und zwar direkt am Strand, nein, eher auf dem Strand. Als sie ihr Gepäck aus dem Ford Ka luden, da sagte sie nichts, zu schön war es, die Brandung des Meeres zu hören. Georg schüttelte den Kopf. «So nah am Meer zu bauen, meine Güte, ich weiß nicht, wie die hier zu ihrer Baubewilligung gekommen sind.»

Es ging nicht lange, als ihnen ein Kellner mit gezupften Augenbrauen auf der Terrasse einen Krug Weißwein hinstellte und später zwei Teller Spaghetti mit Muscheln, die Spaghetti so al dente, dass sie nicht schlaff im Teller lagen, sondern sich sperrten, sich der Schwerkraft zu widersetzen schienen, einer Hängebrücke gleich vom einen Tellerrand zum anderen. Sie wurden nicht müde, sich während des Essens gegenseitig zu bekräftigen, dass dies das beste Essen sei, das sie jemals gegessen hatten, es war erstaunlich, dass er zu einer solchen Aussage fähig war. «Ich glaube nicht», sagte sie, «dass ich jemals etwas Besseres essen werde.» «Und so günstig!», sagte er. Halb betrunken gingen sie auf ihr Zimmer, das sehr einfach war, mit kalten Fliesen am Boden und dem Parfüm von Reinigungsmitteln, das Bett war viel zu weich, aber das war ihr egal, sie war betäubt vom Meer und von der Sonne und dem Wein und der Reise, die noch in ihr nachhallte, sie legte sich auf das weiche Bett und er sich daneben, eine Weile sagte keiner etwas, dann wollte sie ihn küssen, aber sie sah, dass er eingeschlafen war mit offenem Mund, sie fand, er sah ein bisschen aus wie tot. Im Meer brachen die Wellen, eine nach der anderen, eine nach der anderen.

Sachte riss sie ein Blatt aus ihrem Moleskine-Notizbuch und nahm den Paper-Mate-Kugelschreiber aus dem ledernen Täschchen, in dem sie ihre Schreib- und Zeichnungsutensilien bei sich hatte, immer, und sie schrieb: «Lieber Moritz. Ich würde dir gerne das Meer beschreiben, aber dazu fehlen mir die Worte.» Und sie zeichnete, was sie gerade sah: sich selbst im Spiegel.

Später gingen sie an den Strand, wo sie die Einzigen weit und breit waren. Im Hotel gab es keine anderen Gäste, und soweit sie blicken konnten, gab es kein anderes Hotel als das ihre, «Da Vittorio», ein flacher Bau mit Terrasse, das eigentlich eher ein Restaurant mit noch ein paar Zimmern war als ein richtiges Hotel und Vittorio hieß, weil der Chef Vittorio hieß, ein bärenhafter Mann, der manchmal freundlich aus der Küche winkte. Der Kellner mit den gezupften Augenbrauen erzählte ihnen vom Sommer, er zeigte Fotos, die im Foyer hingen: Der Strand war darauf überfüllt, eine einzige Party, jetzt aber, im Herbst, gab es keine Liegestühle mehr, keine Strandbars, keine Open-Air-Disko, es gab nur den Sand, den Strand, das Meer und einen ziemlich weiten Himmel, da und dort eine Wolke, aber noch genug Blau. Bald merkten sie, warum im Herbst niemand hier Ferien machte, zwar hatten sie Glück mit dem Wetter, der Kellner mit den gezupften Augenbrauen sagte, sie hätten sogar großes Glück, es könne durchaus auch durchgehend regnen in dieser Jahreszeit, aber es gab einen Wind, der steif vom Meer her wehte und die Ränder des vom Hotel ausgeliehenen gelben Sonnenschirms mit dem Lipton-Ice-Tea-Aufdruck drauf flattern ließ, so sehr, dass der flatternde Rand des Sonnenschirms einen rechten Krach machte, und so manches Mal fiel der Sonnenschirm einfach um, und sie steckten seinen Stiel erneut in den braunen Sand.

Sie fuhren zu den Ruinen der griechischen Tempel von Selinunte, die er staunend berührte, während sie die Krähen beobachtete, die in weißen Plastiksäcken herumstocherten, die der Wind herumtrieb. Sie fuhren tausend Kurven hoch zu den Klöstern in den Bergen und danach in Sambuca in eine Einbahnstraße und wurden von einer alten Frau auf einer Vespa mit lauten Worten zurückgejagt. Sie kauften in einem Geschäft in Sciacca, in dem man scheinbar alles kaufen konnte, einen Türvorhang aus bunten Glasperlen, er schleppte ihn auf seiner Schulter und fluchte ob der Schwere des Dinges, und sie versuchte, das Restaurant zu finden, das er aus dem Slow-Food-Führer im Buchladen herausgeschrieben hatte, weil es ihn reute, das Buch zu kaufen. Als sie es endlich gefunden hatten, da war es geschlossen. Mit dem kleinen Ford fuhren sie durch Orangenhaine, in deren Bäume die Früchte leuchtend hingen, sie die Karte auf ihren Beinen, sie beide, wie er es verlangt hatte, nach Gibellina Vecchia lotsend, einen Ort, an dem niemand mehr wohnte, weil es gar kein Ort mehr war. Sie hatten einige Mühe, ihn zu finden, und dann kamen sie über eine Kuppe und sahen in der karggrünen Landschaft bleichen Beton in der Sonne glänzen, ein seltsames Gebilde, riesengroß, sich über einen Hügelzug wölbend wie eine graue Flickwerkdecke. Sie parkierten den Wagen und stiegen aus, gingen über einen Pfad zu diesem Ding. Dann standen sie mittendrin. Er las aus dem Reiseführer vor, den Meta gekauft hatte. Sie hatte darauf bestanden, einen zu kaufen, obwohl Georg meinte, das sei doch bloß Geldverschwendung, so ein Reiseführer, den brauche doch kein Mensch. Nun schien er aber seine Freude daran gefunden zu haben. «Die Stadt», las er, «wurde im 14. Jahrhundert gegründet. Bei einem schweren Erdbeben am 15. Januar 1968 wurde sie vollständig zerstört. Statt sie wieder aufzubauen, errichtete man 11 km weiter westlich eine neue Stadt. Ein Teil der Ruinen von Gibellina wurde von dem Künstler Alberto Burri unter einer dicken Schicht aus weißem Zement begraben. Begehbare Einschnitte über den alten Gassen vermitteln einen Eindruck von der Enge der ursprünglichen Stadt. In dem Theater in der Nähe des Kunstwerkes finden regelmäßig von Juni bis Oktober Theaterfestspiele statt.»

«Zum Glück ist der Oktober schon vorbei», sagte sie. Sie gingen durch diese seltsamen Gassen und die schulterhohen Zementblöcke, die dort standen, wo einst die Häuser gestanden hatten. Hier lebten Menschen, hier war mal Krach und Lärm und Liebe und Streit. Nun war alles leer und öd. Meta ließ sich im Schatten einer Mauer nieder, es war zwar spät im Jahr, aber die Sonne brannte mit großer Kraft. Eine Schweißperle lief ihr ins Auge, brannte. Georg las weiter aus dem Reiseführer vor.

Nach einer Woche fuhren sie mit dem Ford Ka wieder Richtung Norden. «Das nächste Mal kommen wir mit der Fähre», sagte er, «von Genua, über Nacht, da gibt es eine Autofähre.» Und während er erzählte, dass er das schon immer einmal hatte machen wollen, mit dem eigenen Auto auf eine ferne Insel zu fahren, und es außerdem vielleicht auch günstiger wäre, weil man sich ja den Mietwagen sparen könnte, da war sie froh, dass die Ferien vorbei waren. Und als das Flugzeug über die Piste rumpelte und dann abhob, da griff sie nicht nach seiner Hand, sondern sah einfach aus dem Fenster, kurz, sah nichts als Meer, dann schloss sie die Augen.

Kapitel 19

Lieber Moritz
Schwertfisch vom Grill, Weißwein im Kopf: alles schon wieder vergessen. Wenn man in Berlin ankommt, dann wischt der graue Himmel die ganze Erinnerung weg, wie ein großer Putzlappen. Aber ich glaubc, Sizilien war schön. Doch, doch, jetzt erinnere ich mich. Am schönsten war natürlich das Meer, ich könnte ewig auf das Meer hinaus blicken, das immer gleich ist und immer anders ausschaut, sich immer verändert und immer schon da war. Das Meer ist die beste Skulptur überhaupt.
K

Liebe Meta
Ich teile deine Meinung über das Meer. Wenn ich eine Liste der Dinge machen müsste, die großartig sind, dann käme das Meer sehr weit oben. Und aber bald käme auch schon die Musik. Und du kämst vor den zwei Dingen. Wir sollten uns sehen. Das denke ich, je länger ich denke. Wir sollten uns wirklich sehen.
Moritz

Lieber Moritz
Habe gestern mit einem Philosophiestudenten über Musik gesprochen. Es war mittellangweilig. Das Gespräch für sich wäre sehr langweilig gewesen, aber es war nur mittellangweilig, weil er eine schöne Nase hatte. Als dann seine Studienkollegin kam, wurde das Gespräch unerträglich. Ich habe keine Geduld für solche Unterhaltungen. Soll er doch die Musik alleine analysieren. Später in der Bar wollte ich ihm sagen, dass er eine schöne Nase habe, aber ich hab's dann doch nicht gemacht – war mir nicht mehr sicher wegen der Nase.
Komm nach Berlin. Oder ich komm in die kleine Stadt. Schere, Stein, Papier?
KMeta

Liebe Meta
Ich habe eben ein Bad genommen und mein Tauchprogramm absolviert. Ich tauche immer 90 Sekunden unter. Und dann nochmals 90 Sekunden. Und dann nochmals. Das tue ich, seit ich ein Kind bin. Seit ich als Kind meine erste Stoppuhr geschenkt bekommen habe. Ich versuchte, so lange unter Wasser zu bleiben, wie es ging. Ich weiß nicht, es waren wohl nur ein paar Sekunden, aber damals kam mir die Leistung heldenhaft vor. Meine Mutter hat es mir dann verboten. Sie meinte, ich bekäme einen Gehirnschaden davon. Sie hat mir auch verboten, während des Fernsehens zu Mittag zu essen, weil sie Angst hatte, ich würde mir versehentlich mit der Gabel ins Auge stechen, während ich ein Skirennen schaute. Mütter …
Jetzt sitze ich hier am Computer und höre das Lied, dass auf deiner neuen CD der erste Track sein wird. Die CD

wird heißen «INFANTIL IN DER MITTE – ABER SONST SUPER».
Wenn wir jetzt in den Zug steigen würden, wohin würden wir fahren? Steigen wir in den Zug nach Milano Centrale. Weil: Das klingt irgendwie recht gut: Milano Centrale. Auf jeden Fall klingt es zentral. Es ist ein Schlafwagen mit Zweierabteil. Mit richtigem Bettzeugs. Wir sitzen auf dem unteren Bett und trinken Wein und du erzählst mir die Geschichte, wie du in der Dimitri-Schule das Jonglieren gelernt hast. Dann jonglierst du mit einem Stück Seife und einem leeren Glas und einer Zahnbürste und ich klatsche in die Hände und feuere dich an und von irgendwo her ertönt der Hummelflug und dann fällt alles runter, aber das Glas bleibt ganz und ich küsse dich auf den Nacken als du dich bückst, um deine Jonglierutensilien aufzulesen.
Ich habe meine Arme um deinen Körper geschlungen und ziehe dich aufs Bett.
Der Zug hält. Wir sehen nicht wo. Wir hören einen Lautsprecher plärren draußen auf dem Perron, aber wir verstehen nicht, was gesagt wird. Wir liegen einfach so da, wie die Dinge auf dem Boden und ich halte dich und streichle deine Wange und der Zug fährt wieder an. Er rattert. Ein Schaudern geht durch den ganzen Zug, als würde er zittern. Langsam fährt er an, langsam zuerst und dann immer schneller.
Der Wagen schlenkert. Ich küsse deinen Nacken.
Ich berühre deinen Körper. Meine Hände fahren über deinen Körper wie eine Modelleisenbahn über eine Modelleisenbahnlandschaft, verschwinden hinter Bergen und fahren um Seen und verschwinden dann unter dem Laken wie eine Lok in einem Tunnel. Es ist eng auf dem schmalen Bett, das nur für einen Menschen gedacht wurde,

und wir müssen ganz nahe beieinander liegen. Ich spüre deine Wärme, als läge ich auf einer Ofenbank, dein Atem geht ein wenig schneller, als meine Hand auf deiner Brust Station macht. Es ist noch nicht die Endstation, verkündet eine Stimme, die Fahrt, sie geht noch weiter, weiter, weiter.
Moritz

PS: Ich werde alles Nötige veranlassen, damit ich bald nach Berlin kommen kann. Hey, das klingt gut, oder? «Alles Nötige veranlassen.» Klingt seriös!

Lieber Moritz
Habe die SMS satt – es geht immer so lange, bis eine Antwort kommt, einfach zu lange – und ich möchte dich sehen. Ich muss gestehen, dass ich schon etwas nervös bin deswegen. Ich bin bei Georg ausgezogen und hab jetzt ein Zimmer bei Daniel. Hab ich dir schon von Dani erzählt? Dani ist ein extrem netter Mensch, er ist ein Freund eines Freundes von Paul, macht was mit Computern an der Uni, er ist nie daheim, immer bei seinen Maschinen, als wären es geliebte Tiere, um die er sich kümmern muss.
Hm, wenn ich es mir überlege: Eigentlich bin ich bei Georg gar nie richtig einzogen. Jetzt bin ich alleine in der neuen Wohnung. Ich genieße diesen Moment des Alleinseins, habe das Gefühl, die Stadt erst jetzt erobern zu können, jetzt da ich eine eigene Wohnung habe, also: Mein Zimmer, immerhin. Habe mir wieder ein Fahrrad gekauft. Mein letztes wurde geklaut. Scheint die Bestimmung von allen Fahrräder zu sein, dass sie gestohlen werden. Das neue Fahrrad ist ein richtiges Klapperding, ich weiß noch nicht einmal die Marke. Aber es hat mehr als ein Dutzend Gänge und Stollenpneus und es fährt.

Immer ist es so: Wenn ich weg bin, dann packt mich die Sehnsucht. Vielleicht gibt es das Gefühl des Glücks, des reinen Glücks gar nicht. Vielleicht ist das bloß ein Mythos.
Ich habe aber eine schwache Erinnerung daran, was bedeuten würde, dass ich es einmal hatte. Oder rede ich mir bloß ein, dass ich eine Erinnerung daran habe? So wie man meint, man erinnere sich an eine Begebenheit, die man als Kind erlebt hat, aber irgendwann feststellt, dass man sich bloß an ein Foto erinnert, das einen als Kind bei dieser Begebenheit zeigt.
Ich möchte mich nicht beklagen. Eigentlich bin ich in diesem Moment glücklich – vielleicht nicht mehr kindlich glücklich, sondern auf eine erwachsene Art. Das wäre die Erklärung für alles: «Infantil in der Mitte – aber sonst ganz super.»
Komm nach Berlin. Dann erkläre ich dir alles ganz genau.
Meta

Kapitel 20

Moritz stand in der kleinen Stadt in seinem kleinen Büro in der alten Wurstfabrik vor dem Bücherregal. Er hörte Musik, Boards of Canada, denn das war Musik, zu der man gut nachdenken konnte. Er dachte gerade darüber nach, die Bücher in seinem Regal endlich einmal zu ordnen. Das hatte er schon lange vor. Er dachte gerade: Seltsam, so ein Bücherregal. Warum kauft man überhaupt Bücher? Warum muss man sie besitzen? Warum genügt es einem nicht, all die Bücher in der Bibliothek zu wissen? Er dachte: Die Möglichkeit, dass er plötzlich vom Verlangen gepackt werde, nochmals sofort «Harte Männer tanzen nicht» von Norman Mailer lesen zu wollen, obwohl es ihm nicht wirklich gefallen hatte, die sei recht klein, und zwar so klein, dass sie von bloßem Auge nicht sichtbar wäre. Er dachte: Ist ein Bücherregal nichts anderes als eine dreidimensionale Bildungsbürgertapete? Der Jäger präsentiert die Geweihe der erlegten Hirsche, der Fischer präparierte Lachse, der kluge Kopf die Körper der gelesenen Bücher? Er dachte darüber nach, wie er die Bücher ordnen sollte. Nach Farbigkeit der Buchrücken? Nach Gewicht der Bücher? Oder sollte er alle Bücher in Kisten verpacken? Aber wohin dann mit den Kisten?

Sein Handy summte. «Chat?» stand da. Er lächelte. «Aber

sicher», murmelte er, während er diese beiden Wörter in sein Telefon tippte. Wenig später war er online, Meta ebenfalls, und er schrieb nach großem Hallihallo, das für das Ohr bloß Tastengeklapper war:

Wie heisst dein Freund schon wieder? Klaus-Dieter?

Georg. Er heißt Georg.

Hattest du viele Freunde vor Klaus-Dieter?

Du klingst eifersüchtig? Lass mich überlegen …

Eifersucht? Muss ich gleich im Brockhaus nachschlagen. Erzähl mir von deinem ersten Freund. Wie hieß er?

Das ist schwierig: Was ist der erste Freund? Du meinst, ich soll dir von meinem ersten Mal erzählen?

Hm. Wenn du es so sagen willst: Ja.

Es war ein seltsamer Kerl. Ich merkte bald, dass irgendwas mit ihm nicht stimmte.

Was stimmte nicht?

Nun ja, nein, ich merkte es nicht sofort, also ich fühlte, dass etwas nicht richtig war in seinem Kopf, aber zuerst dachte ich, er sei halt einfach ein Mann, Männer seien so, was weiß ich.

Ja ja, Männer sind so.

Er holte mich regelmäßig mit dem Auto seines Vaters ab. Es war ein Ford Escort, ein weißer, mit so einem riesigen Ding auf dem Kofferraumdeckel.

Heckspoiler.

Ja, genau: Heckspoiler. Ford Escort mit Heckspoiler.

Ein echter Escort Service, hm?

Kaum war ich eingestiegen, ließ er im Leerlauf den Motor aufheulen, das war mir ganz schön peinlich, denn ich sah natürlich meine Mutter, die uns diskret beobachtete, bis wir weggefahren waren.

Mütter müssen solche Dinge tun.

Wir fuhren zur alten Kaserne, wo es viele Parkplätze gab und vor allem eine lange gerade Straße, auf der kaum Autos fuhren, und dann fuhr er an das Ende der geraden Straße, wendete und drückte mir eine Stoppuhr in die Hand und ich musste den Countdown zählen.

Echt?

Ja, den ganzen Countdown von zehn runter auf null, also zehn, neun, acht, sieben, sechs, fünf, vier, drei, zwei, eins, und dann startete ich die Stoppuhr und er drückte das Gaspedal und beschleunigte den Escort, der Motor heulte irre laut und wenn er einhundert Stundenkilometer erreicht hatte, dann brüllte er «jetzt» und ich musste die Stoppuhr erneut drücken und ihm sagen, wie lange er hatte von null auf hundert.

Und wie lange hatte er?

Keine Ahnung. Es hat mich ja nicht wirklich interessiert. Ich hab dann die Zeit von der Stoppuhr abgelesen und sie ihm gesagt und er trommelte auf das Lenkrad und jubelte, aber er wollte noch schneller sein, er wollte noch schneller schalten, und dann ging das von vorne los.

Männer!

Ja, eben. Dachte ich auch.

So sind wir. Ich bin aber ganz anders.

Ja, ja, schon klar! Also. Dann nahm er mich zu sich nach Hause. Wir gingen in sein Zimmer, küssten uns, ziemlich unbeholfen natürlich, ich war nicht gerade reich an Knutscherfahrung. Ich wusste nicht, was richtig war und was falsch war und er war noch viel unerfahrener als ich es war, auf jeden Fall schien es mir so.

Wie alt warst du da?

16.

Und er?

Zwei Jahre älter. Er war in der Rekrutenschule. Nun ja, wir knutschen also ein bisschen rum und dann irgendwann hielt er inne. Ich wusste nicht, ob ich was falsch gemacht hatte, und er sagte bloß, ich solle mal vom Bett aufstehen. Als ich aufgestanden war, kroch er auf dem Boden rum, langte unter das Bett und er holte von unter dem Bett ein Gewehr hervor, lang, schwarz.

Echt? Eine echte Knarre?

Es war seine Dienstwaffe. Ein Sturmgewehr. Er zeigte es mir. Ich musste lachen, was er gar nicht lustig fand. Er sagte, ich solle es mal in die Hände nehmen. Ich sagte, er spinne, warum sollte ich ein Gewehr in die Hand nehmen. Dann wollte er mich wieder küssen, das Gewehr noch immer in den Händen. Krank.

Und dann?

Ich hab mit ihm Schluss gemacht, sofort, obwohl wir ja gar nicht wirklich zusammen waren, ich rannte einfach aus dem Haus und ging zu Fuß nach Hause. Er hat dann noch ein paar Mal angerufen und ich hab meine Mutter sagen lassen, ich sei krank oder weg und irgendwann rief er nicht mehr an.

Wo habt ihr euch kennen gelernt?

Wir waren grad in ein kleines Dorf gezogen. Alle kannten da alle.

Kenne ich, dass alle alle kennen. Deshalb zieht man dann ja in die Stadt. Damit man nicht mehr alle kennen muss.

Heute ist er verheiratet mit irgendeiner dicken Trulla. Sie haben Kinder. Ich hab ihn mal angetroffen, in der Stadt, er mit der dicken Trulla und einem Knirps an der Hand. Und ich hab mich gefragt, ob sie wohl auch sein Sturmgewehr befummeln musste.

Krank.

Ja. Krank. Warum bist du nicht verheiratet?

Eine Beziehung … ich weiß nicht … ist doch einfach irgendwann nur noch Trott … auch in die größte Liebe bricht der Alltag ein … hm … ich möchte dies, ich möchte das, ich weiß nicht, was genau ich will, bloß viel von allem.

Klingt ganz schön egoistisch.

Egoexpress!

Aber sind die vielen Affären nicht furchtbar anstrengend?

Das müsstest du doch besser wissen.

Ich habe nicht viele Affären, bloß ein paar wenige. Ich suche sie nicht. Sie geschehen einfach. Sie laufen mir über den Weg, wie herrenlose Katzen auf einer griechischen Insel, so wie du mir über den Weg gelaufen bist, wenn es auch ganz anders ist, vielleicht.

Hab ich ganz vergessen, dass wir uns auf einer griechischen Insel begegnet sind.

Auf Mykonos!

Weisst du, jemand mit nach Hause nehmen, das ist das eine, aber neben dieser Person aufwachen, das ist das andere. Oft ist die Mühsal um einiges grösser als die Freude, die man zuvor hatte.

Das klingt irgendwie grässlich. Was genau willst du mir damit sagen?

Genau will ich gar nichts sagen. Lieber ungenau will ich dir etwas sagen. Außerdem bin ich verdammt schlecht im Schlussmachen. Also fange ich erst gar nichts an.

Erzähl mir von deiner ersten Freundin.

Meine erste Freundin hieß … ich weiß ihren Namen nicht mehr … auf jeden Fall aßen wir gegenseitig unsere Popel.

Stimmt das?

Ja, aber hey, das war im Kindergartenalter. Sie wurde später lesbisch.

Kein Wunder. Erzähl mir von deiner ersten richtig richtigen Freundin, mit der du geschlafen hast.

… like a virgin … for the very first time …

Genau.

Sie wollte warten, bis sie 18 war. Ich weiß noch, wie wir es das erste Mal versuchten. Ich musste ein Jahr warten oder so, bis nach ihrem 18. Geburtstag, das hatte sie irgendwie mit sich selbst so vereinbart.

Anständiges Mädchen!

Und dann waren wir in ihrem Zimmer, hatten die Türe abgeschlossen, und ich versuchte … du weisst schon … und es war verdammt kompliziert, also ich hatte mir das viel einfacher vorgestellt, es war überhaupt nicht schön, sondern einfach nur umständlich.

Du hast es dir anders vorgestellt?

Ja, ich hatte es mir schön vorgestellt. Aber es war einfach nur mühsam, kompliziert, und dann sah ich, wie die Türfalle heruntergedrückt wurde, jemand wollte ins Zimmer, und weil wir zugeschlossen hatten, ging die Türfalle rauf und runter und ich hörte die Stimme ihres Vaters, er rief «he, was macht ihr, warum ist die Türe abgeschlossen, was macht ihr da drin, hallo?»

Oje.

Er kriegte sich nicht mehr ein und klopfte wie behämmert gegen die Türe und ich sah immer diese Türfalle rauf und runter gehen während ich mich in ihr bewegte und dann schubste sie mich weg und wir stürzten in unsere Kleider und sie öffnete die Türe.

Und dann?

Ich werde nie das hochrote Gesicht ihres Vaters vergessen, der uns fragend anschaute. Und dann? Ich saß noch eine Weile da mit dem Kissen im Schoss, um meine Erektion zu verstecken und als ich mich wieder blicken lassen konnte, schlich ich ab. Ihr Vater hat ihr dann den Zimmerschlüssel abgenommen.

Hättet ihr nicht einen besseren Ort finden können?

Das erste Mal fummelten wir auf einer Bank auf dem Friedhof.

Auf dem Friedhof? Irgendwie schräg.

Ich fand das überhaupt nicht seltsam. War ein bisschen Grufti, damals.

So alles schwarz und so?

Ja, total schwarz, «The Cure», auf der Seite rasierte Haare, lange Mäntel, Boxerstiefel, «Wall of Voodoo», der Sommer war immer die Hölle, meine Güte, was hab ich geschwitzt in diesen beschissenen Klamotten.

Und sie war auch Grufti?

Nö. Sie war eher Popper. So mit Hugo Boss-Pulli, kennst du die noch, vorne stand einfach groß BOSS drauf?

Ja, Gel-Fritten und Timberland Schuhe.

United Colors of Benetton.

Fiorucci.

Und sie hörte Italo-Disco und hatte einen neonfarbenen Schal. Aber sie fand Gruftis cool, sie war irgendwie Fan von Die Ärzte. Wenn ich daran zurückdenke, meine Güte, dann wird mir fast ein bisschen schlecht. Wie wir getanzt haben. Das Tanzen war echt behämmert.

Wie ging das?

Man musste immer total ernst sein und tanzte eine Wand an. Immer total konzentriert. Dann stiess man sich von der Wand wieder ab und tanzte die Wand wieder an.

Oje. Ich hab mir einen Grufti angelacht.

He, das war früher. Und ich hab nie Grabsteine umgekippt oder so ein Scheiss gemacht. Ich fand einfach die Musik gut.

Wie ging es weiter mit der Popperfrau?

Wir waren vier Jahre zusammen. Es war eine On-und-Off-Sache. Aber immer nach den Sommerferien hat sie mit mir Schluss gemacht. Jedes Jahr.

Warum?

Sie fuhr mit ihrer Familie immer nach Portugal. An die Algarve. Surfen fand sie das Obercoolste. Ich war ja konsequent gegen die Sonne. Schon wegen den schwarzen Klamotten, Sommer hiess einfach immer nur zu schwitzen.

Sie hat sich dort in einen Surflehrer verliebt, der irgendwie Pedro hiess oder Tiago oder Luis Nuno oder so.

Und wann war dann die Beziehung wirklich zu Ende?

Nach den vierten Sommerferien. Sie hatte sich scheinbar ernsthaft verliebt und mit mir Schluss gemacht und irgendwie war klar, dass es nun für immer war, das Ende.

Das Ende für immer … Hast du geweint?

Hm. Ich glaube schon. Ich war jung. Meine Gefühle waren ein wilder Kräutergarten.

Hast du um sie gekämpft?

Ich glaube schon.

Liebesbriefe geschrieben?

Ich glaube schon.

Und dann?

Ich glaube schon. Äh, ich meine: Dann kam die nächste Freundin.

Erzähl von der nächsten Freundin, wie hieß die?

Die Bongofrau.

Die was?

Bongofrau. Mit ihr war ich auch vier Jahre zusammen. Immer waren es vier Jahre.

Vier gewinnt! Wie hast du sie kennen gelernt?

Sie war die Studienfreundin einer Nachbarin. Ich hab sie im Treppenhaus gesehen. Sie hat mir gefallen. Ich hab mir ihr etwas abgemacht. Wir gingen aus. Das erste Mal Ins Kino.

Ins Kino? Ist ein Kino nicht ein seltsamer Ort für ein erstes Treffen. Im Kino kann man sich ja schlecht kennen lernen.

Na ja, wir waren ja auch schon zusammen im Kino, erinnerst du dich? Damals dachte ich, im Kino ist es dunkel, man könnte sich auf unkomplizierte Art und Weise näher kommen. Wir schauten «Hair».

«Hair»? Meine Güte! Ich dachte, du warst ein Grufti. Wie verirrt sich ein Grufti in «Hair»?

Na ja. Ich hatte eine Doors-Phase. Riders on the Storm. Ich fing an zu kiffen. Ich nahm LSD. Ich ließ die Haare wachsen. Wenn ich lange Haare habe, dann hab ich Locken.

Du hast Locken?

Locken wie Mozart.

Warum hiess die Bongofrau Bongofrau?

Sie hatte Bongotrommeln. Und irgendwann fand sie, ich solle auch mit dem Trommeln beginnen. Also schenkte sie mir eine verdammte Trommel. So eine verdammt kleine Trommel, nicht grösser als eine Kokosnuss. Sie zeigte mir, wie man sie schlägt und trommelte was vor und ich musste es nachtrommeln. Sie meinte, das brächte uns näher zusammen, das gemeinsame Trommeln. Der Rhythmus und so. Sie fuhr auf solche Sachen ab, Rhythmen, Vibes, Energien. Sie war voll auf dem Eso-Trip.

Ich hab mir einen Trommler angelacht!

Ich hab da auch voll mitgemacht.

Echt?

Klar. Ich ging sogar mit ihr in Meditationscamps.

In was?

Meditationscamps, im Tessin, oberhalb von Olivone.

Oh fuck!

Es war ein Sufi Camp.

???

Sufismus ist ja eigentlich so was wie mystischer Islam, du weißt schon, die tanzenden Derwische und so, die, die sich so irr im Kreis drehen, aber dieser Sufi Orden wurde von einem Inder gegründet und war nicht islamisch, sondern bloss mystisch.

Klingt kompliziert.

Der Typ hiess Pir Vilayat Inayat Khan. Den Namen kann ich einfach nicht vergessen. Ein weißhaariger alter Kerl mit weißem Gewand.

So ein richtiger Sektenbruder?

Er sah aus wie Miraculix. Ein smarter Kerl. Hat in Oxford studiert. Und er war ausgebildeter Kontrabassspieler.

Ein trauriges Instrument.

Der Guru gab jeden Abend ein Konzert im großen Zelt. Es war eine richtige Zeltstadt in den Bergen und in der Mitte war ein großes Zelt, wie ein Zirkuszelt, aber natürlich ganz aus weißem Stoff, und dort spielte er Solostücke für Kontrabass. Leider hat der arme Mann schon stark unter Parkinson gelitten. Es klang furchtbar. Es klang zum Katzen quälen. Aber die Leute fanden es wunderschön. Meine Güte. Es waren lange Konzerte.

Erzähl noch mehr von deiner Sekte.

Wir schliefen in Zelten und morgens bei Sonnenaufgang wurde man von einem großen Gong geweckt und noch vor dem Frühstück gab es Frühmeditation.

Ommmmmmmmmm.

Wir haben den ganzen Tag meditiert. Manchmal haben wir Bäume umarmt, um die Seele des Baumes singen zu hören. Aber am schlimmsten war das Essen. Das Essen war grausam. Vor allem das Brot, das sie dort buken. Mit dem Brot hätte man jemanden erschlagen können. Ich glaub, ich hab immer noch in einer Darmwindung von diesem Brot. Ich werde mit diesem Brot in mir sterben.

Das wird hoffentlich noch etwas dauern, ich hab dich ja erst gerade getroffen.

Hoff ich auch.

Und die Bongofrau?

Die fuhr voll auf den Sufismus ab. Sie ist auch dem Orden beigetreten. Es gab sogar eine kleine Zeremonie. Aber eigentlich ging es bei den Camps bloß um das eine.

Und dann habt ihr euch getrennt?

Ja. Sie hat Schluss gemacht. Ich bin wirklich mies im Schlussmachen. Vielleicht müsste ich mal zu einem Psychiater.

Hat sicher mit deiner Mutter zu tun.

Ich glaube, ich bin einfach zu faul dazu. Sie hat Schluss gemacht. Ich glaub ihr Guru hat ihr dazu geraten. Wie spät ist es? Ich habe Hunger. Mein innerer Guru befiehlt mir, schnellstmöglich etwas zu Essen.

Ich höre deinen Magen knurren. Du hörst dich dann an wie ein Raubtier. Gehen wir in den Goldenen Hahn, ich lad dich ein.

Ich hätte Lust auf Döner um die Ecke. Und du?

Ich gehe schwimmen. Kommst du mit?

Ich kann nicht schwimmen!

Du kannst nicht schwimmen?

Ich hab dort oft gefehlt, in der Schule. Deshalb bin ich auch so dumm. Und deshalb kann ich nicht schwimmen.

Jetzt im Ernst: Kannst du wirklich nicht schwimmen? Das ist ja ganz so, als könntest du nicht rechnen.

Ich kann auch nicht rechnen.

Ach ja? Fünf plus fünf?

15!

Richtig! Du kannst ja doch rechnen! Und ich bin froh, dass du nicht ertrunken bist. Ich werde dir das Schwimmen beibringen.

Crawl, Rücken, Delfin?

Was du willst.

Und was willst du als Gegenleistung?

Wirst du dann schon sehen.

Deal?

Deal!

Kapitel 21

Ach Meta Meta Meta,
Ich sollte arbeiten. Aber ich mag nicht. Morgen muss ich eine Geschichte für eine Frauenzeitschrift abliefern, es geht um Männer und Bärte und ich schiebe das so vor mich her wie ein Schneepflug den Matsch. Aber ich kenne mich. Ohne Druck geht gar nichts. Ohne Druck kann ich CDs aufnehmen und Tonbandkassetten auseinanderschrauben und Nintendo spielen, aber nicht über Männer mit Bärten für eine Frauenzeitschrift schreiben. Morgen wird der Druck grösser sein. Deshalb mach ich es morgen, schnell schnell.

Jetzt sitze ich hier und es ist elf Uhr und ich rauche eine Parisienne.

Heute gehe ich ohne Abendessen ins Bett. ich muss ein bisschen schauen, denn: habe ja super Komplexe, weil ich immer denke, ich sei zu dick. Und kürzlich war ich auf einer Autobahnraststätte und dort gibts ja den ganzen Müll wie Spielautomaten und Kondomautomaten und aber auch ein Kalorienmeter, und dieses Gerät hat mir gesagt, dass ich drei Kilo über meinem Idealgewicht sei. Drei Kilo! Jetzt stelle ich mir drei Liter Milch vor, oder zwei Anderthalbliterflaschen Evian. Oder dreißig Tafeln Schokolade. Mein Gott, das scheint mir ziemlich viel. Und

heute ging ich ohne meine Uhr aus dem Haus, ich hatte vergessen, sie anzuziehen, dabei weiß ich doch, dass ein Tag misslingt, wenn ich die Uhr nicht trage. Ich bin ein schrecklich missratener Mensch.
Hm, was soll ich jetzt tun? Soll ich noch arbeiten? Nein. Soll ich mit meiner Bücherwand reden? Nein. Soll ich noch eine Parisienne rauchen? Ja.
Wegen SMS: Im TV wurde nochmal der Trainer der Schweizer Eishockey-Nationalmannschaft gezeigt, nachdem sie (wie du ja sicherlich weißt) sensationell Russland mit 3:2 besiegt haben. Ein Wunder. Und er sagte im Interview nach dem Spiel:
«Ich habe vor dem Spiel allen Spielern noch ein SMS geschickt: GLAUBE AN DAS UNMÖGLICHE UND ES WIRD WAHR. Und ich kann sagen», dann reckte er tatsächlich seine Faust: «SMS funktioniert!»

Aber das wissen wir zwei ja schon lange. SMS als Medizin. In meinem Aschenbecher liegen neun Stummel. Ich sollte ihn mal leeren, denke ich.
Ich zünde mir noch eine an, weil: Es macht mich nervös, wenn die Anzahl der Stummel im Aschenbecher nicht gerade ist.
Ich höre jetzt noch ein bisschen Musik. Dann ein CYM-SMS an dich, damit du weißt, dass zuhause in deinem elektronischen Briefkasten Post wartet. obwohl ich weiß, dass du die Mailbox immer checkst, weil ich das ja auch immer mache, und du bist wie ich und ich bin, wie du bist.
Übrigens: Wenn ich nach Berlin komme, dann treffen wir uns im Forum.
Kiss you goodnight. M

Lieber Moritz

Heute sah ich einen Jungen mit einem blauen Eis, es war blau wie ein Schlumpf, und dann sah ich die Zunge des Kindes, auch sie war blau. Er sah unheimlich aus. Ich habe dir in Gedanken auch ein blaues Eis gekauft, obwohl der Sommer ja in weiter Ferne liegt. Um dich aufzumuntern. Hab ich dir schon erzählt, dass ich von meinem Balkon aus das Forum Hotel sehen kann? Das Hotel Forum ist näher als der Sommer. Ich kann also in die Zukunft sehen … Wie sang Prince noch gleich? «I've seen the future and it will be.»

Und wusstest du eigentlich, dass es auch schon vorkam, dass die ganze Festplatte eines Laptops im Tunnel gelöscht wurde. Einfach so. Das kann geschehen, die Chance ist aber klein, hat mir Dani erzählt, also: erklärt. Aber ich habe vergessen, warum und weshalb genau das geschehen kann. Kommt mir nur in den Sinn, weil wir gerade in einen Tunnel gerauscht sind. Ich bin mit dem 100er-Bus zum Bahnhof Zoo gefahren, der hatte so lange, dass ich fast den Zug verpasst hätte. Aber ich habe ihn erwischt und nun sitze ich im Zug und fahre nach Köln, obwohl ich nicht sicher bin, ob ich das wirklich will. In Köln hat Paul eine Ausstellungseröffnung. Ich weiß nicht, ob ich Lust habe, Paul zu sehen.

Soll ich dich anrufen? Was werden wir tun, wenn wir uns sehen? Soll ich dir sagen, dass ich etwas nervös bin? Und hab ich dir schon geschrieben, dass ich jeden Morgen fünf Honigbrote esse? Wie eine Bärin.

Ich finde, du solltest dir keine Sorgen machen wegen zwei Kilo über deinem Idealgewicht. Und ich mag Brillen. Eine Brille lässt dich sicher klüger aussehen. Ich meine: Noch klüger! Und über den Bart kann ich erst urteilen, wenn ich ihn real sehe. Es gibt ja auch Tiere, die haben Bärte und Pelze und Haare überall und die Menschen finden sie süß und knuddelig und kaufen ihnen im Zoo Futter.

Gestern habe ich mit meiner liebsten Freundin telefoniert, mit Ida, und habe versucht, endlich einmal darüber zu sprechen, über uns, über diese seltsame Form der Beziehung. Ich kann es niemandem erklären, denn es ist ein Zauber. Diese Freundin aber, sie wusste wovon ich spreche, sie kennt diesen Zauber und sie wollte keine Details hören und sprach so grundsätzlich, dass ich erst Stunden später etwas davon hatte. Man will sich ja sowie nur selbst hören – und bestätigt haben. Dafür hat man doch Freunde, oder?

Eben habe ich deine SMS bekommen. CYM. Ich werde es tun, sobald ich kann. In Köln. Wenn es da Netz gibt.

≥miumiu≤hi x –

≥miumiu≤l n»*

mnç2

00000+++11

»_kkk1000000sex ≥miumiu≤hi Moritz

≥miumiu≤l n»*

mnç2

00000+++11

«kkkk==11100000

≥miumiu≤

≥miumiu≤000//111/111+++)=====%7*+»*»43)==)(()**42

+11111=00/87/9800==?'421

≥mi))(565())

0?///1112111121112122222122112221211121211212222121///≥miumi

u≤jlll

≥miumiu≤()**42+()**42+()**42+

mmmmmxx//Kkkkk≥miumiu≤

≥mim≤

≥mimiu≤000//111/111+++)=====%7*+»*»43)==)(()**42 +
11111=00/87/9800==?'421

44

≥miumiu≤))(565(4)) (565(67)) (565()) (565(44)) (565())
(565()) (51165())

0?///1112111121112122222122112221211121211212222121///≥miumi
u≤jlll

≥miumiu≤

mmmmmxx//Kkkkk≥miumiu≤

Das habe ich für den Nachbarn geschrieben, meinen Sitznachbarn, der immer in meinen Bildschirm schaut, und wenn er das liest, dann denkt er, ich sei Programmiererin und programmiere gerade einen supergefährlichen Computervirus.

Soll ich Programmiererin werden? Du warst mal Programmierer, hast du mir geschrieben in einem deiner Briefe, oder war das erfunden? Bei mir ist es so, dass ich mich in Männer verliebe und dann deren Beruf lernen möchte. Deswegen wurde ich fast Zimmerfrau, fast Architektin, fast Landschaftsgärtnerin, fast Bauführerin, fast Bildhauerin. Du könntest nun Rückschlüsse anstellen, mit wie vielen Männern ich bisher geschlafen habe.

Manchmal schicke ich mir selbst SMS. Ich mach das, wenn ich eine gute Idee habe, damit ich sie nicht vergesse. Ich mach das aber manchmal auch einfach so, damit mir jemand schreibt. Manchmal ist es gut, mit jemandem zu kommunizieren, den man kennt.

Wir stehen in Bielefeld. Dunkler Bahnhof. Irgendwo sitzt jetzt ein junger Mann namens Moritz in seinem Zimmer und denkt an ein Mädchen namens Meta, das in einem Zug sitzt und an ihn denkt.

Kiss M

Liebe Meta
Ich habe verschlafen, und zwar total, und mein Kopf ist voller Stahlwolle und ich nehme jetzt mal eine Dusche und lese dann dein Mail nochmals.
Ich muss husten. Ich sollte wirklich weniger rauchen.
Ich versuche mich an meinen Traum zu erinnern und bin gleich wieder da.
kkk

So, schon zurück. Geduscht sieht alles gleich viel besser aus. Aber, oh, ich bin ja noch nackt. Huch, so sollte ich nicht aus dem Haus. Sonst kommen sie mich holen, sonst sperren sie mich ein. Schnell in die weißen Hosen aus Papier und das blaue Shirt mit V-Ausschnitt. Schon besser. Kennst du die weißen Hosen aus Papier, die sie jetzt bei H&M verkaufen? Sie sind ganz weiß, wie ein unbeschriebenes Blatt. Sehr schick! Heikel aber schick. Und sie knistern beim Gehen.
Jetzt gehe ich knisternd einen Kaffee trinken und ich freue mich auf dich und auf deine Mails und überhaupt: dass wir uns über den Weg gelaufen sind, wenn auch nicht wirklich, bisher
Kkkkkkkk

Lieber Moritz
Es gibt Dinge, die lassen mich völlig kalt. Tagespolitik etwa. Oder das Alkoholleiden eines berühmten Schauspielers, über das auf der Frontseite einer Tageszeitung berichtet wird. Oder ein Flugzeugabsturz. Aber es gibt Dinge, die bringen mich fast um, weil sie so schön sind. Zum Beispiel an dich zu denken.
Ich fahre zurück nach Berlin und höre deine Musik. «14 Zero

Zero» ist mein Lieblingssong auf der CD. Als ich ihn in Berlin laufen ließ, in der Küche, da kam Dani rein, bei dem ich wohne, weißt du ja, und er hörte den Song und sagte: «Ah, Console, ‹14 Zero Zero›», und ich sagte: «Du kennst den Song?» Und er sagte: «Klar kenn ich den Song. Weißt du, um was es geht?» Ich: «Nein. Sind einfach Worte, die gesungen werden.» Denn so ist es doch bei den Songs, deshalb mag man doch die englischen Texte, damit man nicht mitbekommt, über was eigentlich gesungen wird, weil das einfach alles viel zu doof klingen würde, würde man es tatsächlich verstehen, Wort für Wort. Und Dani also: «Es ist ein Liebeslied.» Ich: «Echt?» Er: «Ja. Der Song ist eine Liebeserklärung an das PowerBook 1400 von Apple, hör mal hin.» Und er skippte zurück und du kennst den Text ja, aber Dani, das liebe Genie, hat den Text ausgedruckt und ihn mir hingelegt auf den Küchentisch und ich hab ihn zusammengefaltet und jetzt hab ich ihn hier in der Gesäßtasche meiner Jeans. Es ist der Computer, der singt. Er singt von sich selber. Er singt, dass er 14 Null Null heiße, eben, das Apple PowerBook 1400 sei, dass er eine CD-Schublade habe, eine Maus, und so weiter. Aber meine Lieblingszeile kommt fast zum Schluss, wenn der Computer zu seinem quasi Herrn singt: «… and maybe when you die / I still keep on moving.» Daran musste ich dann denken. Dass die Computer uns überleben mit all dem Zeugs drin, das wir reingeladen haben. So wie diese Buchstaben beispielsweise. Irgendwann werden wir tot sein und begraben an der Biegung eines Flusses, wir werden uns auflösen und zu Staub werden, aber auf der Festplatte meines Computers wird noch immer dieser Satz stehen, dieser Satz hier und die anderen auch.

Außer natürlich, es kommt ein Virus und frisst alles auf. Hast du kürzlich dieses Mail auch bekommen, das mit der Betreff-

zeile ILOVEYOU? Ich dachte erst, es kommt von dir und wollte es öffnen, aber es ging nicht. Ha, fast wäre ich drauf reingefallen. Und dann hätte der Virus meinen Computer von innen her aufgefressen. So kann die Liebe sein: Gefährlich. Alles verzerrend.
In Köln wollte ich, kaum war ich angekommen, keine Nacht mehr bleiben, obwohl die Leute dort sehr nett sind. Ich habe viel an dich gedacht. Ich habe mit Paul geredet und an dich gedacht.
Vorhin habe ich einen Kaffee geholt im Speisewagen und wollte Trinkgeld geben, höflich sein, nett, ganz viel Kleingeld, aber der Kellner wollte es nicht. Er wollte nur dicke Münzen und Noten. Der Pappbecher mit dem Kaffee drin ist absurd groß. Ich denke, da passt fast ein halber Liter rein. Und der Kaffee ist gar kein Kaffee, sondern Batterieflüssigkeit. Wenn ich das trinke, dann bin ich tot.

Liebe Meta.
Habe mir vorgestellte, wie es wäre, dich in einem Café zu treffen, niemand dürfte uns sehen, alles wäre geheim. Hinter Zeitungen würden wir uns verstecken, sprächen Geheimagenten gleich. Es ist ein Glück, dass Zeitungen so groß sind, aufgeschlagen. Ich tendiere zur Frankfurter Allgemeinen. Ich denke, sie ist die breiteste.
In dem Café versteckten sich hinter anderen Zeitungen alle guten Ideen, die Menschen hatten und wieder vergaßen. Ja, dort landen sie. In dem Café, rauchend, sich hinter FAZen versteckend.

PS: Anhand meiner detaillierten und deshalb zigarrenkistendicken Mobiltelefonrechnung von Orange stelle ich fest, dass der Winter vorbei geht und der Frühling kommt. Ich habe im letzten Monat 532 SMS versandt. Der Fachmann hat dafür sicher ein Wort.

Lieber Moritz

Habe Papier und Farben gekauft, im Malbedarf, wie eine Hobbykünstlerin. Als ich aus dem Laden kam, da merkte ich, dass mein Fahrrad geklaut worden war. Ich hab ziemlich geflucht, aber dann dachte ich: Ist ja nur ein Fahrrad. Hat ja nur 250 Mark gekostet. Kommt ja sicher eine neue Lieferung aus China rüber. Einem Rad für 250 Mark sollte man keine Träne nachweinen. Und dann geh ich zu Fuß los und es kommt ein Sturm. Fuhr mit der U-Bahn eine Station zur Klosterstraße, überquerte da die Straße – es waren nur zehn Meter, aber ich war nass, ganz und gar nass, wie sagt man: Pietschnass? Patschnass? Potschnass? Mein Papier aus dem Malbedarf wurde nass und endlich im Atelier konnte ich die Hälfte der Papierbogen wegschmeißen. Dann fing ich an zu malen. Ich dachte: Fang einfach an. Weil: Ich wusste nicht, was ich malen sollte. Also fing ich einfach an. Es ging eine Stunde, bis ich ein ansatzweise interessantes Bild gemalt hatte, ein Bild von einem Auto. Dann hörte ich auf, ging ins Café, die Hände noch voller Farbe, wie eine echte Künstlerin, spazierte Unter den Linden zum Brandenburger Tor und dachte: Hier kann man gar keine Kunst machen, hier gibt es zu viel Geschichte. Und zu viele Geschichten. Mit Georg läuft es ganz schlecht. Ich erzähle ihm alles, dass ich Paul sehe etwa, er findet es gut. Je mehr ich ihn verletzten möchte, desto interessanter findet er es. Ich muss die Sache beenden. Und Paul: Er macht gerade voll auf Künstler. Er schaut bis fünf Uhr morgens fern und schläft bis 15 Uhr. Das ist nicht unsympathisch, aber ich merke, dass ich nicht mehr so bin, dass ich nicht mehr so sein möchte, vielleicht war ich es

auch nie wirklich, vielleicht liegt es nicht in meiner Natur, die Selbstzerstörung.
Ich bin jetzt bei Paul. Er liegt im Bett und schläft. Er schläft immer auf der Seite, wegen der Rückenschmerzen, die er bekommt, wenn er auf dem Rücken oder auf dem Bauch liegt. Trotzdem wendet er sich im Schlaf. Entweder sehe ich seine Front- oder seine Rückseite, nie aber sein Profil. Ich frage mich, ob er spürt, dass ich über ihn schreibe. Wenn ich über ihn schreibe, dann ist es ganz so, als würde ich ihn abzeichnen. Er ist mein Modell. Ich finde, er atmet schnell, für einen der schläft. Paul hat lange Basketball gespielt. Das Rauchen und das Trinken, das Ausgehen und das wenige Tageslicht haben seinem Körper noch nicht zugesetzt. Er wirkt noch immer fit. Wie er so da liegt und schnauft, kommt er mir vor wie eine Fabrik. Bald wird er aufstehen. Bald wird er seine erste Zigarette rauchen. Wenn ich ehrlich bin: Ich habe mit ihm bloß was angefangen, um Georg zu ärgern. Bald werde ich ihn verlassen. Ihn und ihn. Beide.

Liebe Meta
Es ist so weit. Ich hab's organisiert. Bald werde ich im Flugzeug sitzen und nach Berlin fliegen. Dort werde ich ein Mädchen besuchen. Sie heißt Meta. Vielleicht kennst du dieses Mädchen? Ein tolles Mädchen! Sieht umwerfend aus, ist hypercharmant, supersexy – wenn sie in Rom in den Trevi-Brunnen steigen würde, das Wasser wäre innert Sekundenbruchteilen in den gasförmigen Aggregatzustand übergegangen. Es würde bloß machen: «Zischhhhhhhhhhhhh». Aber noch sitze ich nicht im Flugzeug, ich sitze im Zug. Ich sehe in der Reflexion meines eigenen Ichs im Fenster des Zuges, dass ich dringend wieder mal meine Haare schneiden müsste, also: mir die Haare

schneiden lassen sollte, denn wenn ich mir die Haare selber schneiden würde, dann wäre das ein Akt der Selbstverunstaltung.
Apropos Schneiden: Was ich kürzlich herausfand: Es ist gar nicht so einfach, eine Schere zu kaufen.
Die Schere scheint zu jenen Dingen zu gehören, denen die Menschen in diesen Zeiten wenig Beachtung schenken. In den Papeterien eine billige Schere zu kaufen, das ist keine schwere Sache. Aber gute Scheren führt niemand mehr. Schließlich musste ich sie bestellen. Gestern wurde sie geliefert. Eine 27 Zentimeter lange Papierschere von Fiskars. Vielleicht kennst du die Scheren von Fiskars, die mit den orangefarbenen Griffen. Weißt du, warum die Griffe orangefarben sind? Fiskars ist zwar eine finnische Firma, aber sie wurde von zwei holländischen Kaufleuten gegründet in einem Kaff in Finnland, wohin es sie verschlagen hatte – deshalb die orangefarbenen Griffe: Es sind Hollanderinnerungen.
Auf jeden Fall: Mit einer neuen und wirklich guten, scharfen Schere durch ein Blatt Papier zu schneiden, das ist ein Gefühl ähnlich jenem, wenn man im Frühling merkt, dass es Frühling geworden ist. Und ich frage mich: Warum gehen nicht alle Dinge so leicht?
Den nächsten Brief, den ich dir schreibe, den werde ich nur mit der Schere schneiden, mit meiner Fiskars mit den orangefarbenen Griffen.
Jetzt klappe ich das PowerBook zu. Nur noch dies: Im Abteil vis a vis schläft ein Mädchen. Sie ist wohl auf Drogen. Sie legte sich quer über die Sitze und schloss die Augen und sagte leise, aber doch merklich vernehmbar und mit einer Stimme so tief, als gurgle sie Whiskey und Zigarettenstummel: «So geil».

So, jetzt klappe ich mein PowerBook wirklich zu. Nur noch dies: Du haust mich echt um, im Fall. You are smashing. Oder auf Französisch, eine Sprache, die sich nicht nur dazu eignet, Gerichte aller Art anzukündigen, dass einem das Wasser im Munde zusammenläuft, etwa «Croque Monsieur» oder «Moules et frittes» oder «Filet Wellington», also auf Französisch würde das heißen: «Tu me craque!» oder was auch ginge: «Tu me tombe, zut alors!» oder: «Tu est vachement cööl».
So. Jetzt muss ich aufs Klo. Sonst passiert hier gleich ein Malheur.
K

Lieber Moritz
Dass du nach Berlin kommst, ich kann es noch gar nicht richtig glauben. Ich glaube es erst, wenn es wahr sein wird. Wenn es wirklich sein wird.
Gestern war ich an einem Essen nach einer Vernissage und saß an einem langen, langen Tisch neben einem Japaner. Er hat gefragt, was ich so tue, er war sehr höflich, und ich sagte ihm, ich sei Cutterin und würde Pornofilme schneiden. Ich weiß auch nicht, warum ich das gesagt habe, ist mir einfach so rausgerutscht, ich glaube ich wollte Paul ärgern, der gegenübersaß, aber er hatte es nicht gehört, nicht beim ersten Mal, also sagte ich es nochmals, ziemlich laut, als meinte ich, der Japaner sei schwerhörig, dann hat es auch Paul gehört und er hat mich angestarrt, und ich habe gesagt, ich arbeite gerade an einem Film, er heiße «Der Pimmel über Berlin». Wir haben englisch gesprochen, den Titel hab ich aber natürlich auf Deutsch gesagt, und er hat nur genickt, was natürlich sagen sollte: Ich verstehe nichts und ich möchte auch nichts verstehen. Und ich: «‹Der Pimmel über

Berlin›, it means ‹the dick above Berlin›, you understand?» Und er: nickt wie so ein Wackeldackel hinten in einem Auto. Dazu hat er seltsame Geräusche gemacht. Es klang wie ein Brummen, so wie Kühlschränke manchmal brummen.

Paul fand das überhaupt nicht lustig, was ich sehr lustig fand. Der Japaner war ein Galerist oder so was und Paul wollte sich bei ihm einschleimen, aber das konnte er sich dann natürlich schenken.

Wo bist du jetzt? Was denkst du jetzt? Ich hätte gerne eine Liveübertragung deines Lebens, jetzt. Von mir aus auch ohne Ton. Ich warte auf dein nächstes Mail. Immer wenn ich nach Hause komme, dann setzte ich mich aufs Sofa und stöpsle das Modem ein, weil dort in der Ecke beim Sofa die Telefondose ist. Und wenn kein Mail von dir kommt, dann bin ich traurig und muss mich mit einem Schokoladenjoghurt aus dem Kühlschrank trösten. Und wenn dort kein Schokoladenjoghurt ist, dann werde ich noch trauriger.

Ich komm vom Schwimmen, war im Velodrom. In der U-Bahn, da saß mir gegenüber eine Mutter mit einem kleinen Kind, einem Baby, meine Güte, das war so klein, so unglaublich klein, eine Miniatur. Und ich dachte: Ob ich mal Kinder haben werde? Ob ich dann ruhig und normal werde? Ich versuchte, mir das vorzustellen, aber das ist natürlich nicht möglich. Ich glaube, es gibt Dinge, die kann man sich nicht vorstellen, weil sie über die Vorstellungskraft hinaus gehen. Kinder zu haben gehört sicherlich in diese Kategorie von Dingen. Also: Ich kann es mir schon vorstellen, irgendwann Kinder zu haben, aber vorstellen kann ich es mir nicht, wenn du weisst, was ich meine. Apropos Vorstellung: Nächste Woche muss ich bei einer Band vorsingen, obwohl ich ja nicht singen kann, aber sie wollen eine Sängerin, die nicht singen kann, denn eine Sängerin, die singen kann,

das fänden sie langweilig. Mich langweilt immer mehr dieses immer speziell-sein-wollen. Immer muss alles und jeder speziell sein. Das beginnt mich zu nerven. Da ist es doch tugendhafter, speziell zu sein und nichts davon zu wissen.
i miss you i kiss you
Meta

Kapitel 22

Vom Flughafen Tempelhof nahm er die U-Bahn, stieg um an der Station Stadtmitte und anstatt am Alexanderplatz verließ er die U-Bahn schon eine Station früher, an der Klosterstraße, versehentlich. Als er merkte, dass er zu früh ausgestiegen war, verlangsamte er seinen Gang, blieb kurz stehen, beschloss dann aber, zu Fuß weiterzugehen, anstatt auf die nächste U-Bahn zu warten, verließ den U-Bahnhof und war bald unter dem Himmel, der ihm nicht sehr freundlich vorkam, aber es war völlig egal.

Er hatte ein Zimmer im Forum gebucht, telefonisch, «Möglichst weit oben», hatte er gewünscht, der Mann am Telefon blieb unverbindlich und sagte: «Mal sehen, was sich da machen lässt. Ich notiere: möglichst weit oben.» «Sehr gut, danke», sagte Moritz. «Sehr gut, bitte», sagte der Mann am Telefon. Sein Zimmer befand sich im 23. Stock, mit direktem Blick auf den Fernsehturm, und als er am Fenster stand und zum Alexanderplatz herunterschaute, da sagte er zu sich, die Stirn an der Fensterscheibe: «Nicht schlecht.» Die Leute gingen so ungeordnet über den Alexanderplatz, wie es Ameisen niemals täten. Moritz dachte: «In Sachen Organisation ist der Mensch der Ameise völlig unterlegen, sogar hier in Deutschland.» Und obwohl er hinter dem geschlossenen Fenster stand, das man gar nicht öffnen konnte, spürte er leichten Schwindel. Er spürte, dass seine Knie etwas weich wurden. War das wegen der Höhe oder wegen dem, was er hier vorhatte? Wie hoch war er hier oben? Hoch genug auf jeden Fall, dass er unten ein Ketchupfleck wäre. Aber: Wenn er hätte in die Tiefe springen wollen, müsste er zuerst die Scheibe einschlagen. Außerdem gab es gar keinen Grund, so etwas zu denken. Und er dachte: Vielleicht muss man gewisse Dinge denken, damit man sehen kann, ob man sie denken kann, denn nur die wirklich schlimmen Dinge kann man nicht denken. Er setzte sich auf das Bett, zückte sein Ericsson und schrieb ihr eine Nachricht. «DER ADLER IST GELANDET. Zimmer 2307.» Dann öffnete er mit dem ebenfalls mitgebrachten Korkenzieher eine Flasche Rotwein, goss davon ein in ein ziemlich normales Glas, das auf der Minibar stand, und nahm einen Schluck.

Meta saß in einem freakigen Café am Kottbusser Tor, wo die Zuckerwürfel braun waren, und las gerade in der von ihr mitgebrachten FAZ einen Artikel über Hans Heinrich Baron Thyssen-Bornemisza, der seinen 80. Geburtstag feierte, und sie fand, dass das Leben eines so reichen Menschen recht kompliziert sein müsse, er tat ihr fast ein bisschen leid, als sie las, was er sagte, dass nämlich erst die fünfte Ehefrau es gewesen sei, die ihn aus Liebe geheiratet habe, allen anderen zuvor sei es bloß um das Geld gegangen, als das Handy in ihrer Tasche summte. «DER ADLER IST GELANDET. Zimmer 2307.» Nun war er tatsächlich in der Stadt. Nun war er so nahe, wie er noch nie gewesen war, mal abgesehen von jenem Tag in der kleinen Stadt, in der Hafenbar, als sie zusammen in einem Raum waren, aber noch nichts voneinander wussten. Es war viel geschehen in diesen zwölf

Monaten, die vergangen waren. Meta legte Geld auf den Tisch, einen Schein, ein viel zu hoher Betrag für den Kaffee, den sie gehabt hatte, als sie aufstand, stieß sie sich am Tisch, der Zuckerstreuer fiel zu Boden und zerbrach, sie spürte, wie ihr die Röte ins Gesicht schoss, und dann war sie auch schon draußen, ging wie ferngesteuert und schaute immer wieder über ihre Schulter, ob ein Taxi kam, und als eines kam, ging ihr Herz noch schneller, sie winkte, und als es tatsächlich hielt, musste sie kurz auflachen. Sie hätte wetten können, das Taxi fuhr einfach vorbei, der Fahrer hätte sie nicht gesehen, aber er hatte sie gesehen, er hielt, und Meta schlüpfte in den Fond.

Als sie die Lobby des Hotels betrat, da war sie sich nicht sicher, ob es richtig war, was sie hier tat. Im Lift betrachtete sie ihre Schuhe.

Sie hasste Lifte, weil sie vor ihnen Angst hatte. Sie hasste diese Enge. Hasste die Geräusche aus dem Liftschacht. Sie hasste dieses Schild, auf dem stand: «Achtung im Brandfall nicht benutzen». Sie hasste die metallene Innenverkleidung des Liftes mit den feinen Spuren und Kratzern von Tausenden von Koffern. Klang das eben nicht so wie ein berstendes Stahlseil? Klang das eben nicht so wie ein verreckender Elektromotor? Klang das eben nicht so wie der erste Ton zur Ouvertüre einer Katastrophe? Sie hasste all diese Dinge, aber das war jetzt egal, ganz und gar egal. Sie gähnte, weil sie den Druck spürte in ihrem Schädel, und als der Lift endlich im 23. Stock hielt, da atmete sie kräftig ein, als käme sie aus einem brennenden Haus an die frische Luft, aber im Flur auf dem 23. Stockwerk war die Luft so schlecht, wie sie im Lift gewesen war. Sie schaute nach links, sie schaute nach rechts, dann ging sie los Richtung Zimmer 2307, und als sie davorstand, wusste sie nicht, was sie nun tun sollte.

Sollte sie klopfen? Oder sollte sie eine SMS senden? Welchen Weg würde die Nachricht dann nehmen? Sie stellte sich die Nachricht vor, wie sie durch die Luft sauste und an einer Antenne abprallte, die Richtung änderte, wieder an einer Antenne abprallte, wie eine Kugel in einem Tom-&-Jerry-Zeichentrickfilm.

Sie klopfte. Sie hörte keine dumpfen Schritte im Zimmer, so hatte sie es sich nämlich vorgestellt: dumpfe Schritte, dann ginge die Zimmertüre auf. Aber sie hörte nichts, und deshalb erschrak sie ein wenig, als plötzlich die Türe offen war und er da stand. Er lächelte. Lächelte sie ebenfalls? Sie hoffte es. «Hallo», sagte sie. «Hallo», sagte er. Nie hatte sie seine Stimme gehört. Nie hatte sie ihn gesehen. «Komm herein», sagte die Stimme nun. Und sie trat durch die Türe, trat in das Zimmer. Zitterte sie?

Er hörte das klopfen, und schnell war er an der Türe und riss sie auf. Und da stand sie. «Hallo», sagte sie. Er sagte: «Hallo.» Und: «Komm herein.» Sie trat in das Zimmer, das nicht groß war, ihm nun aber noch viel kleiner vorkam. Was nun? Hatte er einen Plan? Nein, er hatte keinen Plan, er hatte bloß ein paar Ideen gehabt, die sich nun aber aus dem Staub gemacht hatten wie feige Knirpse, deren Streich aufgeflogen war. Zitterte er? War ihm ein wenig übel? Was sollte er tun? Sollte er ihr ein Glas Wein anbieten? War das nicht Teil seines genialen und idiotensicheren Plans gewesen? Hatte er sich die Zähne geputzt? Er dachte zig Dinge zur selben Zeit, aber alle Gedanken wurden nur angedacht. «Ich bin die Meta», sagte sie, mit schüchterner Stimme, wie er fand, und er sagte: «Äh, ich bin der Moritz», seine Stimme belegt wie ein Wurstbrot, er musste sich räuspern, er hustete. Bekam er einen roten Kopf? Hatte er Schuppen auf den Schultern?

Hätte er zuvor noch die Socken wechseln sollen? Hatte er dieses Parfüm schon einmal zuvor in der Nase? Würde sie ihn überhaupt attraktiv finden? Musste er sich übergeben? War das nicht sein Schweiß, den er da riechen konnte? Hatte er Flecken unter den Armen, groß wie Fladenbrote? War er schon betrunken? Atmete er zu schnell? Wirkte er auf sie ängstlich? Nervös? Beängstigend? Was dachte sie?

Dann fasste er sich und sagte: «Weißt du was? Wir fangen nochmals vorne an. Wir spulen kurz zurück.» Sie schaute ihn fragend an, dann begriff sie, ohne dass er noch etwas sagte, ging sie durch das Zimmer, öffnete die Türe, ging hinaus und zog die Türe hinter sich zu, die fiel ins Schloss, dann war Ruhe. Sie war weg. Er blickte zur Türe, wartete auf ein Klopfen, aber es blieb, wie es eben geworden war: ruhig. Das Einzige, was er hören konnte, das war sein Herz, das in seinem Schädel echote.

Sie ging durch die Türe, aus dem Zimmer, und dachte kurz: Eine Hotelzimmertüre, die ins Schloss fällt, wie seltsam das klingt, es gibt nichts, was so klingt, so beiläufig und endgültig zugleich. Was sollte sie nun tun? Sie könnte einfach wieder gehen. Sie könnte einfach wieder zum Lift, runterfahren, das Hotel verlassen, niemand würde sich nach ihr umdrehen, es wäre, als wäre sie niemals hier gewesen, bloß in einem Zimmer im 23. Stock würde sich einer wundern. Sie ging ein paar Schritte den Flur hinunter, drehte sich dann um, wartete, zählte auf 32, ganz langsam. Dann ging sie erneut auf die Zimmernummer 2307 zu, über den Teppich, geräuschlos schritt sie voran wie ein außerirdisches Wesen, als würde sie schweben, dreimal klopfte sie an die Türe, kräftig, wie um zu zeigen, dass es ihr ernst war. Er öffnete die Türe, da stand er wieder, zog sie an der Hüfte sanft in das Zimmer und küsste sie. Mit der Ferse kickte sie die Türe zu, während sie Richtung Bett stolperten. Er strich ihr das Haar aus dem Gesicht. «Wir gehen es ganz langsam an», hörte sie ihn sagen, mit so leiser Stimme, dass sie es fast nicht hören konnte, und mit ähnlich leiser Stimme sagte sie: «So langsam es geht. Slow Motion.» Und dann beugte er sich zu ihr hinunter, es waren nur Zentimeter, aber es dauerte Minuten, so langsam bewegte er sich, und beide sogen den Moment tief in sich hinein. Zwei kurzgeschlossene Nervensysteme in einem Zimmer im 23. Stock eines Hotels in Berlin, Alexanderplatz.

Kapitel 23

Es war Arbeit gewesen, die ihn nach Berlin brachte, ein Interview mit einer Band, die bald in der kleinen Stadt ein Konzert geben würde, die Plattenfirma hatte die Reise bezahlt. Natürlich war die Arbeit in Berlin bloß ein Vorwand, endlich nach Berlin zu reisen. Weit war es ja nicht wirklich, ginge man nicht zu Fuß. Es flogen täglich Flugzeuge, es fuhren stündlich Züge. Ja, sogar zu Fuß hätte er nur ein paar Tage gebraucht, vielleicht drei Wochen, was waren denn schon drei Wochen gemessen an der Zukunft? Aber er hatte Angst gehabt vor dieser ersten Begegnung, deswegen buchte er die Reise nie, und er glaubte, auch Meta habe Angst, deswegen fragte sie ihn lange nicht, ob er sie besuchen käme. Die Konfrontation mit der Wirklichkeit, er hatte nicht gewusst, ob er darauf wirklich Lust hatte, zu gut kam ihm das Unreale vor, er hatte Angst, er würde nicht das finden, was er zu finden wünschte. Aber nun war er hier. Nun hatte er sie gesehen. Nun wusste er, wie sich ihre Haut anfühlte, wie ihre Haare rochen, wie sich ihre Finger bewegten, er sah in ihre Augen, sie waren ungeschminkt und grün, und er hatte ihre Stimme gehört, die Worte sprach und lachte und ein Lächeln hatte er gesehen, das ihm auch unsicher vorkam, was ihn nicht verwunderte. Es war ziemlich viel auf einmal. Sie blieb bis irgendwann nach Mitternacht. Sie hatten nicht miteinander geschlafen. Noch nicht.

Die Arbeit erledigte er gleich am nächsten Tag, ein Interview mit ein paar gelangweilten Musikern in einem Hotelzimmer, es waren immer dieselben Fragen, und es kamen immer dieselben Antworten, nach einer halben Stunde schon hatte er alle Fragen auf seinem Notizblock durch, er saugte sich noch ein paar weitere aus den Fingern, immer wieder schaute er auf sein Panasonic-Diktiergerät, in dem das Band lief, es lief langsam, so als wollte es demonstrieren, wie langweilig das Gespräch war. Nach einer Stunde holte er Luft, sagte: «Sooooo, ich glaube, ich hab alles.» Die Band schien auch nicht unglücklich über das Ende des Gesprächs. Und er wollte einfach so schnell wie möglich zu ihr. Schrieb ihr eine SMS. «IBHF». Die SMS wurden damals, als sie damit begonnen hatten, immer länger und länger, schöpften bald das Maximum von 160 Zeichen aus, dann wurden Wörter abgekürzt und die Nachrichten schrumpften und schrumpften bis eine starke Akronym-Kultur Einzug hielt, dafür nahm die Anzahl der Nachrichten zu. 837 wies eine Handyrechnung aus, 837 Nachrichten hin, etwa gleich viel her, macht total so an die 1700 SMS, geteilt durch 30 Tage, wurden also in jenem Monat pro Tag 57 Nachrichten getippt.

«IBHF» stand für «ICH BIN HIER FERTIG». Es gab keine festgelegten Regeln für die Akronyme, keinen Katalog, es waren ad hoc Akronyme, und es gehörte zum Spiel des digitalen Gesprächs, sie zu erraten. Und natürlich verstand sie nicht sofort, was «IBHF» heißen soll, also schrieb sie ihm:

«ICH BIN HEISSER FEGER?»

«INDISCHER BRUTALO HOMO FABER?»

«Ah, ich habs: ICH BRAUCH HIER FLIESENLEGER?»

Sie verabredeten sich beim Schendelpark. Er ging gerade über den Landwehrkanal, um bei der Prinzenstraße die U-Bahn zu nehmen, da surrte sein Telefon im Hosensack. Er schaute auf das Display. Es war eine Nachricht von ihr. Von wem auch sonst. Es war kein Akronym. Es war ein ganzer Satz. Er blieb stehen und las.

«SCHAU IN DEN HIMMEL, JETZT».

Er schaute hoch, aber er stand gerade unter einer üppigen Hängebuche, hundert Äste, tausend Blätter versperrten ihm den Blick, also ging er noch ein paar Schritte, stand mitten auf der schmalen Brücke, und blickte in den Himmel. Er sah nichts, bloß grauen Himmel. Was hatte er erwartet? Einen Regenbogen oder deren zwei? Eine Wolke in der Form zweier kopulierender Elefanten? Eine Windhose? Dann sah er es. Ein dunkles Ding. Ein feiner Strich am Himmel. Es war ein Flugzeug, ein kleines Flugzeug, es sah aus wie ein kleines Papierflugzeug, nach vorne zulaufend wie ein Pfeil, ganz spitz. Er kannte es, die Nase geknickt wie der Schnabel eines Flamingos. Dann verschwand das Ding im Grau über der Stadt, als wäre es niemals da gewesen. So kurz er es gesehen hatte, so klein es gewesen war, er war sich sicher, es war die Concorde.

Beide kamen zur selben Zeit beim Schendelpark an, sie küssten sich, hielten sich, wurden eine Figur, ein Umriss, dann lösten sie sich wieder voneinander, blieben nur verbunden durch zwei sich haltende Hände, gingen durch das eiserne Türchen – das ihnen quietschend zujubelte – in den Park und setzten sich auf eine Holzbank, sprachen über die Concorde. Sie sagte, sie habe es in der Zeitung gelesen, eine Concorde der Air France sei in Schöneberg gelandet, um von dort Flüge zum Polarkreis zu machen, vier Flüge seien geplant gewesen, für jeweils 2222 Mark. «Okay», sagte er, «auf die To-do-Liste setzten: Einmal mit der Concorde fliegen.» «Gut», sagte sie, «aber zum Polarkreis will ich nicht, dort ist es bloß kalt und langweilig, ich möchte einmal um die Welt, Mach 2, bitte.»

Der Kinderspielplatz war zu dieser Zeit kaum besucht, sie hörten einen Tischtennisball, der über die harte Spielfläche geschlagen wurde, hörten die Tischtennisspieler übertrieben jubeln und fluchen, es waren Teenager, ein Junge und ein Mädchen. Das Mädchen trug kunstvoll zerrissene bleiche Jeans. Der Junge eine schwarze Bomberjacke, «Hardcore United» auf den Rücken gestickt. Moritz sah zum Fernsehturm hoch, und sie drückte seine Hand fester. Ein Rabe saß auf einem Baum, mit sichtlichem Interesse für den Müllkübel in der Nähe, er schien sich aber nicht vom Baum herunterzugetrauen, im Moment. Moritz hatte keine Ahnung, was für ein Baum es war, und sagte: «Ich habe keine Ahnung, was für ein Baum das ist.» Worauf sie sagte: «Eine Buche? Ich weiß es auch nicht. Eine Rotbuche?» «Ein Freund von mir, der hat sich alles über Bäume und nicht zu kleine Sträucher beigebracht.» «Warum?» «Natürlich weil er die Bäume und Sträucher mochte, aber vor allem, weil er herausgefunden hatte, dass er so die Frauen ins Bett bekam.» «Wie das?» «Sagen wir, er lernte eine Frau kennen. Sagen wir, er lernte dich kennen. Er wusste, was er wollte, nämlich mit dir ins Bett gehen. Er wusste aber auch, dass der Weg zum Ziel über Umwege am schnellsten zu erreichen war.» «Wie?» «Er hätte ja schlecht zu dir sagen können: Lass uns zu mir gehen, und dann ab in die Falle.» «Hm.» «Also sagte er, lass uns spazieren gehen. Dann gingen sie spazieren. Sie gingen in einen Park, oder sie gingen in einen Wald.» «Na ja, mit einem fremden Mann würd ich ehrlich gesagt nicht einfach so in einen Wald gehen. In Wäldern geschehen gefährliche Dinge. Hat dir deine Mutter nie Märchen erzählt?» «Nicht solche aus Büchern.» Er hielt kurz inne, sah, wie die Tischtennisspieler beide fluchten, weil sich das Mädchen versehentlich auf den Ball stellte, als sie ihn aufheben wollte, als er nach einem misslungenen Schmetterball davongehüpft war und sie ihm eilig nachrannte. Nun inspizierten sie den zertretenen Ball wie ein im Gebüsch gefundenes Vogelei. «Im Wald würdet ihr dann über dies und das reden. Studium. Beruf. Gemeinsame Bekannte. Was weiß ich. Über was man so redet.» «Smalltalk.» «Genau. Smalltalk. Und irgendwann würdest du sagen: Was für ein schöner Wald. Wie prächtig.» «Ich hab in meinem Leben noch niemals das Wort ‹prächtig› verwendet.» «Und du würdest sagen: ‹Dieser Baum. Unglaublich prächtig, wie prächtig gut gewachsen er ist. Diese vollkommene Schönheit.› Und er würde dann an den Baum treten, einen Ast zu sich herabziehen, ein Blatt vom Ast brechen, ganz elegant, mit Schwung, es dir in die Hand legen, und sagen: ‹Prunus avium›. Und du würdest sagen: ‹Was?› Und er würde sagen, mit sanfter Stimme: ‹Prunus avium. Zu Deutsch Waldkirsche oder Vogelkirsche. Schau›, würde er sagen und dir sanft das Blatt aus der Hand nehmen, um es dir zu erklären, den gesägten Blattrand, die Nerven, den unbehaarten Blattstiel, er würde dir erzählen, dass die Waldkirsche bei den Bienen sehr beliebt sei, wegen des hohen Zuckergehaltes ihres Nektars. Und er würde sagen: ‹Jetzt ist der Baum schön, ja. Aber wenn ein reifer Baum in voller Blust steht, können gleichzeitig bis zu einer Million Blüten blühen. Ich zeig dir den Baum dann, man meint, er explodiere.› Seine Stimme süß wie Nektar. Und dann würde er dich ansehen und dir noch diesen und jenen Baum erklären und am Ende dieses Exkurses befände sich sein Bett in seiner Wohnung, und du lägest darin.»

«Etwas aufwendig, nicht? All die komplizierten Namen, die man sich merken muss, ich weiß nicht ... Und woher kennst du den lateinischen Namen der Vogelbeere? Bist du vielleicht selber der Freund, von dem du erzählst?»

«Vogelkirsche.»

«Was?»

«Vogelkirsche, nicht Vogelbeere.»

«Das ist was anderes?»

«Allerdings. Aus der Vogelbeere kann man einen wunderbaren Schnaps brennen. Unglaublich teuer, weil unglaublich aufwendig, die kleinen Beeren zu ernten. Weißt du, zwei, drei Dinge habe auch ich auswendig gelernt. ‹Prunus avium› ist einfach zu merken. Und es klingt gut. Männer, die Bäume verstehen, die verstehen auch die Frauen – denken die Frauen.»

Der Rabe im Baum krähte. Es klang ganz so, als habe er der Geschichte zugehört und sie sei ihm einen kurzen Lacher wert. Sie hielt Moritz' Hand. Sie fühlte sich warm an. Er sagte: «Was ist eigentlich der Unterschied zwischen einem Raben und einer Krähe?» Sie zuckte mit der Schulter und sagte dann, dass das dasselbe sei. Bloß zwei Worte für ein und dieselbe Sache. So wie Gehweg und Trottoir. So wie Geldbeutel und Portemonnaie. Obwohl: Sie sei sich nicht sicher, aber irgendwie schon. Und dann rief sie in den Baum: «Hallo Hansi. Geht es dir gut?» «Du kennst das Tier?» «Für mich heißen alle Krähen Hansi. Und alle Raben auch. Alle heißen Hansi. Das tun sie seit meiner Kindheit.» «Und warum?» «Als ich vielleicht zwölf Jahre alt war, da fuhr ich einen Fluss entlang, na ja, vielleicht eher einen Bach, so ein dünnes Rinnsal, man konnte darin nicht mal richtig baden im Sommer, so ein Bächlein, das nach jeder Ortschaft, die es durchfließt, seinen Namen änderte. Wir wohnten damals auf dem Land. Wir sind ja immer gezügelt. Irgendwann habe ich mit dem Zählen aufgehört. Ich glaube, nach dem zwölften Mal zügeln habe ich damit aufgehört. Wir wohnten also auf dem Land, und ich fuhr mit meinem Velo. Ich weiß noch, das Vorderrad hatte eine Acht, sodass der Pneu am Schutzblech ripste, am Schutzblech oder an der Stange, die das Schutzblech hielt, auf jeden Fall machte das Vorderrad immer dieses Geräusch, immer schneller, je schneller ich fuhr, so wie ein Pfiff eines Murmeltiers. Am Bach sah ich Krähen. Sie saßen auf einem Baum. Es waren recht viele. Ein schwarzer Schwarm. Ich hielt an und stieg vom Velo, schob den Ständer mit dem Fuß herab. Ich ging zum Bach. In der Wiese im hohen Gras hockte eine Krähe. Es schien ganz so, dass sie verletzt war. Die Krähen über mir krähten. Ich versuchte mit meinen zwölf Jahren und zwei linken Händen, die verletzte Krähe zu fangen. Ich wollte sie in den Korb tun, den ich auf den Gepäckträger gespannt hatte, so einen Weidenkorb, mit dem ich im Nachbardorf im Laden für die Mutter hätte Einkäufe erledigen sollen. In dem Kaff, in das wir gezogen waren, da gab es noch nicht einmal einen Laden. Ich holte also den Korb und wollte die Krähe fangen, aber eine Krähe zu fangen, das war nicht einfach. Hast du schon mal versucht, eine Krähe zu fangen?»

«Äh, lass mich überlegen.» Er tat so, als setzte er zu einem langen Überlegen an, und sagte dann aber schnell: «Nein.» Sie lächelte. «Es ist unmöglich. Eine Krähe ist ein wildes Tier. Irgendwann gab ich auf. Ich war ratlos und müde und setzte mich am Straßenrand neben meinem Velo in die Wiese. Und was dann geschah, das war wie Zauber.» «Was geschah?» «Die verletzte Krähe, die ich zu fangen versucht hatte, die hüpfte von sich aus auf den Henkel des Korbs.» «Einfach so?» «Einfach so. Ich trug dann den Korb mit dem riesigen Tier zum Velo, befestigte ihn, so vorsichtig es ging, auf dem Gepäckträger, die Krähe saß still. Sie saß einfach auf dem Henkel. Wir fuhren zusammen nach Hause. Dort lebte die Krähe mit mir. Ich war gut zu ihr. Sie fraß und wurde gesund, und als sie gesund war und wieder fliegen konnte, da blieb sie. Ich nannte sie Hansi. Hansi folgte mir. Kam ich aus dem Schulhaus, da saß Hansi auf dem Baum gegenüber und krähte. Hansi flog mit mir ins Nachbardorf. Hansi war immer da, wo immer ich war, ein schöner, großer Vogel, glänzend, mit einem Schnabel, der massiv war und stark. Hansi war mein bester Freund. Bis wir dann wieder zügelten. Vom Land in die Stadt. Aber immer, wenn ich in der Stadt eine Krähe sah, dann war ich mir sicher, dass es Hansi sein musste.»

Er sagte eine Weile nichts. Dann rief er in den Baum: «Hallo Hansi. Nett, deine Bekanntschaft zu machen.» Und dann sagte er zu ihr: «Da, wo ich herkomme, da hängte man die Krähen in die Kirschbäume, man erschoss sie, band sie an Schnüre und hängte sie in die Kirschbäume, als Abschreckung, damit die Vögel nicht die Kirschen von den Ästen klauten. Das war verdammt unheimlich, als Kind diese Bäume zu sehen mit den schwarzen Vögeln, die an weißen Schnüren von den Ästen hingen.» «Hör auf. Das ist schrecklich. Ich wollte eben vorschlagen, dass wir was essen gehen. Verdirb mir nicht den Appetit. Ich habe Hunger», sagte sie. «Auf was?» Es klang irgendwie doppeldeutig, obwohl er es nicht so gemeint hatte. «Lass uns zu ‹Monsieur Vuong› gehen, dort gibt's den besten Glasnudelsalat westlich von … äh, was ist die Hauptstadt von Vietnam?» «Hanoi.» Sie erhoben sich von der Bank, die Tischtennisspieler waren verschwunden. Sie verließen den Park, der kein eigentlicher Park war, sondern eher ein Spielplatz mit ein paar Bäumen, gefangen von vier Straßen, und als sie sich auf den kurzen Weg zu «Monsieur Vuong» an der Gipsstraße machten, um dort den Glasnudelsalat zu essen, von dem die ganze Stadt sprach, weil es tatsächlich der beste Glasnudelsalat auf der ganzen Welt zu sein schien, da riss er ein Blatt von einem Baum, nahm mit der Linken ihre Rechte, legte das Blatt hinein. Beide sagten einen Moment nichts. Sie fand es sehr schön, dass es Momente gab, in denen sie nichts sagen musste und er auch nichts sagen musste und es sich trotzdem richtig anfühlte. Sie kannte die Momente, in denen nichts gesagt wurde und die sofort mit Worten gefüllt werden mussten, damit diese Leere zugeschüttet werden konnte, diese schreckliche Leere, die nichts anderes war als das klaffende Loch eines Abgrundes, in den sie zu blicken nicht den Mut hatte, denn sie wusste es nicht, aber sie ahnte es: Sie würde in die Hoffnungslosigkeit blicken. Das Ende.

Sie gingen weiter. Meta legte ihren Kopf an seine Schulter. Als er sie anblickte, sah er sie lächeln. Sie hob ihren Kopf und drücke ihm einen Kuss auf den Hals und während sie seinen Hals küsste, so gut das ging im Gehen, sang er halb flüsternd, flüsterte halb singend: «Wir sind nicht zwei, wir sind eins. Ich hab's in deinen Augen gesehen.» Und er sog ihren Geruch ein, einen Geruch, den er nicht beschreiben konnte, der aber ganz und gar eigen war. Niemand riecht so wie sie riecht, dachte er. Niemand, niemals, nie. Und er dachte: Diese Geschichte hier, diese Geschichte zwischen Meta und Moritz, sie hatte eben erst begonnen, jetzt.

* * * * * * *